FOLIO POLICIER

*Préface*

# EN MARGE

*Ce livre, comme sa reliure célèbre* * *le précise, est un roman policier. Il renferme donc autant de morts violentes qu'il est possible d'en écrire en deux cent cinquante pages. Cela dit, il reste un livre, un livre curieux à plus d'un titre dont il est intéressant de préciser la personnalité. C'est à la suite d'une conversation dans le bureau de Marcel Duhamel qu'il fut décidé que j'écrirais une sorte d'exégèse, quelques mots en marge de l'histoire qui, naturellement, se déroule dans le climat excessif des romans policiers. Cette histoire n'est pas contée, en effet, en respectant les règles du jeu quand les tueurs de naissance vont au travail dans un monde qui donne à ce mot un sens nettement préjudiciable.*

*A mon avis, ce roman policier peut entrer dans l'histoire littéraire des patois et des argots de métier. Pour la première fois je découvre un roman dont l'originalité certaine est d'avoir été pensé et écrit dans cette langue d'argot dont la forme la plus récente utilise souvent des images heureuses, pittoresques, indiscutables et intraduisibles en français.*

* Préface de l'édition originale parue dans la Série Noire en 1953.

*L'auteur pense dans la langue dont il se sert afin de décrire, dans une œuvre d'imagination, probablement, le comportement des professionnels du vol à main armée. Moins dangereux que la bombe à hydrogène dont la grande presse nous annonce quotidiennement les exploits futurs, ces professionnels, peu sympathiques grâce à des raisons compréhensibles, se détruisent entre eux pour des indélicatesses commerciales ou des dérobades devant la loi de la parole donnée. En dehors du principe même de la collection, le livre révèle une véritable personnalité de conteur qui domine les disciplines du genre. Une étrange lumière de lanterne sourde éclaire les images de ce livre. Elles s'animent dans un décor psychologique dont les éléments s'accordent bien avec les mots du langage de la pègre en 1952. L'emploi de cet argot coloré, mais qui n'utilise que rarement des mots secrets, donne à un fait divers de commissariat le droit d'entrer dans la littérature. L'art clandestin qui pénètre dans ce roman naît beaucoup plus de la langue qui le distingue que des chocs qui ont pu émouvoir l'écrivain.*

*Les œuvres littéraires pensées et écrites dans un quelconque langage d'argot sont rares si l'on fait exception pour les textes en patois provinciaux. Il faut toujours revenir aux douze ballades du jobelin dont les six du manuscrit de Stockholm furent discutées, pour prendre un point de départ. Entre le jobelin et l'argot récent des malfaiteurs la différence est totale bien que, dans le récit qui nous occupe, quelques mots grossoyés par Jean Rabustel gardent leur permanence : gaille, auber, etc. Il y en a peu. Plus nombreux sont ceux qui prennent la tradition vers 1628. Naturellement, c'est le jargon des malfai-*

*teurs contemporains de Vidocq qui offre le choix le plus robuste de survivances. Mais la plupart de ces mots secrets ont dépassé le cadre des rendez-vous dans les tapis-francs de Paris et de sa banlieue. Quand on les entend, c'est dans la rue, sur les marchés, aux abords des petits commerces qui vivent de la rue. Arnacher, gourer, berge, fader, frangin, lourde, naze, rif, gaffe, cave... autant de mots qui en devenant populaires ont perdu de leur virulence et beaucoup de cette extraordinaire attirance qui conduisit Gérard de Nerval dans un tapis-franc de la rue de la Vieille-Lanterne. On connaît le résultat de cette nuit du 26 janvier 1855.*

*Cette expression : « Ne touchez pas au grisbi », devient une variante de : « Ne chahutez pas avec les nippes. » C'est le maître mot qui dirige la chronique de ces chevaliers de fortune mal acquise qui donnèrent de la mobilité aux romans de cape et de mitraillette de Peter Cheyney. Mais dans le roman que nous présentons ici, le pittoresque de la banlieue de Paris : celui de ses bars, de quelques-unes de ses rues et de ses hôtels meublés et secrets, remplace l'agitation nocturne du Bowery. Le Bowery, comme l'Alexander Platz de Döblin, le boulevard de La Chapelle de Bruant furent des cimes où l'esprit soufflait : celui du mal et de la naïveté homicide. Ce qui donne aux tueurs professionnels (qui sont très rares) une personnalité angoissante, ce n'est pas tant l'usage du 6-38 ou du 90 – 20 + n que l'infernale candeur des possesseurs de ces objets. Ce sont, le plus souvent, des innocents aux mains trop pleines et sans espoir de paradis. Je ne les ai jamais rencontrés dans un livre si désarmés devant le jugement de la vie sociale représentée par tous ceux qui ne possèdent pas un pistolet automatique.*

*Comme je disais, il est très difficile de trouver un précurseur à ce roman dans les documents que le passé nous a laissés sur l'histoire romancée des classes dangereuses. Depuis Villon, qui d'ailleurs n'inspire pas ce livre, il n'existe rien qui soit écrit en prise directe. Les documents argotiques comme* La Vie généreuse, *de Pechon de Ruby (1596),* Le Glossaire, *de Guillaume Bouchet (1598),* Le Langage de l'Argot réformé, *d'Olivier Chereau (1628), quelques mystères comme celui de Jehan Michel (1490) nous offrent des lexiques et, parfois, la présence de quelques personnages de mauvaises mœurs qui échangent en de brefs dialogues des réflexions dans un langage assez voisin du jobelin. Ce ne sont là que des interpolations, comme on en trouve de nombreux exemples, à l'époque romantique, dans les romans de Victor Hugo, d'Eugène Sue et bien d'autres. Les éditeurs n'existaient pas qui eussent accueilli de telles libérations. Les truands se libéraient plus simplement en composant des chansons dont certaines, malgré leur hermétisme, demeurent émouvantes.*

*L'auteur de* Touchez pas au grisbi ! *est peut-être un précurseur dans l'art du roman policier qui, cette fois, semble s'adresser à ceux qui parlent la langue de la pègre agressive. Vers la fin, au moment que le crépitement des fusillades s'apaise, l'écrivain révèle ses propres qualités, ses brêmes. Il dépasse toutes les conventions du genre en glissant entre les lignes ses observations et en usant d'une clairvoyance psychologique qui donne à son livre le pouvoir de franchir le mur d'une collection nettement définie. Au moment où la corrida tend à perdre son rythme, le héros agit très humainement, par insinuation. Désormais, il sera le seul possesseur de l'argent, le grisbi, le trésor enclos dans toutes les Iles au Grisbi. Pour finir, il sera honnête, d'abord par intérêt, puis par goût ; car les fortunes mal gagnées donnent le goût de l'honnêteté scrupuleuse.*

*Pierre Mac Orlan.*

## PRINCIPAUX PERSONNAGES

LARPIN : Inspecteur de la P.J.

MAFFEUX : Inspecteur de la P.J.

RITON : Dur de la vieille école. Ami de Max-le-Menteur.

FRÉDO : Chef de bande. Rival de Riton.

ANGELO : Lieutenant de Frédo. Tenancier de bar.

MARCO, ALI, BASTIEN, KABEB, etc. : Hommes de la bande à Frédo.

LE GROS PIERROT : tenancier du « clandé ». Ami de Riton et de Max.

ALFRED : Barman du « Tipica ».

SUZANNE DE GRENELLE : Amie d'Angelo.

MARINETTE : Régulière du gros Pierrot.

JOSY : Danseuse-entraîneuse au « Mystific ». Régulière de Riton.

LOLA : Danseuse-entraîneuse au « Mystific ». Amie très intime de Josy.

LULU : Barmaid chez Angelo.

LILI : Dame-pipi du « Mystific » (habite rue des Abbesses).

NANA : Soubrette chez le gros Pierrot.

WANDA : Danseuse. Amie de Marco.

ANNETTE : Sœur de Riton (habite Montreuil).

MIQUEL, RAMON : Truands espagnols sans attache avec le milieu.

## LIEUX

LE MYSTIFIC : Cabaret de nuit avec floor-show (Pigalle).

LE TIPICA : Boîte sordide fréquentée par Suzanne de Grenelle (Pigalle).

LA MÈRE BOUCHE : Quartier général de Max et de Riton (rue de Vanves).

LE MODERNA : Hôtel de passe tenu par Victor, ami de Max et de Riton.

CHEZ TONIO : Troquet de la rue de Douai.

*Celui qui dans les boîtes de nuit,*
*De truffes et de poulet se gave,*
*Ça c'est un cave !*
*Mais c'lui qui sur le coup de minuit*
*Va manger un bout d'p'tit salé,*
*Place Pigalle, à la charcuterie,*
*Ça, c'est un affranchi !*

« Les caves et les affranchis »,
PAUL BRAVAL

Pensant avoir mal compris, tout le monde s'était tu.

On n'entendit plus soudain que le bruit mou de la houpette avec laquelle Josy, la môme de Riton, se tamponnait le visage. Machinalement, la mère Bouche avait mis en veilleuse la rampe du percolateur qui sifflait un peu.

— Ton Riton, je m'en vais le fourrer, répéta le petit Frédo en se levant.

Devant le zinc, personne mouftait.

Chacun pouvait en penser ce qu'il voulait, de cette provocation. A moi, ça rappelait la lecture du verdict au procès de Paulo-le-Pâle, l'instant où le président avait annoncé que Paulo y allait du cigare. Pour le petit Frédo, c'était du kif, sauf qu'il venait lui-même de prononcer sa condamnation. En supposant même qu'il rencontre pas Riton, ou bien qu'il mesure à temps la connerie de son attitude, rien que pour avoir lâché ce vanne, il lui restait vingt-quatre heures à vivre, au mieux. C'était le coup sûr, catalogué !

Quand la porte eut claqué sur lui, le silence persista. Au zinc, Larpin et Maffeux les deux bourres, restaient muets eux aussi. Depuis une demi-heure qu'ils s'accrochaient au comptoir, les condés, on pouvait se demander pour qui ils étaient là. Peut-être n'étaient-ils entrés qu'en sondeurs, au flanc. Maintenant, ils semblaient plus décidés à les mettre ! La salade du petit Frédo, c'était une vraie providence pour eux ; dès qu'on allait le trouver buté, Riton descendrait au bing, d'autor. Surtout que des piqueurs, de nos jours, on en rencontre plus des bottes.

La rapière, c'était son point fort, au Riton. Il restait fidèle au genre de sa jeunesse, à l'école de Montreuil, des lafs. La fantasia rue Fontaine, les pétarades spectaculaires, le Far West square Vintimille, ça le faisait un brin marrer. La saccagne en main, y avait pas plus dangereux ; personne l'ignorait.

Peu à peu, forcément, on s'est remis à jacter, en sourdine, Léo-le-Flamand, Feufeu, et Pierrot-Belle-Jambe ont repris leur rami. Moi, je tournais un peu le dos aux rapers et j'essayais de rambiner Josy qui voulait à toute force téléphoner à son Jules. Lola, sa pote, elle était d'avis qu'elle le fasse. Pour morfler une bonne inculpation de complicité, je voyais rien de plus garanti, à mon sens. Puisque de toute manière le petit Frédo était repassé à l'avance, ça valait réellement pas la peine de se mouiller !

Pendant plus de trois quarts d'heure, on est tous restés là, à feinter. C'est Larpin, un des poulets, qui a téléphoné le premier, sans quitter la salle des yeux.

Il avait rejeté son bada en arrière, comme dans les films. On l'a vu faire une petite grimace, parler plus vite, plus vite encore, attendre, puis raccrocher.

En sortant de la cabine, il nous a tous frimés, le regard un peu flou, et a annoncé doucement :

— Le petit Frédo... On vient de le trouver, rue Froidevaux, le long du cimetière Montparnasse... Il était mort !

*

Dès les poulets décarrés, tout le monde a mis les adjas. Josy et Lola restaient sur la banquette, déponnées à zéro devant leur double Martel. J'ai demandé à Josy :

— Tu penses pas que Riton va maintenant rabattre dans le secteur pour vous emmener en java ? Vaudrait certainement mieux vous casser aussi.

Elles l'ont admis. J'ai casqué leurs additions, comme un gentleman. Sous le comptoir, j'ai récupéré mon calibre, là où la mère Bouche me l'avait planqué, puis on a ripé.

Dehors, un petit vent frisquet balayait la nuit claire, pleine d'étoiles. Ça rafraîchissait les idées. Josy à ma droite, toute gironde dans son manteau de skunks. Lola en opossum, à ma gauche, devaient me donner l'air d'un micheton prêt au régal. Un moment, je suis resté en arrière pour allumer une pipe.

C'était féerique ces deux frangines, leurs gambilles longues gainées quinze deniers, jouant dans la clarté de la lune. Pas besoin d'imagination pour se mettre en train. Le pétoulet centrifuge vous amenait tout seul à température !

Dans la rue de Vanves, personne ne nous filait le train. On a dû marcher jusqu'à l'avenue du Maine pour trouver un bahut convenable, une traction noire, toute neuve. Le chauffeur, avec sa tronche de gentil voyou pour petite commerçante, ne s'est pas gouré sur noszigues. Comme Josy lui donnait l'adresse du « Mystific », la taule où elles se défendaient toutes les deux, il a précisé lui-même :

— Entrée des artistes !

Pour la douce chaleur des cuisses, le modelé des hanches, les effluves inspirants, durant le parcours, je me suis trouvé gâté, entre ces deux mômes. Hélas ! le moment se prêtait peu à l'aveu de mes émois aux bergères ; elles n'avaient qu'une idée dans le trognon : rejoindre le Mystific, où Riton avait peut-être laissé une commission.

*

J'ai pas de grosses qualités, mais pour le pif, je ne suis pas mal partagé ; ça m'a bien souvent servi. Heureusement inspiré, j'ai fait stopper la berline à cinquante mètres du Mystific ; déjà deux condés étaient en planque, à dix mètres de la lourde, l'encadrement réglo !

Il rôdait, sûr, assez de truands dans cette cabane pour justifier leur présence, mais il était plus probable que Larpin nous avait déjà chaudement recommandés à ses petits potes du quart de la rue La Bruyère.

— Poupées, vous les avez dans les reins, j'ai annoncé aux frangines... Je pense qu'on viendra sans doute vous faire un brin de conversation, s'enquérir de vos impressions... Pas d'impairs ! Vous êtes montées jusqu'ici en charrette, toutes seules, uniquement pour ne pas louper votre entrée... Si j'ai des nouvelles du Riton, j'essaie d'avoir Lola au téléphone... Maintenant descendez en tapinois et jactez quelques secondes dans l'ombre avant de vous faire repérer : le temps que la bagnole se dégage et démarre.

Mon petit voyou de chauffeur, c'était peut-être un demi-sel, mais pardon ! pour driver, un peu du bâtiment ! A peine les mômes à terre, il a arraché sa tire du pavé comme un express. En moins de deux on s'est trouvés boulevard Rochechouart et à fond, le cap vers Barbès et la Bastille.

Josy et Lola, en fait de message parfumé, elles trichaient pas. La voiture embaumait la chagatte de grand luxe, façon archiduchesse. Pour l'évocation, c'était magique, mais devenait gênant, car l'heure n'était pas à la folle gamberge !

— On nous filoche, venait de m'affranchir le chauffeur.

— Qu'est-ce que c'est comme voiture, j'ai demandé, tu peux la lâcher ?

— Une traction, la 15. A cette heure-ci, ça me semble coton de leur faire la malle.

Le môme avait raison ; derrière nous, ça s'accrochait nettement, à cent cinquante mètres. J'ai décidé :

— Fonce toujours. On va essayer de les écœurer. Si tu les sèmes, j'ai ajouté, t'auras gagné ta semaine, parole d'homme !

On dégringolait la rue de Dunkerque à tout berzingue quand le chauffeur, pas cave, m'a fait remarquer :

— Je ne vois pas d'antenne sur la voiture, ça ne doit pas être la maison bourremann.

Là alors, j'ai mieux gaffé. C'était juste. En détaillant j'ai reconnu la traction d'Angelo. Il était au volant, avec près de lui Fifi-le-Dingue, un forcené de la mousqueterie qui ne travaillait qu'au Colt « frontière ». Au fond, je devinais deux tronches, pas identifiables à cette distance. Y avait de la fumée dans l'air, sûr ! Avant peu ça allait tourner au rodéo.

*

Faut pas croire que ça me faisait sourire, ce tournoi qui se préparait. Avec une escouade de cinglés comme l'équipe du petit Frédo, on pouvait s'attendre au pire. A du tir en rafale, à tout va, histoire simplement de faire monter leur cote, d'éblouir les petits barbiquets de leur coin en annonçant d'un air froid :

— Hier soir, on a repassé Max-le-Menteur.

Y a longtemps que j'ai compris la malfaisance de la publicité. J'étais pas bon. Surtout vu le rôle qu'ils me réservaient dans leur scénario !

Je commençais à les prendre en horreur, ces rouleurs de mécanique, avec leur prétention à la grande vedette... J'allais un peu les gâter sur ce point. J'allais les guérir, moi, de jouer les ennemis publics.

Place de la Bastille, une file de camions qui rampaient vers les Halles, les a coupés net. Ça a été ma chance. Mon petit driver en a profité pour prendre cinq cents mètres. Je lui ai filé dix raides à l'arrivée, et j'ai pas moisi dans l'escalier.

Ma taule, c'est un peu bourgeoisement habité. Pas du tout le château fort pour truands. Pour vous dire, mon joli quatre-pièces tout confort, il me revenait à quatre briques et demie, ciglées cash l'année précédente. Je pouvais prétendre pas tenir aux visites compromettantes. Depuis que j'avais, et pour la première fois de ma vie, l'estime de mon concierge, je ne voulais pas de potin chez moi. On a sa fierté, quoi !

J'y pensais, justement, lorsque les petits malveillants se sont amenés. Par la cage de l'ascenseur, la voix de Fifi montait jusqu'à moi :

— C'est au quatrième, qu'il affirmait, je suis déjà venu.

C'était vrai. Mais ils ne sont pas arrivés jusque-là. Je les ai stoppés pile dans leur boîte, entre le troisième et le quatrième. Il y a eu un petit silence quand la mécanique s'est arrêtée, puis Fifi a demandé :

— Qu'est-ce qui se passe ?

J'avais eu la main heureuse. La cabine se trouvait bloquée de façon idéale pour la conversation. Du troisième, dont j'avais ouvert la porte, je voyais leurs jambes, jusqu'aux genoux. Vers le quatrième devait subsister entre le sommet de la cabine et le palier, juste de quoi passer la tête.

Je leur ai parlé doucement :

— Y se passe que vous êtes à ma pogne !

Ma voix, venant d'en dessous, les a légèrement surpris. Comme Fifi pliait un peu les genoux pour se pencher, je lui ai conseillé de se tenir droit :

— Et calme, j'ai ajouté, parce que parole d'homme, le premier qui se baisse, je le flingue !... Ici, c'est une maison convenable, honorablement habitée ; rien qu'à l'annuaire, vous pouvez déjà repérer un toubib, un avocat et une artiste lyrique, en plus de mézigue... et personne comprendra jamais ce que vous pouviez venir y faire à cette heure-ci, enfouraillés à zéro comme des méchants.

— On voulait seulement te dire un mot, Max, au sujet de Riton, te demander son adresse...

Il manquait pas de souffle, le Fifi. J'ai dit :

— Vous vouliez uniquement me refiler quelques valdas dans le tronc, comme les pédales que vous êtes... Mais, puisque vous êtes venus pour faire un chouïa d'arquebusade, je vais pas vous décevoir... Je vais vous donner l'occasion de vous employer à fond... Faites-moi confiance !

Ils n'en cassaient plus une.

En trombe, sur la pointe des pieds, j'ai remonté un étage. Au passage, j'ai filé un coup de châsse éclair dans la cabine. Avec Fifi, y avait Kabeb, un tueur au rabais, un vrai dégueulasse, et le petit Jo-de-Pantin, tous trois le flingue à la main. Ils me guettaient en bas, pour me farcir, les sournois !

Je devais faire très vite. J'ai soigneusement verrouillé la porte derrière moi, mis la barre, la chaîne. Dans la penderie de ma chambre, ma bonne valise était prête, comme toujours, avec les trois costards, les six limaces, et le toutim ; le petit nécessaire de l'homme en cavale, et puis, en dessous, deux bonnes briques en talbins de dix mille, tout neufs, que j'avais le jour même été retirer de mon coffre.

La porte de la cuisine, qui donnait sur l'escalier de service, je l'ai calée avec la valoche. J'ai foncé sur le téléphone, au salon et appelé le 17, en lâchant le paquet, à l'émotion :

— Allô ! Police-secours, j'ai dit... Vite, y a des hommes armés dans l'ascenseur du 23 de la rue Guy-Tanec... Vite, envoyez du monde, ça a l'air de vrais gangsters !

Puis je me suis laissé glisser par l'escalier de service jusqu'au sous-sol où, dans le garage, m'attendait ma jolie Vedette.

Depuis un mois que je me l'étais offerte, je ne l'avais pas beaucoup baladée ; juste trois ou quatre week-ends en province, afin de l'avoir bien en main. Mais, pas fou, je ne m'étais pas risqué jusqu'à l'exhiber devant les portes des tapis, ni dans les quartiers où elle aurait pu inspirer à mes amis du quai des Orfèvres des mauvaises pensées sur mon activité.

Je venais tout juste de refermer le coffre à bagages sur ma valise lorsque la comédie a commencé.

Je n'avais plus le temps de me tirer. Par les soupiraux du garage, les bruits de la rue m'arrivaient très fidèlement. Ça a d'abord été le crissement des pneus du car de la maison Poulmann, dans le virage. Puis, aussitôt, le démarrage un peu sérieux d'Angelo qui faisait le serre et qui venait de comprendre. Et encore le piétinement des poulets qui montaient à l'assaut. Enfin, à peine vingt secondes plus tard, le premier coup de flingue.

Au son, j'ai reconnu le Colt de Fifi-le-Dingue. Il avait pas volé son blaze, ce cave ! En moins de rien, ça a été la pleine sarabande. On distinguait nettement les rafales des Saint-Etienne. Les flics devaient leur en passer des pleins chargeurs à travers la cabine, leur découper le plancher sous les pieds.

Très vite, les trois méchants, ils ont cessé de donner la réplique.

L'escalier de service était encore libre ; c'était le moment de remonter chez moi en vitesse, de passer une robe de chambre et le cheveu un peu en bataille, de montrer ma frime à ces messieurs.

Juste, on sonnait à ma lourde. J'ai demandé :

— Qui est là ? Qu'est-ce qui se passe ?

— Police ! N'ayez pas peur, m'a répondu le gars.

— C'est vrai, vous pouvez ouvrir, monsieur, m'a encore certifié le concierge.

Là, j'ai débouclé les verrous.

Sur le palier qui empestait la poudre et les gravats, les bastos avaient ricoché au petit bonheur.

— Personne n'a essayé de forcer votre porte ? m'a demandé un flic.

J'ai dit non et je me suis avancé, pour me rendre compte.

— Regardez pas, c'est pas joli, m'a prévenu encore le poulet.

Ils pissaient le raisiné, mes trois croquemitaines, et on entendait plus leurs grandes gueules lancer des défis. Dans le coma qu'ils étaient, et pas prêts à balancer mon nom à l'interrogatoire.

— Ils venaient sûrement faire un mauvais coup, m'a expliqué le pipelet, mais, dame ! ici, c'est une maison bien surveillée ; la preuve !

Dans la cabane, le calme régnait enfin. Du balcon, j'ai regardé les voitures démarrer, avant d'écluser une bonne demie de champ' : j'en gardais toujours quelques-unes au Frigidaire, comme cordial, du brut, qui éclaircit les idées sans empâter la trappe.

Tout en sirotant, je tirais le bilan de la soirée. Le compte des vengeurs, il se trouvait soldé, très strictement. Ceux qui ne canneraient pas dans la nuit, ils allaient, sûr, se laver les pinceaux pour un petit moment... Mais pas sans jacter ! Fallait prévoir une suite... A cette heure déjà, Angelo s'occupait sûrement de ma réputation. J'allais porter un drôle de bada dans Montmartre si je le laissais donner dans le genre confidences... Le joindre, pourtant, ça devait pas être facile non plus. Il me devait quand même quelques éclaircissements sur leur petite expédition. C'était à régler sans retard.

Le champ' glacé, le fauteuil club, l'atmosphère douillette du salon, m'amollissaient brusquement. Une bonne envie de me filer au page me venait. Après minuit, je ne suis plus l'homme des aventures. Les nuits blanches passées au labeur, ça me rebute. Sans ça j'aurais été boulanger, comme mon dab. J'étais devenu truand uniquement pour éviter le surmenage, et tous ces malfrats allaient m'obliger à veiller. Je m'en caillais le raisin de rage.

Avec ça qu'au Mystific, elles devaient le guetter, mon coup de tube, les mômes !

De repenser aux mignonnes, ça me calmait un peu. J'aurais trouvé chouette de les appeler, de leur dire :

— Rabattez à toute bride, cocottes, j'ai un micheton pour vous, un vicelard terrible, mais bourré à craquer !

Et quand elles se seraient apportées, je les aurais affranchies, à la surprise :

— Le sujet tout en or dix-huit carats, c'est mézigue, mes petites chattes, et celle qui se distinguera dans l'exécution de l'arioso du « Gode Enchanté », elle aura pas à le regretter, parole !

Vision un peu conne, je l'avoue : Max-le-Menteur dans le rôle du miché ! Josy et Lola prendraient ça pour un mauvais pastiche, pour une feinte perfide. Elles me suspecteraient de noirs desseins, de vouloir les maquer, ou, pire, de penser les mettre à l'amende ! Dieu sait pourtant si le goût des complications m'a depuis longtemps quitté, avec celui des vanités. En matière de volupté, il ne me reste plus qu'une faiblesse tenace pour le travail fignolé, enlevé façon virtuose, dans un style solide.

Avec ces deux mômes, j'étais certain de ne pas me faire voler ; il suffisait de les emballer un jour de grande forme. Pour ce soir, mieux valait y renoncer, et il apparaissait également recommandable de ne pas moisir dans le secteur. La demie de minuit tintant au clocher de Saint-Magloire, je bouclais ma lourde.

*

J'arrivais en haut de la rampe, face à la sortie, lorsque j'ai dégusté les phares en pleine poire. J'en étais si saisi, que tout de suite j'ai eu mon P. 38 en pogne, et une brusque accélération du pouls, il faut aussi l'avouer.

Les phares se sont éteints, et j'ai reconnu la charrette ; c'était celle de ma gentille voisine, la chanteuse du deuxième. Vite on s'est mis à se faire des politesses : « Et après vous, madame... » « Pas du tout, monsieur, vous étiez engagé avant moi... »

Un pour terrible, parce que chacun de nous devinait à peu près ce que pensait l'autre ; depuis le temps qu'on se filait des coups de châsses au fulminate, fallait conclure.

Pour cette perruche, je méditais depuis des mois un emballage à grand spectacle... j'allais l'applaudir dans *Les Noces de Jeannette,* son triomphal succès, et je te lui balançais à la décarrade une corbeille d'au moins cinq raidillards, avec, becif, l'invitation au casse-graine chez Maxim's : magnum de champ' et le toutim. Jamais j'avais trouvé le temps de la réaliser, ma mise en scène, et ça me faisait salement tartir d'abandonner le coin, pour longtemps peut-être, sans m'être farci cette poupée. J'ai jamais aimé laisser d'arriéré.

Quand je lui ai proposé un petit tour de bois, en hypocrite, le temps de lui conter la terrible corrida qui venait d'ensanglanter la crèche, elle m'a balancé le « vous serez sage ? » des bonnes vicelardes qui entendent bien ne pas être trichées. J'ai compris que ça allait pas être en chansons, l'idylle ; qu'on comptait un peu sur moi pour le répondant !

Heureusement, la forêt m'inspire, même le bois de Vincennes, parce que Lucette de Forcheville, c'était son blaze, elle avait un vrai tempérament de stayer ; tout de suite en action, attaquante comme pas une, avec un souffle inépuisable.

Toutes ces qualités suffisaient pas cependant pour me filer quarante de fièvre. Côté plastique, pourtant, faut avouer que Lucette était un peu armée : nénés ogive indéformables, cuisses fuseau grand sport, avec la noix rondouillarde façon bébé Raynal, et une cambrure de hanche dégradé moelleux tout ce qui se fait de plus confortable. Plus d'un aurait lâché facilement quelques sacs pour assurer mon intérim dans ce nocturne ; moi, elle me déconcertait, cette bandeuse.

J'ai d'abord pas compris pourquoi. Mais, en gambergeant, j'ai saisi.

C'étaient ses châsses, du bleu myosotis fragile, qui me bottaient pas. L'œil poupée, dans ces teintes-là, ça s'accordait seulement pour moi avec les doudounes en pomme, les jolis sphériques jumeaux. Ça m'a fait repenser à La Glisse, un vieux truand joliment instruit. Je revoyais sa vieille bouille de notaire ; j'entendais sa voix ; son baratin :

— Max, tout est dans l'harmonie, qu'il susurrait... l'harmonie c'est le secret de toute réussite... Une fille sans harmonie ça pourra être une leveuse, une gagneuse même ; ça fera jamais une femme de classe !

Ma bergère amorçait justement une reprise tourbillon, toute en fioriture, quand l'idée m'est venue :

— Attention ! j'ai prévenu, pour rompre, je crois qu'il vient du monde.

En souplesse on s'est laissé porter jusqu'à l'allée centrale, celle qui mène à Nogent. Là, j'ai chiqué à la panne bidon, à la mécanique rebelle. Le froid commençait à pincer. Pour qu'elle se tire, j'ai dû raisonner Lucette ; elle voulait plus me quitter. Je l'ai convaincue quand même. Elle rentrait tout de suite nous préparer un casse-graine d'amoureux ; moi je ralégeais dès la charrette remise en état. Elle téléphonait au garage de chez elle.

Un bahut l'a emportée.

Si mon idée était bonne, j'avais Angelo à ma pogne. Sa planque de Nogent, son manoir clandestin, le petit Frédo me l'avait montré un jour, une fois qu'on draguait dans le coin, pour mettre sur pied une affaire impossible, style « Attaque de la diligence ». Angelo se gourait certainement de rien. Il avait dû avoir assez les flubes, tout à l'heure, pour penser à venir faire au bord de la Marne une petite retraite de quelques jours.

La qualité américaine, c'est pas du char, pour le silence surtout. J'ai arrêté la tire à cent mètres de la villa, sans que personne bouge. Tout se présentait bien, avec, par intermittence, un rideau de nuages passant devant la lune juste pour me laisser le temps de traverser le jardin sans dommage.

La traction était garée derrière la maison. Angelo devait la rentrer par une grande barrière, en bout du jardin, tout juste fermée par un loquet. J'ai pris le même chemin, mais doucement, mon calibre à la main, une balle dans le canon et le cran abaissé, parce que, tout de même, je crois pas aux miracles, et que tout ça me semblait trop facile; d'une seconde à l'autre j'allais sûrement me faire seringuer. Rien ne bougeait pourtant.

En me rapprochant, une petite musique m'arrivait des fenêtres. Je me suis encore avancé, pour mieux matouser à travers les raies des volets.

J'ai d'abord vu le poste, un combiné pick-up, impec, et, auprès, sur le divan, Angelo, en bras de chemise, sa sale gueule figée un peu pâle, les yeux bouclés. Sur la table la bouteille de whisky, un verre presque vide, la seringue et une boîte d'ampoules. S'il s'était amené directement ici en partant de chez moi, il avait au moins déjà ses deux piquouses dans le corps. Ça se discernait à ses narines pincées.

Ce tableau écœurant me remontait au pétard. J'avais jamais eu d'estime pour Angelo; j'aime pas les harengs, mais quand ils traînent des vices de gonzesses, je crois que je leur préfère encore les lopes. J'avais hâte de le voir de près, l'Angelo, histoire de le ranimer, le tirer de sa vape pour une petite explication!

Seulement, pénétrer dans le home de ce bon ami, ça semblait assez duraille. En moins de rien j'ai eu tâté toutes les portes, toutes les fenêtres, celles qui étaient à portée, évidemment, parce que pour l'escalade, les jeux de cirque, j'aime autant laisser ça à d'autres, surtout comme c'était le cas, lorsque je rends mes visites incognito.

J'ai eu un coup de pif, une fois de plus, en essayant pas de jouer les funambules, car le secteur s'animait. De loin, le bahut s'est annoncé par le pinceau de ses phares. Lorsqu'il s'est bloqué pile devant la lourde, j'avais eu le temps, quand même, de me planquer derrière la traction.

Suzanne-de-Grenelle, personne pouvait la confondre avec une première communiante. Sur la place, sa réputation de gagneuse souffrait pas la discussion. Aussi son arrivée, à deux plombes du mat, dans la planque d'Angelo, ça devait signifier quelque chose. Elle était pas femme à abandonner le turf au moment du boom !

Cinq minutes au moins elle a sonné avant que son Jules réponde. Il semblait pas en confiance. Il voulait reconnaître la voix, s'assurer qu'elle était seule.

— T'as mis le temps à venir, qu'il lui a fait observer lorsqu'il a été certain que c'était bien elle.

Après, j'ai plus rien distingué, et j'avais plus rien à attendre. Le coup n'y était plus pour le tête-à-tête sans témoin.

Pensant qu'ils voudraient peut-être rabattre tous les deux sur Montmartre en vitesse, je me suis occupé de la traction.

Je démarrais à peine, déjà les flammes illuminaient le paysage.

*

J'avais assez flâné pour penser enfin aux choses sérieuses. La crise du logement, personne n'en souffre plus que la truandaille. Un homme en cavale, de nos jours, s'il n'a pas d'oseille et un minimum de cervelle aussi, il est sûrement marron. Le fatal meublé le guette : une vraie ratière !

Le môme Max, pas fou, plutôt que de confier son artiche aux dadas, à la glorieuse incertitude du turf, il l'avait éparpillé dans les placements d'avenir. Le studio, ça fait plutôt gigolpince, artiste, ce que vous voudrez, je discute pas, mais celui-là, huit cents sacs, à deux cents mètres de la porte Champerret, c'était une affaire.

Je les regrettais pas aujourd'hui, ces huit cents raides, parce que, dans ce coin, personne ne me connaissait.

Parlant de moi, la concierge devait dire :

— Le monsieur du septième, le veuf, celui qui est dans l'industrie chimique, en province.

C'était ma coupure ! J'y venais tous les mois passer une ou deux nuits ; toujours solo, discret, comme il faut, quoi !

Avec la clef pour la femme de ménage, une fois la semaine, je laissais à cette bonne bignole une petite provision d'oseille et, au moment des termes et des étrennes, je mouillais un peu. Il n'en faut pas plus pour s'établir une réputation !

Tranquille, je montai mes bagages. La carrée était bien en ordre, le Lévitan briqué au poil. J'ai accroché les costards, défroissé les limaces puis, après m'être garni les fouilles d'une liasse de cent raides, j'ai refilé la valise trésorerie sur l'armoire. Fallait planquer ma Vedette, maintenant. A cette heure-ci, trois plombes, ça se remarquerait dans un garage ! L'envie de me paddocker me reprenait, insistante. J'étais là à me tâter, quand on a sonné un coup, puis deux, à la familière.

Ça pouvait être une mignonne qui se gourait de porte, qui confondait les étages, qui croyait s'annoncer chez son coquin.

La tendresse, c'est mon péché mignon, j'ai pas voulu la laisser s'égarer trop longtemps.

— Salut, Max, m'a dit Larpin en calant tout de

suite la porte avec son pied, on ne te dérange pas trop ?

Derrière lui, Maffeux, son équipier, se fendait doucement la terrine.

Mieux valait pas grimacer ; j'ai vanné :

— Me déranger, vous plaisantez, entrez donc boire un coup, je pends justement la crémaillère ; vous pouvez vous vanter d'avoir du flair, vous !

— Pas mal, pas mal, merci, me chambrait Larpin... Ça te surprend pas un peu notre visite ?

— De marloupins de votre espèce, faut tout attendre, j'ai répondu, à la rigolade.

Mais le ton y était pas.

— Toi, Max, t'es en pétard qu'on t'ait logé... C'est notre rôle ; t'as pas à nous en vouloir... d'ailleurs on vient en amis.

C'était toujours Larpin qui parlait ; je me suis mis à me marrer.

— Tu vois ce que je te disais, qu'il a fait à son pote, c'est un incrédule.

Je venais de sortir la grande fine, la Napoléon. J'emplissais les ballons, essayant de masquer le tremblement de ma main. On a trinqué. Aussi sec, Larpin s'est expliqué.

— Tu le croiras ou tu le croiras pas, Max, on est pas venu te chercher des histoires, mais seulement pour t'avertir. On nous a prévenus, il n'y a pas une demi-heure, j'ai pas à te dire qui, mais il y en a qui te cherchent pour te faire du mal.

Il avait l'air sérieux. Je le suis devenu aussi. Pour le pousser un tantinet, j'ai demandé :

— Et vous venez m'affranchir, comme ça, gratis, rien que par sympathie ? Vous êtes des hommes de cœur, parole ! des vrais méconnus !

Il ne trouvait plus la réplique, l'inspecteur joli.

Il y a eu un petit silence gênant, puis il s'est déboutonné tout de même :

— On aimerait savoir si tu penses que c'est Riton qui a buté Frédo ?

J'étais soufflé. J'ai demandé :

— Mais alors, vous me prenez pour M$^{me}$ de Thèbes, ou bien la belle Frédina, la clairvoyante ? Je vous crois un peu mieux placés que mézigue pour l'éclaircissement des énigmes !

— On sait bien que t'es pas bavard, m'attaquait à son tour Maffeux, mais, dans cette affaire, si tu avais une idée, vaudrait peut-être mieux nous la dire, rien que pour nous obliger... tu peux pas te rendre compte de tout le travail qui nous tombe sur les bras avec ce Frédo et ses brigands... On sait être réguliers nous autres, quoi que tu en penses...

Ce bavardage me fatiguait drôlement. Pour conclure vite, j'ai déclaré, en chambrant mes visiteurs :

— Remarquez que je ne dis pas non... Je change justement de turbin... Je débute ce soir chez « Tonton », dans un numéro de jaquette réversible ! Mais, hein ! à mon âge, ça peut ne pas marcher... Je vous promets, si ça loupe, de me mettre à en croquer, à pleine mâchoire. Seulement je veux avoir tout essayé avant.

— T'as tort, Max, m'a dit Larpin en décarrant.

Et Maffeux :

— T'es pas causant quand même, pour un homme sérieux.

J'avais plus qu'à reboucler ma valise.

*

J'ai atterri chez le gros Pierrot, un homme de poids, droit comme une barre, d'une espèce presque disparue. Au téléphone, d'entrée, il m'a dit :

— Max, mon pote, rabats tout de suite. Chez moi, c'est chez toi.

J'arrivais à la bonne heure. Pierrot avait amorcé sa séance de cinéma, sitôt mon coup de fil, pour me ménager une entrée sans surprise. Depuis dix minutes, toutes les filles du clandé étaient au grand salon, lourdées avec les clients.

— Je vais te filer la chambre chinoise, m'a proposé Pierrot, on la demande presque jamais... C'est passé de mode !

Du salon, nous arrivaient les rires des michetons et des gonzesses, surmontés par le gémissement invraisemblable d'une fille qui prenait son fade. En se fendant, Pierrot m'a prévenu :

— Te monte pas la tête. C'est pas une affaire extraordinaire qui se fait régaler. C'est seulement dans le film... Ça grossit beaucoup les choses !

— Si on mangeait un morceau ? a proposé le gros, dès que j'ai été installé... Ça te dirait, un peu de pâté de canard, avec quelques belons en ouverture et un demi-calendo pour terminer ? On pourrait pousser ça avec une boutanche de Traminer et une demie Corton ?

La tortore tenait une telle place dans l'existence de Pierrot, que refuser de jaffer en sa compagnie lui apparaissait comme un affront mortel ; il restait de l'époque où on prenait le temps de vivre, de déguster les choses. Je devais accepter. J'ai prévenu :

— Il me faudra en plus un caoua un peu corsé,

j'ai encore à sortir... je turbine à la tâche en ce moment !

— Sérieux ?

Ça le démontait visiblement, Pierrot, qu'à mon âge, j'en sois encore à jouer les patrouilleurs de l'aube. Il m'a pas caché sa façon de penser.

— T'as pas été raisonnable, Max, qu'il me reprochait. T'as toujours eu un goût vicieux pour les complications, les entourloupettes à la manchiquoise... Les coups à épisodes, on croirait que ça te fait reluire. Sans ça, tu devrais être retiré depuis dix piges au moins, avec tout le pognon que tu as pris... Y a des hommes qui quimpent par manque de gamberge ; toi, c'est la gamberge qui te paume !

Il voyait les choses trop simplement.

— Crois pas ça surtout, gros, j'ai protesté : si j'ai jamais réussi à mettre le rouge, y a pas de ma faute... Toujours, tu m'entends, toujours, au moment de dételer, je me trouvais accroché dans un coup fourré, un compte à régler avec un connard dont j'avais rien à foutre, et qui venait me chercher du rif ; un associé qui voulait me repasser et qu'il fallait punir... et je te parle pas des potes à assister !... Tiens, je sais bien à quoi tu penses, gros... Tu te rappelles, en 38, quand j'aurais pu reprendre la part d'Arthur-le-Gitan, dans le « Petit Cléopâtre », au Havre, et tu te dis que le môme Max est un vrai pante, parce que Toni-l'Elégant, qui a fait l'affaire à ma place, est aujourd'hui bourré à craquer, avec château en Sologne, chasses, bateau et tout ?

Le gros me gaffait en attaquant méthodiquement son pâté de canard, du cuisiné de première bourre, entre nous. Il me cédait complètement la parole. J'ai expliqué, j'y tenais :

— Faut jamais rien regretter, mais cette affaire, c'était du mille-feuilles... Tu sais pourquoi je l'ai pas faite ? Parce que Charlot, Charlot-Langue-de-Velours, un pote d'enfance à moi, qui sortait tout juste de se farcir trois berges à Poissy, est venu me crier au secours... Il avait besoin de moi pour monter sur un coup glandilleux, mais alors, glandilleux au possible ! je pouvais pas lui refuser. Il devait se refaire...

« ... On s'est retrouvés du côté du Mexique, après un crochet par Alexandrie, Lisbonne et Caracas ; un rien essoufflés, crois-moi, par une courrette de trois mois ! Comme dans ces contrées-là, le dernier des caves défouraille à la rigolade, et que pour la truandaille, ils regorgent de main-d'œuvre nationale, on est restés plus d'une pige sans affurer un peso. Pour tenir, on s'est même fait secouer pas mal d'oseille par les condés du coin, gourmands et vicieux comme y a pas, qui font pas de cadeaux, non, mais qui aiment assez qu'on leur en fasse... J'suis rentré tondu à zéro. Les voyages, ça coûte. »

On a fini de jaffer, comme des papes. La petite soubrette qui nous servait était tout plein gironde, avec des cheveux roux comme des flammes, et tout juste ce qu'il faut d'allure honnête pour éveiller l'attention des connaisseurs. Remarquant que je tiquais dessus, Pierrot m'a dit :

— Tu veux que je te fasse rester un petit sujet, pour quand tu rentreras ?

J'ai remercié. J'avais déjà perdu trop de temps.

L'air frais du matin, à Montmartre, quand le Sacré-Cœur commence à rosir, ça peut vous filer le coup de matraque, vous couper les jarrets, vous ramollir comme une flanelle, ou, au contraire, vous rambiner magiquement. En sortant de chez Pierrot, je me suis senti dix piges de moins sur le paletot. Le jour pointait à peine, pourtant pas un détail ne m'échappait.

Au travers des chaises empilées aux terrasses, malgré la buée qui jaunissait les vitres, je distinguais tous les traîne-patins, toutes les paumées, agglutinés autour des comptoirs, devant des crèmes, à attendre le premier métro. A l'angle de la rue de Clichy et de la place, deux tapins qui avaient dû passer au travers guettaient encore le dernier client, en tapant des pieds, et déjà du haut de la rue Caulaincourt les arroseuses, d'un joli vert dans la lumière toute neuve, descendaient à leur allure de promenade, en crachant la flotte sur le paveton.

J'ai été au-devant d'elles ; valait mieux éviter le boulevard. Et, par la rue de Maistre, je me suis planqué rue des Abbesses. Lili, c'était son chemin. Pas dix minutes après, dans mon rétroviseur, je l'ai vue déboucher de la rue Lepic.

Elle a bien compris tout de suite que je venais aux rencarts, que j'en voulais pas à sa vertu... Et aussi que je tenais pas à ce qu'on nous voie ensemble dans les troquets.

— Montez boire le café, qu'elle m'a proposé, chez moi c'est tranquille, m'sieur Max.

Depuis deux piges qu'elle tenait le lavabo au Mystific, elle avait pris une mentalité de régulière. Pas pute pour un rond, quand des clients, qui veulent toujours autre chose que ce qu'ils ont sous la main, essayaient de l'emballer à la décarrade, aussi sec elle les renvoyait aux entraîneuses. Personne avait le droit de parler sur elle... Un an plus tôt, elle avait eu aussi des misères : sa môme qui devait être opérée, et bécif, le chirurgien demandait quarante raides, qu'elle avait pas. Les filles, les chasseurs, les musicaux, les loufiats, tout le monde avait déché à la quête ; il manquait quinze sacs quand même à l'arrivée ! Je les avais filés de ma poche parce que Lili pour moi, c'était une méritante. Depuis, j'avais la cote maximum auprès d'elle.

C'était tout petit chez Lili. On s'entendait de partout. Tout en passant son café, elle a commencé de m'affranchir :

— Vous avez eu la vedette ce soir, m'sieur Max.

— On m'a demandé ?

— Y en avait que pour vous... Ces messieurs d'abord, vers onze heures, deux que je connaissais pas... Après, cinq ou six fois au téléphone dans le courant de la nuit et encore, un moment avant que je parte, vers quatre heures peut-être, l'inspecteur principal Jatin.

— Qui c'était au téléphone ?

— Une fois une femme qui n'a pas voulu dire son nom, après des hommes qui voulaient rien dire non plus.

— T'as pas idée qui c'était ?

— Non, deux fois j'ai cru reconnaître la voix, mais je peux pas me souvenir qui c'est... Josy est peut-être au courant, c'est le même Jules qui l'a appelée à trois reprises.

— C'était pas Riton ?

— Non, sûrement pas. Les poulets m'ont demandé après lui aussi.

— Lesquels ?

— Les premiers.

— Quand tu es partie, Josy et Lola étaient encore là ?

— Non, pensez-vous ! elles étaient tirées depuis une heure au moins avec trois clients, des espèces de Chinetoques ou d'Hindous, dans une bagnole américaine grande comme un wagon.

J'ai bu le café. Il était chouette, bouillant. Ça m'a encore regonflé. Pourtant je devais avoir mauvaise frime, parce que Lili m'a dit :

— Vous voulez pas vous reposer un moment, vous étendre ?

Ça m'a touché. Cette môme savait pas les risques qu'elle prenait, après tout. Je l'ai remerciée. Une bonne bise de voyou, qui lui a fait plier les cannes. J'ai peut-être eu tort. J'étais ému...

*

De coutume, Josy et Lola faisaient leurs passes près de la Trinité, aux Templiers, un prisunic du frisson où on leur ristournait dix pour cent sur la carrée. Je pouvais toujours passer voir par là. J'ai été faire le tour par Barbès et le Poissonnière. Si tôt, dans les rues désertes, pour me suivre sans que je m'en aperçoive, il fallait être l'homme invisible !

Devant les Templiers, trois voitures stationnaient encore, leurs feux de position allumés. La plus grosse, une Buick mastard, pouvait bien être celle dont m'avait parlé Lili.

M'enquiller au trottoir, un peu en arrière, pour voir décarrer les deux mômes, ça pouvait se tenter. J'ai pas insisté, j'étais pas le seul curieux. Je venais de m'en rendre compte en reconnaissant, planqués comme des vrais détectives dans l'encoignure d'une porte cochère, Ali et Bastien, deux malfrats de la bande à Frédo. Je m'attendais plutôt à trouver des poulets dans le secteur que ces deux minables. La chose n'était pas moins gênante.

Le pétard m'est remonté à la tronche. J'allais les corriger, ces clodos, les faire courir !

La Vedette rangée le long de l'église, je suis revenu sur mes pas. Ils n'avaient même pas dû me remarquer, ils continuaient à fixer des yeux la porte des Templiers.

— Salut les mômes, j'ai dit, tout près d'eux... Vous vous couchez plus, à ce que je vois !

Ça les soufflait de me voir surgir. Ali a fait un geste pour aller chercher quelque chose dans la poche de sa veste, contre son cœur. Ça devait être son rasoir mignon, sa défense naturelle. Il se désignait tout seul pour un coup de boule cyclone, en priorité. Je lui ai administré, à la brestoise, en éclair... J'ai senti sa tronche bien emplafonnée sonner sourd, comme un bourdon de clocher campagnard. Ça m'a rassuré de le savoir endormi.

Bastien était déjà en quarante. Fallait pas traîner avec celui-là... A peine le temps de le situer dans l'ombre de la voûte et j'avais déjà dégusté une pêche en pleine poire et un coup de pompe dans le buffet. Il me fonçait dedans, avec la belle ardeur de ses vingt-cinq piges, comme un sourdingue. « Le vioque, qu'il devait penser, je vais le punir, l'étendre », et il me ménageait pas en paroles non plus :

— Ne tire pas, qu'il me disait, j' vais te caresser un peu, vicieuse ! te fourrer à sec ! Ça te rappellera ta jeunesse... J' te promets qu'on va faire l'amour à l'hôtel d'en face !

Personne m'avait encore jamais lancé des vannes pareils... J'allais le buter sur place, le flinguer, là, sur le tas. Non, plutôt, j'aurais aimé l'étrangler, pour le sentir canner sous mes pognes... On allait voir qui donnerait le spasme à l'autre ! J'en étais tout frissonnant d'envie et puis aussi, soudain, comme en dehors du coup, genre voyeur.

Comme il me chargeait à fond, je lui ai placé une manchette en contre. Ça l'a immobilisé un instant, juste pour me permettre un fauchage envoyé, un septième de jambe, pas mal exécuté pour une improvisation. Il s'est allongé, pas assez sonné encore, et il m'est revenu dessus, les pognes en avant, à l'homme des bois : la position idéale pour une planchette japonaise de démonstration, premier Sutémi-maison ! Il y a eu droit, en beauté. Le pipelet s'est amené à point nommé pour le voir, le Bastien, juste au sommet de la trajectoire, un rien avant qu'il ne se sonne le crâne sur le carrelage.

J'ai négligé le pipelet, j'ai eu tort, parce qu'il avait de la voix.

J'attaquais à peine une petite pointe de vitesse pour rejoindre ma tire, qu'il mettait tout le quartier en révolution.

— Arrêtcz-le ! arrêtez-le ! qu'il glapissait, le fumier.

Naturellement, il y a eu un connard, comme toujours, pour vouloir jouer les shérifs. Un boulot qui se rendait à son petit bagne, sur son cycle, biscotos comme pas un, un sportif, sûr ! Très en avance sur le peloton des justiciers populaires, il m'a donné la chasse jusqu'au coin de l'église, où je l'attendais. Je lui ai pas fait de cadeaux, à celui-là ; je l'ai estoqué en moins de rien, à coups de boules et à coups de pompes... Il aura eu de quoi raconter, à son atelier, en sortant de l'hosto !

*

Pierrot était pagé quand je suis rentré ; c'est la petite soubrette qui m'a ouvert, pimpante et sentant bon. Le gros, il avait dû la faire préparer. Faut jamais refuser les politesses d'un ami. La petite m'a fait couler un bain parfumé au poil, qui m'a rebecté et, vous me croirez peut-être pas, j'ai, à ce qu'il paraît, été pas mal du tout dans le ballet du Prince Charmant... Faut dire que cette môme, elle était un peu du bâtiment ; elle manquait pas une réplique.

*

Il existe des gens, paraît-il, que ça déprime de s'éveiller dans une chambre inconnue. Moi, qui ai dormi dans pas mal de carrées, souvent, au contraire, en ouvrant les châsses sur un décor nouveau, ça me file l'impression de repartir à zéro, d'être au premier épisode d'une vie moins tarte, sans complications, pleine de réussites surprenantes. Ça dure pas, évidemment, plus que le temps de franchir la porte ; c'est toujours ça de gagné.

J'avais dû m'anéantir pas mal de temps à la ronflette. La soubrette s'était tirée discrètement, sans que je m'en rende compte, sa journée enfin terminée. Ma montre marquait cinq heures.

Durant un long moment je suis resté à gamberger. J'essayais d'imaginer combien de pétées avaient bien pu se tirer dans ce paddock, la frime des gonzes, des gonzesses ; s'il y avait eu dans le nombre de ces rencontres en guirlandes, quelques élans sincères, à la surprise... Ça avait pu se produire !

Je me suis demandé après si c'était uniquement un page voué à la bagatelle, à la bonne secousse, si par hasard la mort avait pas fait, elle aussi, son incursion sournoise, fauchant un ou deux michés trop nourris, crac, d'un coup d'anévrisme éclair ?

Et puis, nature ! j'en suis venu à ma pestouille personnelle. La poisse suffisait pas à tout expliquer dans la circonstance.

Une minute avant que le petit Frédo ne pénètre hier soir chez la mère Bouche, je pouvais prétendre me classer bientôt parmi les hommes de poids, ceux qu'on voit plus jamais draguer dans les tapis de malfrats et qui, vite, ne laissent d'autre trace que dans les souvenirs des anciens, à titre d'exemple, des légendaires, quoi !

Le petit Frédo, je l'avais vu monter, s'affirmer. Il avait tous les défauts des jeunots : provocant et vanneur ; un peu trop le goût pour la vedette, et avec ça, la manie de s'entourer de traîne-lattes, de loquedus, de faux-vicieux, histoire de jouer les chefs de bande.

Tout de même, jusqu'alors il n'avait jamais oublié la prudence quand c'était nécessaire. Mais là, entrer en caïd, s'asseoir d'autor à la table de Josy et commencer un gringue terrible devant la galerie, sachant que ça serait rapporté avant la fin de la soirée à Riton, c'était pas explicable ; surtout que Frédo, il avait pas la réputation d'être un obsédé de la figue.

Sans les deux condés au comptoir, j'aurais certainement pris les patins de Riton ; en son absence c'était à moi, son plus vieux pote, de le faire.

Quand Josy, pétardière, lui avait lancé à mi-voix :

— Frédo ! oubliez-moi un peu ! j'ai rien à foutre de vos vannes au sirop... Si vous voulez vous payer un cacheton avec moi, j'ai un répondant à qui il faut le dire... Riton, vous connaissez peut-être ?

Sans sorcellerie, je pouvais dès ce moment pronostiquer une sérieuse cascade de coups imbéciles, et ça ne m'avait pas fait sourire.

Plus j'y réfléchissais, plus notre rencart avec Riton m'apparaissait compromis. Il avait dû riper de chez lui à toute barre ! Le rencontrer maintenant, ça devait m'être aussi difficile qu'aux bourriques.

Pourtant, le rejoindre, avoir une conversation avec, ça devenait urgent. En plus de nos comptes à mettre au net, des choses qui ne pouvaient plus attendre, il y avait trop de trucs qui boumaient pas.

A six plombes pile, je me tirais de chez Pierrot. Sa rue, juste en bordure du parc Monceau, on pouvait pas rêver plus tranquille. J'ai récupéré ma tire à vingt mètres de là et je suis descendu la faire briquer et graisser rue de Berri, faire le plein aussi. J'en suis ressorti en pleine décarrade des bureaux. Comme j'aime pas la foule, même motorisée, j'ai foncé à la Cascade, me taper un pastaga.

Tout au long des Acacias, c'était plein de gisquettes à emballer avec, of course, un méchant pourcentage de tapineuses.

— Je donnerais pas un pion pour vous enjamber, tordues ! que je pensais, mais je filerais bien vingt raides à qui me ferait rencontrer Riton !

En dégustant mon Ricard, pareil à un bourgeois peinard qui, après son bureau, vient un peu respirer, j'ai feuilleté en hypocrite les journaux du soir. Ils mettaient le paquet sur la fin de Frédo !... *Un épisode de la guerre du gang,* qu'ils disaient dans le titre, et un peu gravos, pardon ! Il en aurait relui, feu Frédo, de se voir filer une cote pareille. Il était le cador de la journée ! Eclipsés les vingt-deux macchabs du Constellation qu'on recherchait depuis trois jours, les émeutes de Tunisie et le raz de marée de Floride. Y avait que le retour de Pétaouchnock des Petits Chanteurs à la Croix de Bois, qui pouvait rivaliser ; mais c'était quand même moins illustré.

Sur les photos de Frédo, les bourres avaient dû

en trouver plein ses fouilles, c'était sa manie de se faire admirer sous tous les angles, on reconnaissait sa petite gueule pointue de voyou pétardier ; une frime si agaçante de prétention qu'elle aurait dû déjà compter comme circonstance atténuante pour celui qui l'avait étendu. Je dis bien celui, parce qu'au détail, ça semblait pas signé Riton.

*La gorge tranchée net, d'un coup d'une arme terrible, vraisemblablement un rasoir,* affranchissait le canard. Riton, c'était un piqueur, vrai ! mais, de rasoir je ne lui en avais même jamais vu. Moderne, il se la taillait, la barbouse, non avec un Gillette, mais avec un électrique ! Je l'avais assez chambré à ce propos, pour en être sûr.

Et puis Riton, il piquait au buffet, en remontant, c'était bien connu.

De toute façon, ce foin autour de Riton ne m'arrangeait pas. Parce que, sans donner aucun blaze, à la P.J., on déclarait être sur une piste.

En ce qui concernait l'équipe de Frédo, les choses s'arrangeaient un peu mieux. Fifi et Kabeb avaient avalé leur bulletin de naissance avant d'arriver à la Pitié, et Jo-de-Pantin, à qui on faisait des transfusions à pleine bombonne, à Cusco, devait pas être très porté pour l'instant sur le babillage.

A propos de celle-là, d'affaire, les cancans chiquaient pas non plus. Ils la donnaient en exemple de ce qui pouvait se faire de nos jours en matière de police préventive ; le type même du coup où le méchant était mis hors de combat avant d'avoir pu commettre un forfait.

*Que messieurs les gangsters se le disent,* prévenait le journaliste, *les honnêtes gens sont désormais protégés !*

Moi, remarquez, j'en devenais très partisan, de l'extinction de la race truande. Si je comptais bien, au total, je redevais plus de misères aux voyous qu'aux poulets. Je m'en mettais à rêver d'une rafle gigantesque, qu'aurait suivie un envoi massif au bing à perpète de tous les malfrats, sans autre exception que mézigue et Riton, bien sûr... On serait restés parmi les braves gens, dans un monde où on pouvait enfin laisser les clefs sur les portes, sans redouter un balluchonnage express ; abandonner les voitures au bord des trottoirs avec la certitude de les retrouver lorsqu'on en avait besoin ; un monde où chacun se serait promené, sans être enfouraillé, parce que personne ne songeait à venir vous chercher des rognes, à propos de tout, de rien, pour vous prendre votre femme, votre pognon, ou simplement votre vie.

J'avais pourtant pas les loisirs de déraisonner. Je me suis mis à imaginer les moyens de retrouver Riton.

Aller tout d'abord à sa crèche, franco ! il se pouvait que les condés l'aient ignorée ? Pourtant, après ce qu'il m'était arrivé pour mon studio, je commençais à me méfier des idées qu'on se fait trop souvent sur la lourdeur de la maison poulaga... Chez Josy, ça devait être très chaud, et au Mystific, de la vraie braise !

Je restais à hésiter devant mon deuxième pastaga. Ça creusait drôlement ; fallait dîner, avant tout, pas se lancer dans les calvalcades le buffet vide... J'aurais bien aimé me taper une entrecôte Bercy, chez la mère Bouche, elle la réussissait fabuleusement.

J'ai téléphoné, c'était toujours la vieille qui répondait au comptoir. A sa façon de me parler, j'ai entravé, d'entrée, qu'elle voulait pas se mouiller en m'affranchissant, mais qu'il valait mieux pas me montrer chez elle :

— Pas de nouvelles de Riton? j'ai demandé d'abord et elle m'a répondu :

— M. Max? non, on ne l'a pas vu depuis hier, monsieur!... Il y a une commission à lui faire?

— Mais c'est moi, Max, madame Bouche, j'ai rectifié. Josy est pas chez vous?

Elle continuait, en chiquant à l'énervement, je l'ai compris seulement.

— Non, monsieur, je vous répète que M. Max n'est pas venu depuis hier; j'ai déjà plusieurs commissions à lui faire, j' suis pas folle quand même, je l'aurais bien vu!

Et, sans que j'aie pu insister, elle a encore lancé, sec :

— Y a pas de quoi!

Avant de raccrocher.

*

Puisque j'avais commencé la soirée incognito, valait mieux poursuivre; j'ai été dîner solo, dans une petite taule près de la porte Maillot, ignoblement.

Le maître d'hôtel avait des manières pas franches, mi-poulet, mi-gonzesse. Il voulait savoir si j'attendais personne?... Ce qui était dommage, car il aurait pu me recommander la bécasse-flambée-qui-ne-marchait-que-pour-deux!

Je l'ai envoyé un peu tartir; il m'a compris.

Je ne pense pas qu'il se soit vengé, mais la cuisine était d'un blèche! Dès que vous aviez terminé votre porcife, une seule envie vous venait : vous tirer, tant l'odeur des mangeailles voisines devenait débectante.

Au volant de la Vedette, le coup de pompe m'a pris.

Malgré toute mon oseille bien à plat, je me jugeais le roi des cons, à mon âge, avec mon passé, de me trouver dans Paris, ma ville natale, où j'avais deux crèches bien à moi, intégralement casquées, à tourner en rond comme un rat en cage, au volant d'une tire de neuf cents sacs, dûment acquittée elle aussi. C'était du drôle de cri, quand même, à y réfléchir. Quand y avait au minimum trois mille petits barbiquets, des alevins minables, des embrouilleurs entre Charonne et Pigalle, entre Saint-Ouen et Grenelle, qui se cassaient pas la tête. Raides comme passe-lacets, avec au moins deux mois de carrée impayés, ils étaient à cette heure, dans leurs petits costards du Village Suisse, en train de faire les beaux sous les rampes au néon des bistrots, devant des pastagas bien embués, à rêver de leur avenir.

A force d'y gamberger, d'une semaine sur l'autre, mois après mois, ils allaient bien finir un beau jour par débuter pour tout de bon. Dans un coup fourré d'abord, puis dans un coup sérieux... Ceux qui se feraient pas emporter vite ils pourraient plus alors se loquer que dans la mesure : deux pièces tissu anglais à cinquante sacs ; chausser des pompes quadruple semelle ; quant aux limaces, ils les exigeraient en popeline frissonnante, et un chouaye soyeuse, pardon !... De se voir ainsi transformés, ça leur ouvrirait l'appétit, à ces moujingues. Il leur faudrait un blaze, une renommée, une cote et tout de suite ! Ça moisirait pas qu'on les ait sur les bras à venir tout chanstiquer, et rendre les quartiers tranquilles infréquentables !

Frédo et son équipe d'empétardés, c'était exactement ça : un ramassis de barbeaux café-crème qu'avaient trop écouté les chansons d'Edith Piaf, de demi-sels qu'avaient trop lu les romans de Peter Cheyney... et puis un jour, qu'avaient voulu les vivre à toute force. Moi, ça m'aurait pas gêné s'ils étaient restés entre eux, dans leur coin, en se créant un milieu, comme certains ont fait, à Saint-Germain-des-prés, un secteur où je traîne jamais mes lattes.

Parti sur des pensées comme celles-là, faut pas être surpris si je me sentais en humeur pour la castagne. Neuf heures et demie, c'était le bon moment pour arrimer mon bon pote Angelo dans son comptoir.

J'avais pensé juste. Sans Lulu, la barmaid, Suzanne et Marco qui roulaient un 421, le bar aurait été désert. Je suis entré d'un coup, la main dans la poche de ma gabardine, le doigt sur la détente de mon P. 38. Ils ont vu tout de suite de quoi il retournait. Marco surtout, qui était aussi de la bande, a franchement viré au vert. Personne ne disait rien ; j'ai parlé le premier, en me marrant :

— Ça a pas l'air de vous faire plaisir de me voir ?

— Qu'est-ce qui te fait penser ça ? m'a dit Suzanne.

Elle avait vite repris du toc.

— Quand je parle aux hommes, les gonzesses se taisent, d'habitude, je lui ai fait observer... C'est à Marco que je cause.

Il semblait pas pressé de me répondre, il devait reprendre son souffle. Tout en gaffant ma poche, il a bonni doucement :

— Pourquoi qu'on serait pas contents de te voir, Max ? Seulement t'es entré brusquement, ça nous a surpris ; y a rien de plus.

Dans le fond, j'avais de la peine pour lui, le seul de l'équipe à peu près honnête, avec une bonne mentalité, l'unique respectable. Je devais le fâcher à mort ; c'était bien mon pot !

— Bon, j'ai fait, c'est pas vous que je venais voir d'ailleurs, c'est Angelo, où il est ?

— Vrai, Max, m'a affirmé Suzanne, on n'en sait rien.

A son ton, elle devait dire la vérité et, jalmince comme je la connaissais, ça lui déplaisait beaucoup l'absence de son Jules.

— Vous pouvez toujours lui faire part de ma visite, j'ai précisé, tout en reculant vers la porte.

C'est les châsses de Lulu qui m'ont sauvé la vie. J'y jetais un regard complaisant, comme toujours, parce qu'elle les a marron noisette, pareils à ceux d'une femme que j'ai vraiment, sans charre, beaucoup aimée. C'est involontairement qu'elle m'a fait le serre, mais j'ai compris qu'il se préparait du vilain dans mon dos.

Ce coup-là, il l'avait sorti son razif, Ali, même qu'il m'est passé au ras de la tronche, malgré mon recul instantané. Je me suis trouvé assis sur une table, déséquilibré, ayant lâché mon flingue pour m'accrocher, instinctivement, et j'ai entendu Suzanne qui disait au crouille :

— Pas ici, Ali, pas ici.

Ça ne l'a pas empêché, l'ordure, de me refiler un deuxième coup de bistouri, un peu amorti quand même par le vase qu'il venait de déguster en pleine tronche, mais qui m'a brûlé la poitrine, juste en bas du cou, comme du feu... Bastien, qui était aussi de la fête, je l'ai pas laissé approcher. A ses yeux qui lui sortaient de la tête, à sa pâleur, je sentais qu'il réclamait une revanche. Je l'ai calmé par l'envoi accéléré d'un tabouret au creux de l'estomac, propulsé d'un coup de pompe heureux, un shoot de champion. C'était tout ce que je pouvais me permettre pour l'instant parce qu'Ali, il voulait en finir avec moi, me radier des vivants ; je pissais le raisin par le plastron, ça devait réveiller ses instincts ancestraux... Quand la table a basculé, il s'avançait déjà trop ; c'était inscrit dans les lois de la mécanique, qu'elle devait lui raboter les tibias. Ça fait mal et oblige toujours à se tasser en baissant la tête.

Sur sa tronche laineuse, au raton, le tabouret a pété comme un tonnerre ; il était sorti du bal pour un moment.

— File-moi ta saccagne, venait de demander Bastien à Marco.

Marco, il lui donnait rien du tout ; il bougeait pas de sa place ; c'était peut-être pas définitif, mais pour le moment, il restait neutre. Ça m'a permis de crocher Bastien par sa cravate, mais, pour avoir oublié le vieux principe que La Glisse répétait souvent : « jamais s'approcher d'un comptoir pendant une explication », j'ai vu trop tard la chopine m'arriver sur le crâne. C'était pas la première !

Dans ces cas-là, chose primordiale, faut pas attendre le doublé qui peut être fatal, et prendre du recul, d'urgence, en essayant de récupérer. J'en avais sérieusement besoin ! Un rideau noir s'était mis à me danser devant les quinquets... Un mugissement de cataracte me ravageait le crâne et, d'instant en instant, je me sentais devenir plus léger tandis que dans mon nez et dans ma bouche, le goût du sang augmentait d'âcreté.

Je m'étais cloqué au long du mur, et j'assistais à la suite, en spectateur, paralysé, incapable même de saisir mon rifle pour stopper le Bastien. Il venait sur moi, au ralenti, sa bouteille bien en main. Je l'avais entendu annoncer le coup. En la cassant sur le comptoir, il avait dit :

— J' vais lui faire manger du verre, moi, à cet emmanché !

Comme dans les mauvais rêves, il se pressait pas. J'étais à sa pogne. Il devait choisir l'endroit où me refiler son tesson en poire. J'en distinguais les éclats aigus, scintillants, plus très loin, et je pouvais toujours pas bouger, raidi, mais sans force.

J'ai vu que le geste de Marco, un mouvement assez ample, sans secousse : c'est après que j'ai distingué le goumi dans sa main. J'ai entendu Suzanne lui dire :

— T'es pas dingue, non ? Au moment où on l'avait ! T'es avec lui contre nous, parole !

Le Bastien, il l'avait endormi à temps, à deux mètres de moi. J'avais sa tête à mes pieds, avec les débris du litron.

— C'est vous qui avez l'air un peu frappés, ce soir, a répondu Marco... Je sais pas trop ce qu'Angelo aurait dit, si j'avais laissé faire, en voyant sa taule transformée en abattoir ?

Pour sortir de mon brouillard, il m'aurait fallu un verre de brutal : de la Grappa de bûcheron piémontais, ou du rhum Kroumanne comme s'en tapent les soutiers sur les cargos d'Afrique. Je pouvais rien demander ici.

J'ai encore entendu Suzanne dire à Marco :

— T'as peut-être eu raison, mais faudrait qu'y se tire vite maintenant, qu'on arrange ce bordel... Moi, du moment que tu t'expliques avec Angelo, après tout, c'est pas mes oignons !

Pierrot me chambrait.

— Si tu veux la refaire tous les soirs pour mes vicelards, ton entrée Grand-Guignol, je te file dix sacs de cachet... Rien que pour te déloquer et faire ton pansement, je suis certain que la comtesse donnera cinq papiers cash, et si t'es pas maladroit, t'as une belle occasion de la maquer ; seulement je dois te prévenir que de te voir dans cet état-là, couvert de raisin, ça va la mettre drôlement en verve, et d'ordinaire c'est déjà une gourmande !

Etendu à poil sur mon lit, j'avais à peine la force de sourire. Nana, la petite soubrette rousse, faisait de son mieux, mais le sang caillé par plaques dans les poils, c'est pas facile à décoller avec du coton et de l'alcool. Elle avait crié quand je lui étais apparu, mais pas perdu son sang-froid. Sans questions connes, elle m'avait fait gagner ma chambre, déshabillé tout de suite et, en attendant la venue du toubib, elle me bichonnait un peu pour me maquiller en malade honnête.

Pierrot avait mis son vieux marc de campagne à ma portée. Je m'en étais d'abord administré une bonne rasade, afin de m'éclaircir la vue. Maintenant je le dégustais à petites gorgées et, peu à peu, je sentais ma densité revenir. La sensibilité aussi se réveillait, un peu partout et surtout au sommet du crâne, d'où partaient, au moindre mouvement de mâchoire, des ondes douloureuses qui descendaient jusqu'aux épaules avec, à la nuque et aux tempes, des coups de tenaille assez toquards.

Le toubib s'est amené presque aussitôt ; c'était un voisin, un peu pote de la maison, client peut-être à l'occasion.

— Vous le croiriez pas, docteur, lui a fait Pierrot, à quel point mon ami Max peut être gamin et entêté pour son âge ! Figurez-vous qu'on était tout à l'heure à ma maison de campagne en train de tailler des rosiers... « Max, je lui dis, descends de l'escabeau, il fait plus clair, tu vas te répandre... » ... J'avais pas fini ma phrase qu'il se recevait sur sa tête. L'allée, c'est du ciment, alors il s'est fait mal, et puis il s'est encore accroché la poitrine à un fil de fer... Le voilà dans un bel état !

Le gonze a commencé par la tronche. Il me la pétrissait doucement, puis plus fort, de plus en plus fort ; j'avais peine à ne pas crier.

— De ce côté-là, pas de dégâts, qu'il a déclaré, ça doit être douloureux, mais ça passera vite.

Au poitrail, il a gaffé de près.

— Il était pas mal affûté votre fil de fer, qu'il a remarqué — au flanc — vous avez dû joliment saigner.

— Plutôt, docteur, j'ai reconnu, et je ne me sens pas très baleste, c'est ça le plus contrariant, car je dois voyager de nuit en voiture, une étape de cinq cents bornes, seul ; j'aimerais pas tourner de l'œil en route, faudrait un truc pour me regonfler.

Il a sifflé, surpris :

— Cinq cents kilomètres, ça me semble beaucoup, dans votre état !

— Collez-lui un petit doping, docteur, a suggéré Pierrot.

— Pas avant une heure. De toute façon, je n'ai pas ce qu'il faut avec moi.

Pendant qu'il me placardait une douzaine d'agrafes, on a convenu que je l'attendrais en poussant une ronflette d'une petite heure.

— C'est parfait comme ça, a dit Pierrot... Je fais mettre une Roederer au frais et on mange un morceau tous les trois... J'ai un foie gras hors série à la glacière... Qu'est-ce que vous en dites ?

*

Des hommes comme gros Pierrot, vous pouvez en chercher de nos jours : ça court pas la place ! Mon projet de ressortir pour régler quelques comptes, il l'approuvait pas du tout ; mais il a tout fait pour m'aider quand même. On est allés laver ma tire dans son garage, nettoyer les housses et les tapis sanguinolents et, malgré que d'habitude il n'était pas partisan non plus des pétarades, il a mis à ma disposition son arsenal particulier.

J'ai refusé la mitraillette qu'il me recommandait chaudement pour sa régularité de tir, mais j'ai pris son Smith et Wesson, bien en main, quoique un peu lourd pour moi. Alors que je l'enfouillais, le gros m'a prévenu :

— Fais gy à la détente, elle est sensible comme une mariée.

*

Les trois piquouses du docteur, suivies de quelques coupes de champ', en clapant, ça m'avait presque ressuscité.

Par moments, je m'offrais bien une petite crise de tremblote, mais vite calmée. Je ne me sentais pas non plus très porté sur le corps à corps, évidemment, et je me méfiais de mes cannes qui pouvaient céder brusquement, si je forçais. Fallait éviter les coups.

On choisit pas souvent son moment dans la vie, ni ses heures ; j'y suis allé comme ça !

Le show commençait, lorsque je suis entré au Mystific. Dans la lumière bleue des projecteurs, à la cadence des maracasses, les belles cuisses des mômes, rangées en ligne au fond de la piste, rythmaient à contretemps le passage tendre d'une conga.

Elles déroulaient leurs jambes, les ramenaient à elles, les projetaient encore, sans heurts, de l'ombre vers la salle et, lorsqu'elles les détendaient complètement dans la clarté, modelées et polies, avec des zones ombreuses à faire grincer des dents, c'était comme un cadeau qui vous venait et vous faisait regretter qu'on puisse pas les acheter, les emporter, ces cuisses magnifiques, rien qu'elles, sans les filles, qu'avaient plus aucune importance.

Ensuite, le tour des nénés est venu d'être à l'honneur. « A tous les seins ! », s'appelait le tableau, nous a affranchis le compère, un pédoque grêlé comme une passoire, avec une étonnante frime de voyou sous-alimenté, que rebectait pas le maquillage ! Pour le faire valoir, ça pouvait pas supporter la comparaison avec le numéro des cuisses.

Je sais pas si la musique s'accordait mal à la présentation, ce qu'il aurait fallu faire pour rendre ces rotoplos émouvants, mais le petit solo criard de clarinette, le battement sourd de la batterie, les frémissements d'épaules des frangines, en balançant l'avant-scène sous le projecteur, qu'était devenu mauve, ça faisait Bousbir en diable, Ouled-Naïls pour sous-off's rengagés. En tant qu'épreuve de fermeté, ça pouvait peut-être se justifier ; mais pour l'inspiration sacrée, pelop !... Ça passait pas le calecif !

Le faisceau a accroché Josy la troisième. Le mauve semblait poudrer ses boucles blondes, comme aux marquises qui sont si gentiment cochonnes dans les films américains. Pour le buste, elle présentait en souplesse, d'une simple saccade du torse, et, sur ses lèvres, d'habitude plus dures d'expression, jouait un petit sourire d'une douceur surprenante. Jusqu'à ses yeux verts qui paraissaient briller de plaisir... Pour les michés, ça devait être irrésistible. Moi, je la préférais avec son skunks.

Lola passait parmi les dernières, en vitesse, parce que, sans être déjetée, il faut pas dire, on distinguait quand même chez elle l'amorce d'un petit fléchissement. Avant deux piges, on pouvait le parier, Lola elle allait s'engager dans l'équipe des essayeuses de chez Kestos !

J'avais vu tout ça du bar, où je m'étais enquillé tout au bout, le dos au mur. La lumière revenue, j'ai pu faire l'inventaire de la salle en me tapant un double-flip, tonique et reconstituant : la boisson la plus indiquée pour un exsangue. Je distinguais pas de suspects, ni condés ni voyous ; j'avais que l'entrée à surveiller, because les surprises.

Josy m'est arrivée dessus de derrière un groupe d'amerloques qui me masquait. Elle venait de demander à l'un d'entre eux, à la confusion : « *What do you say, baby ?* » Seulement elle m'a vu, s'est approchée, m'a demandé :

— T'as vu Riton ?

— Non, et toi ? Il a pas appelé, rien fait dire ? Elle avait perdu son sourire d'attraction et je la trouvais un peu pâle. J'ai continué :

— Qu'est-ce qui se passe, affranchis-moi, y a rien de nouveau par ici ?

— Non ! les flics nous ont pas lâchées la nuit dernière, c'est à peine si on a pu travailler.

Elle me regardait curieusement. Elle insistait :

— Riton t'a pas téléphoné ?

— Je suis en cavale depuis hier soir, en vous quittant ; il aura pas pu me joindre... Et chez toi, y a rien eu ?

— Rien encore.

— Chez Lola ?

— Elle est pas rentrée, elle a fait un beau couché ; elle quitte son client y a une heure.

— Rien s'arrange, j'ai dit, sans même réfléchir. Il me venait une grande lassitude, l'impression d'être tout seul à me débattre et puis, le pressentiment qu'il valait mieux pas m'attarder dans ce coin.

— J'me tire, j'ai annoncé. Faut que je rencontre Riton absolument avant demain soir... Si tu le vois cette nuit, ou qu'il te téléphone, dis-lui que je serai chez toi demain matin à huit heures... Tu seras rentrée ?... T'es d'accord ?

— Bien sûr, Max, qu'elle m'a fait, mais si tu le joins avant moi, qu'il me téléphone tout de suite.

*

Dès que je me suis trouvé sur le trottoir de la rue Pigalle, je ne savais plus par quel bout commencer. J'ai repris ma tire rue Duperré. J'avais personne au cul ; je suis parti au hasard. Au hasard j'ai enfilé la rue Coustou, la rue d'Angelo.

Je venais de penser, en draguant, à toutes les grandes villes où j'avais vécu, puis à Montmartre, qu'est grand comme un mouchoir de poche, puis encore à la connerie des gens de mon milieu qui s'entêtaient à se tasser tous dans le même coin, bien groupés sous l'œil des poulets. Ça avait été un miracle, tout à l'heure, que les condés soient pas alertés par quelque connard, avec la corrida qu'on avait menée chez Angelo.

Le rideau de fer était baissé chez lui, maintenant, mais il y avait encore de la lumière à l'intérieur. Juste comme je passais devant, la lourde s'est ouverte. J'ai distingué l'ombre d'un gonze qui se baissait pour sortir. Curieux, je me suis planqué rue Lepic, la tire tournée vers la montée, où je craignais personne au démarrage, avec mes huit cylindres, et j'ai gaffé.

De loin je reconnaissais les silhouettes de Bastien, d'Angelo, de Marco, de Suzanne. Un mec encore était avec eux, beaucoup plus petit et mince ; c'était pas Ali. Marco s'est tiré vers le boulevard avec Suzanne, et les trois autres ont remonté un peu la rue, jusqu'à une traction. C'était le petit qui avait les clefs et ça devait être un tombereau assez vioquard ; d'où j'étais, j'entendais son moulin renâcler au démarreur. Il est parti enfin, en toussant. J'ai eu largement le temps de faire mon demi-tour pour leur filer le train. On a pas roulé longtemps. Ils se sont garés rue Frochot, ont descendu tous les trois et sans hésiter, enfilé la rue Pigalle... jusqu'au Mystific !

Rapide, je suis revenu sur mes pas. Mes idées s'éclaircissaient. L'étonnement que Josy avait manifesté en me voyant, je croyais en comprendre la raison. A coups de talon j'ai ratatiné les valves de leurs pneus arrière. Les boudins se sont dégonflés instantanément.

*

Lulu, la barmaid, elle savait plus très bien comment se comporter. Elle avait l'air de me prendre pour mon fantôme.

Elle avait ouvert trop vite quand j'avais frappé, ou bien elle attendait quelqu'un. J'ai dû refermer moi-même.

Pour lui prouver que j'étais pas un ectoplasme, je lui ai dit :

— Toi, poupée, j'ai à te parler.

Je pouvais pas m'empêcher de lui regarder les châsses. C'était tout à fait identique, la réplique de ceux de Georgina.

Elle s'était retirée derrière son comptoir, avec un sérieux trac.

— Avec qui t'es maquée, dans cette belle équipe de tantouses ? j'ai demandé.

— Avec personne.

Deux ou trois fois j'avais surpris Ali à lui faire du gringue.

— C'est Ali, peut-être ? j'ai hasardé.

— J'aime pas les hommes de couleur.

— Angelo, alors ?

Elle a haussé les épaules.

— Pas plus... Personne, j'vous dis !

Elle semblait horriblement gênée, maintenant.

— T'es libre, ça te regarde, j'ai admis... Seulement, je voudrais savoir ce qui s'est passé ici depuis tout à l'heure... D'abord, sors de là, et viens un peu près de moi, qu'on cause.

Elle a obéi, mais tout en avançant vers moi, ses yeux s'agrandissaient de façon étonnante, et, ça encore, c'était comme chez Georgina. La taille aussi, de près exacte, et la même chaleur au travers de la robe quand je l'ai prise par le bras : une semblable fermeté fondante de la chair, sous la main.

Quoi de drôle à ce que je l'aie prise dans mes bras, et que j'aie embrassé ses lèvres douces ?

C'est pour ça qu'elle a pas compris quand, sans transition, je lui ai filé une paire de mandales à la volée, en aller retour, pour me désintoxiquer, me rassurer, me prouver que des filles, j'en étais un peu guéri !

Des grosses larmes lui sont montées aux yeux.

— Naturellement tu veux rien me dire, bourrin, que j'ai crié, salope ! pourrie !

Elle restait là, immobile, la tête un peu inclinée à gauche, à frissonner.

Je l'aurais bien retartée, mais c'était au fond contre moi que j'étais en pétard.

— Tu vas parler, dis ? Morue !

Tous deux on a entendu grincer les freins du

taxi, puis les voix, les pas. J'ai sorti le Smith et Wesson, pour la grosse canonnade ; je gardais le P. 38 pour le fignolé main, l'ajusté.

J'ai eu le tort de regarder encore ses yeux. D'une petite voix suppliante elle m'a dit :

— Non, non, pas ça !

Ils ont frappé.

Je me suis taillé par la fenêtre de la cuisine, grande ouverte sur la cour, qu'elle venait de m'indiquer d'un geste, à la muette, tout en s'avançant pour leur ouvrir.

J'aurais bien aimé rester un peu le long de la fenêtre, à esgourder, mais les voix étaient trop confuses ; on distinguait juste les timbres. A tâtons, comme je connaissais pas la crèche, j'ai suivi le couloir jusqu'à la porte. A la lueur de mon briquet, j'ai repéré le bouton de la gâche. J'en suis sorti.

La rue était déserte. En tapinois, sans attendre, j'ai remonté jusqu'à la tire.

Je savais pas si je devais lui en vouloir, ou la remercier, cette môme !

*

Les coups idiots, quand les coups calculés foirent, on peut les essayer : on risque plus rien.

J'aurais pourtant souhaité qu'on m'aperçoive le moins possible.

Y avait pas plus de trois trappes dans Montmartre où Riton avait pu me laisser une commission. Encore fallait-il y aller.

J'ai commencé par chez Tonio, un tapis bien tenu où les demi-sels ni les ratons n'étaient admis. Fallait être présenté, et par des hommes de poids, pour être servi. La partie, dans l'arrière-salle, n'avait rien d'une amusette. Un pot de cent raidillards n'y soulevait pas la moindre émotion, et les différences d'une brique, au cours de la nuit, ça faisait pas non plus une révolution.

Tonio n'avait pas de nouvelles de Riton. J'ai bu un verre tranquillement au zinc, avant d'aller jeter un coup d'œil sur le flambe, une partie qu'était vraiment exemplaire. Entre les hommes assis aux deux tables et ceux qui regardaient en curieux, vous pouviez bien totaliser deux cents piges de durs et, minima, six cents briques de planques ; mais, même sur les coups glandilleux, personne se permettait d'élever la voix, pour renauder ou provoquer. Ça reposait des cirques où, pour quelques malheureux sacs, des minables parlaient tout de suite de s'étriper, le plus souvent sans le faire, mais en le faisant aussi, hélas ! parfois.

Je les ai mis. J'étais pas loin de la rue de Calais, j'ai fait une apparition au comptoir de Mado. C'était l'heure du coup de feu. Sa soupe à l'oignon, elle la débitait à tout va aux tables, en prélude à ses langoustes tartares, qu'étaient pas mal non plus.

Dès qu'elle m'a repéré, Mado m'a entraîné à l'office.

Elle avait pas vu Riton non plus, mais elle venait juste d'entendre parler de lui, y avait pas dix minutes, par Henri-les-Gants-Blancs et Petit-Félix. Ils étaient au comptoir à ce moment-là. Ils n'y étaient plus, évidemment. Elle avait compris à peu près que Riton venait de tirer un drôle de feu d'artifice à quelques hommes qui lui voulaient du mal, dans les couloirs d'un hôtel ; après quoi il leur aurait fait la malle par la fenêtre, en filant une grenade sous leur voiture, pour prendre congé.

Fallait d'abord faire la part de l'exagération, et puis, des Ritons, y en avait une bonne botte dans le coin... Riton de Saint-Ouen... Riton-la-Sciatique... Riton-Beau-Sourire... Riton-le-Spahi, pour citer que les plus en vue.

Je suis reparti sans conviction, pour passer chez Briquemol, où on cassait aussi pas mal la graine, dans le style rustique. Bien sûr, Riton y était pas mais, aussi sec, je me suis filé dans Marco, assis à deux pas de l'entrée, en premier plan ; je pouvais pas l'ignorer. J'y suis allé franco. Il était quand même un peu soufflé de me voir, ça se sentait.

— Tu permets ? je lui ai demandé, en tirant déjà une chaise.

— Tu penses, Max, pourquoi pas !

On s'est dévisagés une seconde. Il a remarqué :

— Tu fais pas traîner les convalescences, toi ! bravo !

J'avais même pas envie de bluffer, de jouer les invulnérables, surtout avec lui qui m'avait fait une drôle de fleur, même après que je l'ai eu braqué. Je lui ai dit :

— Marco, je ne suis pas un rambineur, mais tu m'as fait un avantage ; j'espère que ça se retrouvera.

Il hochait la tête avec la façon gentille qu'il avait souvent et que beaucoup comprenaient pas. J'ai proposé :

— Si on changeait un peu de quartier, qu'on aille se farcir un petit souper, en peinards ?

— T'as raison, il m'a fait.

*

En moins de deux, avec la voiture, on s'est retrouvés à Passy, chez les Rousskis, une boîte chère pour michetons modèle robuste, mais qui n'offrait aucun risque de mauvaises rencontres.

Les tziganes à dose continue, c'est tout de suite insupportable, mais une fois l'an, y a pas mieux pour la relaxation. Avec ça que les zakouskis, le chachlik et toutim, ça dépayse un peu, on a été tout de suite en plein optimisme.

Marco, il avait une vraie bonne mentalité, aussi la conversation devenait d'un maniement extrêmement délicat entre nous. Je devais éviter tout ce qui touchait à Angelo, à son équipe, pour pas sembler vouloir le faire trahir. C'était coton.

Enfin, au champ', quand même on a risqué quelques allusions à ce qui s'était passé. J'ai demandé :

— Suzanne a dû faire un drôle de suif auprès d'Angelo, que tu m'aies pas laissé étendre ?

Marco s'est mis à se marrer doucement. Il plissait les yeux.

— Pas trop, il m'a expliqué, parce qu'elle a plus le poids qu'elle avait, y a encore un mois... Angelo est en train de la lessiver, j'ai l'impression, et elle le sent bien... Elle fait des salades folles. Ce soir, elle prétendait pas aller marner ; il a fallu que je l'accompagne... Angelo craignait qu'elle lui file le train.

Je me suis marré aussi, et on a enchaîné sur les gonzesses, qui sont un sujet inépuisable de surprises. J'aurais bien aimé qu'il me parle de Lulu-la-Barmaid, mais y m'a rien dit. Il était sur un petit sujet qu'il m'a décrit, une danseuse, et c'était pas difficile de voir qu'il en avait dur pour elle. Comme il devait la prendre à la fin de son spectacle, à trois plombes, et qu'il commençait à vaser, je lui ai fait un bout de conduite, jusqu'à proximité. On s'est quittés très potes et, à la rigolade, il m'a lancé, tandis que j'embrayais :

— Si on se rencontrait seulement qu'à la châtaigne... Me tire pas dedans, voyou !

*

Le barman du « Tipica », il me semblait bien reconnaître sa bouille. Histoire d'amorcer la jactance, je lui ai proposé de rouler un 421 et, tout en poussant les bobs, j'ai appris qui c'était. Il s'est fait reconnaître. J'avais été client chez lui, à Anvers, à l'époque où je m'occupais un peu de contremouche. En ce temps-là il s'appelait Alfred, et on pouvait se fier à lui. Y avait pas de raison qu'il ait changé. Je me suis déboutonné.

Suzanne-de-Grenelle, il la connaissait parfaitement. Si je la voyais pas dans la salle, y avait gros à parier qu'elle venait d'emballer un miché.

Je pouvais pas me permettre d'attendre là. Tout pressait. En poussant vers lui un talbin de cinq raides, j'ai expliqué à Alfred ce que je voulais. Il l'a enfouillé, fait gy de la tête, passé le commandement à son second, s'est dérobé cinq minutes, puis est revenu m'éclairer.

Il ne se gourait pas tout à l'heure dans ses pronostics : Suzanne était tirée depuis un bout de temps avec un habitué, un sujet d'élite qu'elle faisait toutes les semaines, réglo, au Welcome-Normandy, à deux pas de là... On avait aucune chance, si tard, de la voir revenir au Tipica, et il valait mieux que je me magne si je voulais la piquer à la sortie de l'hôtel, parce que le client, c'est un rapide !

La vase qui tombait de plus en plus serré, semblait passer les trottoirs au cirage. Bouclé bien au chaud dans ma tire, à vingt mètres du Welcome-Normandy, j'allumais pipe sur pipe pour pas m'endormir. C'était vraiment plus de mon âge ces cavalcades, Pierrot avait raison. Tout ça devait se régler vite, et sans connerie, j'y tenais. J'essayais de mettre les idées qui me venaient dans cette rue froide sur le compte de l'hémorragie, de la fatigue, pour me rassurer. Je sentais bien que j'étais plus chaud pour les histoires, et que tout ça me venait du trognon.

Me trouver là, seulabre sous la pluie, à guetter la sortie de passe d'une fille, ça n'avait pas de sens... Il me semblait être viré du monde, comme les sentinelles, les putes et les cloches, qu'on place dans un coin noir, à attendre, pour qu'y gênent pas, pendant que les autres vont dormir, ou se marrer.

Le miché est sorti le premier ; sous la lance, il a couru jusqu'au boulevard où devait être sa bagnole.

Cinq minutes plus tard, Suzanne est apparue. De la porte, elle me faisait des signes désespérés, comme à un bahut.

Je me suis avancé ; ça m'arrangeait bien pour l'entrée en matière. Lorsqu'elle m'a reconnu, elle a grimacé, tout de suite.

— J'ai rien avec toi, je lui ai dit pour la rassurer... Grimpe, plutôt que de te faire tremper... T'as pas le trac que je t'enlève ? C'est pas ma manière, tu sais, la violence avec les dames !...

Elle est montée près de moi. Ma charrette, personne la connaissait, je l'ai déjà dit. A la façon qu'a eue Suzanne de s'asseoir, d'éprouver le coussin et le dossier, j'ai senti qu'elle était bluffée. Elle aurait bien admis, tout à l'heure, que Bastien me bute, mais je gardais, malgré tout, ma cote à ses yeux.

J'ai démarré en direction de l'Etoile. Elle disait rien, mais je comprenais qu'elle n'était pas pressée.

— Je suis pas fâché de te voir, je lui ai avoué, parce que moi, Suzanne, j'ai pas les idées de tout le monde... T'as des hommes qui méprisent les gonzesses, qui prétendent qu'on doit pas discuter avec. Je suis pas d'avis.

Je roulais doucement sur le boulevard des Batignolles. Y avait pas un rat sur la chaussée ; je pouvais la gaffer en coin. Elle avait un visage fermé de pétardière et elle mouftait pas. J'ai continué :

— Les hommes, de nos jours, y a plus moyen d'avoir de conversation avec... Pas d'explications. Aussi sec, ils vous envoient la fumée, tout de suite, sans dire ni quoi ni qu'est-ce, sans affranchir sur ce qu'ils te reprochent...

« ... C'est le monde renversé que tu me diras, mais c'est chez les femmes qu'il faut la chercher, la gamberge, aujourd'hui... Chez certaines, pas chez toutes, bien sûr ! »

Elle disait toujours rien. Elle renaudait pas, c'était déjà gentil avec son caractère. J'ai repris :

— Ton homme, Angelo, j'irai pas t'en dire du mal, c'est pas mon genre mais, parole ! je comprends rien à ce qu'il me veut. Je suis venu te demander, mais là, en ami, et en secret, si tu as idée de ce qu'il a contre moi.

Elle a attendu quelques secondes avant de me dire :

— Parole de femme, Max, je n'en sais rien.

Là, j'ai tiqué :

— Suzanne ! Suzanne ! tu me chambres à froid ?... Tu serais doublard ou triplard chez Angelo, je t'aurais même pas causé de ça ; mais t'es môme ! Alors, si tu sais pas pourquoi ton homme veut en repasser un autre, qui le saura ?... Je lui ai pas fait d'impair, j'ai jamais turbiné avec lui, on est pas sur les mêmes courses, je lui dois pas de pognon, et je t'ai jamais fait de gringue... J'ai toujours été correct avec toi. Qu'est-ce qu'il a à m'envoyer ses tireurs d'élite ?... Il devient drôle depuis la mort de Frédo, il veut jouer les chefs de gang, parole !

De m'entendre lui parler doucement, ça la ramollissait la tigresse ; elle m'a lâché :

— T'es marrant ! Môme ! Môme, que tu dis !... C'est pas garanti ! Depuis un mois y me mène une drôle de vie. Y m'en casse plus une, comme si j'étais fautive... Pourtant mes semaines, crois-moi, je peux les aligner avec celles de n'importe quelle femme dans Montmartre, et même dans Paris ; j'ai pas de chaleurs !... Pour moi, y veut me doubler... Même une belle comptée maintenant, il en a rien à foutre... Mais je te jure, si je la pique, la morue, elle va y avoir droit, à la croix des vaches, et pas en histoires !

— T'as idée de qui c'est ?

— Rien que des doutes encore, une pote à moi les a vus ensemble...

Elle a brusquement cessé de parler, pour me regarder durement. Puis, et à son ton j'ai senti qu'elle s'était ressaisie, elle m'a dit :

— Désolée de pas pouvoir t'affranchir, Max ; mais vrai, j'sais rien... et j'suis là à te raconter ma vie !... Tu vois, c'est toi qui te trompes ; on est toutes les mêmes, des saladières et pas autre chose !

Quand elle est descendue, place Clichy, il pleuvait un peu moins.

— Je suis content quand même d'avoir parlé avec toi, je lui ai dit, pense ce que tu veux, mais si jamais t'as besoin de quoi que ce soit, tu peux me demander.

Sans répondre, elle s'est tirée prendre un bahut.

Sur le boulevard Rochechouart les poulets, déployés en éventail sur deux rangs, tapaient les piétons aux fafs. D'un coup de châsses encore un peu vif, j'ai distingué près de Pigalle quelques voitures qui se massaient ; ça devait être le grand barrage. J'étais pas bon.

Rue Blanche, à hauteur du Florence, c'était le même blot. J'ai obliqué.

Y avait urgence à mettre mes pétoires en lieu sûr. Je suis arrivé pile chez Tonio. Il avait le duce depuis vingt minutes et deux bons tiers de ses habitués s'étaient déjà volatilisés. Sa première parole a été :

— T'as quelque chose à garer, Max ?

Je me suis défargué aussi sec de mes soufflants et, pour gagner du temps, j'ai donné quelques coups de tube.

De la cabine, chez Tonio, vous visez la porte d'enfilade, et un indiscret a pas le temps d'entrer et faire trois pas, que vous avez déjà raccroché.

J'ai appelé d'abord la mère Bouche, au flan. Pot ! Elle a répondu ; elle était pas encore pagée.

Elle s'excusait pour tout à l'heure, mais sa cabane était toute bourdonnante de mouches, quand j'avais sonné, et il se passait des drôles de trucs...

— Riton ? j'ai demandé.

La mère Bouche a attendu un peu avant de répondre :

— Pas de nouvelles, Max.

— Qu'est-ce qu'y a ? j'ai insisté. Dites-moi tout, la mère, faut que je sache.

Elle a encore hésité.

— Ecoute, Max, qu'elle m'a dit, j'aime pas faire porter des chapeaux. J'sais pas ce qu'y a entre eux, mais ce qui est sûr, c'est moi qui les ai servis... Angelo, le lieutenant du petit Frédo, a dîné tout à l'heure à la maison, avec Josy...

— Quoi ?

— Comme je te le dis... Et elle lui faisait pas de rébecca comme à Frédo, crois-moi !

— Merci, mère Bouche. Si Riton vous appelait, lui dites rien, mais défendez-lui de ma part de venir dans le coin, c'est trop chaud... A bientôt !

J'étais soufflé.

J'ai formé ensuite le numéro du Mystific. Second coup de fion, j'ai eu pile Lili à l'appareil. Elle reconnaissait bien ma voix, mais quand même, j'ai dû préciser :

— Je peux te voir tout à l'heure ? je lui ai demandé.

— Bien sûr, il faut même absolument ; si j'avais su où, je vous aurais appelé la première... C'est urgent, indispensable.

On a pris rambour où je l'avais trouvée la veille et j'ai dû interrompre vite : Larpin et Maffeux, avec deux de leurs potes, venaient d'entrer. J'avais juste entrevu leurs tronches, mais j'ai eu le temps de former encore un troisième numéro avant de sentir derrière moi s'ouvrir la porte de la cabine.

— Max, tu serais bien aimable de ne pas raccrocher... J'ai un mot à dire à celui qui te parle.

C'était Larpin.

— Comment donc, j'ai fait, à vous la pose, ça peut toujours servir.

Il m'a pris le combiné des mains, en clignant de l'œil, un peu joice.

— Allô ! Riton, il a fait, c'est toi ?

Vite, il a raccroché.

Moi, ça me dérangeait pas de lui passer l'horloge parlante.

Il goûtait pas la farce. Il m'a fait :

— Max, tu finiras par t'attirer des ennuis... T'es décourageant ! Plus on cherche à arranger les choses, plus tu les emmêles.

Puis, il a rengraci. Au coin du zinc, où j'avais mon godet, il est venu me coincer avec Maffeux :

— T'as toujours pas vu Riton ? bien sûr ?

— Parole ! j'ai dit.

Ils se sont regardés.

— C'est dommage, vois-tu, m'a expliqué Maffeux, parce que ça commence à aller un peu mal pour lui.

— Qu'est-ce qu'il a encore fait, j'ai demandé, carambouillé la tour Eiffel ?

— Rigole pas, a repris Larpin, on est monté cet après-midi en perquisition dans son appartement du boulevard Magenta, et on a trouvé le rasoir.

— Le rasoir ?

— Oui, le rasoir avec quoi il a ratatiné Frédo... Il avait été lavé, mais pas assez. Il n'y avait plus d'empreintes, mais au laboratoire on a retrouvé quand même des traces de sang... Avec son pedigree, ton ami Riton, il y va de la tête... Tu verras tout ça demain matin dans les journaux, d'ailleurs.

Moins on jacte avec les poulets, mieux ça vaut, toujours. Des fois, en voulant défendre un pote, on l'enfonce, au contraire ; ça s'est vu. C'est pour ça que je l'ai bouclée. C'était pas le moment de faire le marle ; pourtant j'en avais épais.

Larpin m'a encore dit, mais plus bas :

— Tu sais, si c'est pour nous que tu rentres plus à Champerret, Max, t'as tort. Si on a besoin de toi pour quelque chose, un témoignage par exemple, on te retrouvera fatalement. Alors ?... T'as une carrée confortable, c'est pas utile que tu joues les bohémiens, les hommes de l'ombre.

*

Après leur départ je me suis assis, un grand gin devant moi, et je me suis mis à gamberger. Y avait plus personne dans le tapis, je pouvais fermer les yeux sans que ça se remarque, et puis, c'était un coin où les hommes se permettaient pas de chambrer.

De temps en temps je tirais une goulée de pipe, j'éclusais une gorgée de gin ; ça aidait beaucoup à la méditation.

Ça n'a pas duré trop longtemps. J'ai casqué, repris mes flingues en remerciant Tonio, un homme obligeant mais qui aimait la politesse.

Dehors le ciel s'était éclairci. J'ai tout de suite eu la surprise, sans écarquiller les yeux : ma tire avait disparu.

On me l'avait secouée, à vingt mètres d'où j'étais, c'était du cri sec !... Neuf cents sacs, chouravés, comme à un cave ! et sans espoir de retour ; je ne me voyais pas descendre au quart pour porter plainte... Ils se seraient un chouïa fendu la tarte, les poulets !

J'étais si écœuré que je ne suis même pas rentré chez Tonio pour annoncer le vanne. Bravement, pour m'aérer un peu, je suis parti à pinces, en direction du Mystific.

J'avais déjà traversé la place et j'approchais de la tasse qui est au bout du square, quand j'ai eu l'impression d'être regardé. La petite lope qui se planquait dans l'ombre s'est avancée d'un pas pour me sourire au passage, d'un air gourmand, sans rien dire. Puis j'ai entendu son petit cri, pareil à celui d'une souris effrayée. Un coup d'intuition, je me suis détronché, un peu juste ; la tire était à dix mètres et ça partait déjà, de trois flingues au moins.

Vite-vite, je me suis étendu pour faire baisser le tir et redressé aussi sec, en serrant de près l'arrondi de la pissotière. Ils devaient pas me perdre de vue, les tantes. Instantanément, les tôles ont résonné comme un gong, sous les valdas, en petites rafales. J'avais déjà passé la grille du square, en voltige ; et sur la terre trempée je faisais l'homme-serpent entre les fusains, encore un peu maigres à cette époque de l'année.

Le feu de Pierrot m'est tombé le premier sous la pogne. Il tonnait comme un mortier ; j'ai passé tout le chargeur, les neuf balles, coup par coup, sur l'avant de la hotte, là où je venais d'entrevoir Angelo. Ils continuaient d'avancer lentement suivant la courbe du trottoir.

Un qui devait être descendu de bagnole, et pas miro, m'a expédié une giclée de mitraillette bien groupée ; la terre a volé autour de moi, et jusque sous mon pif. Cette fois j'avais mon P. 38 en main, un seul avait qu'à montrer sa sale gueule, et je me chargeais de lui friser les charmeuses. J'étais très calme. En deux coups bien ajustés je lui ai fait comprendre à celui-là, qui se planquait au cul de la charrette, qu'il valait mieux remonter en voiture ; les autres en ont profité pour repartir de plus belle à l'arrosage : ils avaient eu le temps de recharger !

Je les ai vite mis à la raison. Ils devaient mal me voir et j'avais sur eux l'avantage de très bien imaginer où ils pouvaient se trouver, recroquevillés dans la voiture : c'était la mienne !... j'ai pas chiqué quand même et j'ai placé mes balles au travers des portières, à bonne hauteur.

Ils sont repartis tout d'un coup, aussi silencieusement qu'ils étaient venus. Il n'y a plus eu un bruit sur le square. J'ai repassé la grille. La petite lope était allongée, les bras en croix, qui souriait plus, qui sourirait plus jamais. Y en avait un trop pressé, qui s'était gouré à l'arrivée.

Juste les lampadaires ont commencé à pâlir, à décliner en passant du violet au jaune, avant de se mettre en veilleuse et de plus laisser tomber que des petites lueurs, toutes pareilles aux lampes des morts.

Place Clichy, un sapin stationnait encore à l'angle du Lycée. Le cocher tiquait un peu pour monter la rue Caulaincourt, à cause de son bourdon, qui paraissait pas des plus robustes, faut reconnaître. Il m'a emmené quand même, au pas.

Au moment où le fiacre décollait du trottoir, j'ai vu la voiture de patrouille stopper au coin du square.

*

Nous avons bu un jus avec le cocher dans un bougnat qui ouvrait tout juste, rue des Abbesses. Du comptoir je pouvais surveiller l'arrivée de Lili.

J'étais en avance, on a repris un vieux rhum, puis un autre. L'effet des piquouses du toubib commençait à se dissiper et je dégustais un coup de barre maison. Durant cinq minutes j'ai déconné à pleins tuyaux : le rhum qui me montait à la tête, sans doute. Ça m'a pris en regardant au travers des vitres le gail, tout fumant dans le matin froid avec sa tête penchée bas, comme attirée par la terre. Par instants, ses pattes minces se mettaient à trembler sous lui et je voyais sa peau se plisser, onduler du poitrail aux cuisses, comme des vagues.

Il me rendait affreusement triste, ce hareng. Je l'ai dit tout haut, j'ai eu tort ; ça n'intéressait que moi. Tout le monde s'est marré dans le troquet.

Pour me transbahuter jusqu'ici, le collignon m'avait demandé vingt-cinq cigues. Je lui ai refilé un sac, à condition qu'il le rentrerait tout de suite à l'écurie, son cheval, sans accepter d'autre course, et j'ai encore ajouté deux cents balles pour un picotin supplémentaire. A son regard, au cocher, j'ai bien compris que les deux cents points ils allaient être pour son petit gorgeon ; qu'il allait les picoler à ma santé et à celle du pauvre canard. Ça m'a foutu en rogne... Je l'ai prié de se tirer, et sans attendre ! Il a pas insisté.

Lili tardait un peu à paraître. La tremblote m'avait repris, j'osais plus boire.

J'allais m'asseoir, lorsque la môme a tourné le coin de la rue. Tout de suite, elle s'est mise à chercher la voiture du regard, et on voyait bien, même de loin, qu'elle était contrariée de ne pas la trouver là, avec mézigue dedans. Je lui ai pas laissé le temps de faire des suppositions, je me suis montré. Ça l'a soulagée.

Les tempéraments, ça se discute pas, et ça peut pas non plus faire l'objet de comparaisons. Je me souviendrai toujours du sergent Lafal, employé au gaz de métier, un mec pas ordinaire, que j'ai rencontré pendant la riflette 39-40. Au cantonnement, c'était la terreur des cramouilles, un enjambeur terrible ! On était pas fixé depuis quarante-huit heures dans un bled qu'il avait déjà basculé deux bergères minimum, parfois la mère et la fille, les deux sœurs assez souvent. Un coup, il s'était même farci la grand-mère [1] en supplément, crac, pour décevoir personne !

Comme ça se passait au temps de la drôle de guerre, à la faveur des mouvements stratégiques, on pouvait penser qu'à l'heure des choses sérieuses, il allait vite se calmer. Pas le moins du monde. Tout au long de la retraite, au moindre décrochage propice, à la première rencontre d'une colonne de civils, on l'a vu renouveler ses exploits.

Au petit matin, un jour, on fait halte à la lisière d'un bois, en plein dans la caravane d'un ministère qui se repliait. De la mignonne tout amollie d'avoir ronflé à la belle étoile et qui se trouvait enfin rassurée de voir du militaire protecteur ; tout émue aussi, faut croire, parce que pour le sourire

1. Authentique. (*N. de l'A.*)

on nous le ménageait pas. Avec quarante bornes dans les cannes et le souvenir tout frais de la dérouillée qu'on avait dégustée à la tombée du jour la veille, avant de rompre le contact, on avait rien à foutre du charme : on voulait ronfler, récupérer un peu pendant qu'il en était temps. Ça a pas été possible d'ailleurs ; les Stukas se sont amenés, et pas pour rire ! En moins de jouge on s'est trouvés pêle-mêle les mômes, aplatis au sol, le pétoulet à zéro, à essayer de planquer nos gueules.

Le sergent Lafal, il la connaissait, l'utilisation efficace du terrain ! Il nous l'a bien montré.

A trois mètres de moi, je l'ai vu, je n'oublierai jamais. Pas gêné par la terre qui tremblait, les torpilles qui sifflaient aigu, il a sabré une souris, et pas à la sauvette, encore ! Magistralement ! Un tendeur pareil, ça pouvait pas s'imaginer.

J'y ai repensé à Lafal, l'indomptable du chinois, quand on s'est trouvés chez Lili. Il l'aurait calecée sur le tas, lui ! Fatigué ou pas, pour le principe ! Mézigue je ne peux pas hélas ! prétendre à des performances si brillantes. C'est une faiblesse, sûr. J'y peux rien. Depuis toujours je peux goder que dans la joie et l'insouciance ; c'est le succès qui m'enflamme les joyeuses !

De raisons de me réjouir, j'en avais pas lerche, ce matin-là ; sur tous les tableaux, mon point, c'était : baccara.

Depuis hier à la même heure, j'étais, sans qu'il y paraisse, bonnard d'au moins une brique. Ali, avec son rasoir, non content de m'entailler le plat-de-côte, il m'avait aussi cisaillé la gabardine, le costard et la limace, qu'étaient ni réparables, ni nettoyables... La Vedette chouravée, et ma dèche : ça faisait le compte !

Contre les estafiers d'Angelo, je devais les appeler comme ça maintenant, puisque ce salingue semblait avoir repris à son compte toute l'équipe de Frédo, j'avais pas eu la loi non plus, fallait en convenir. Ils m'avaient charrié de toutes les manières, comme s'ils sentaient bien que j'étais pas partant pour la mouillette, pas chaud pour les refroidir... J'avais repoussé leurs attaques, ça oui ! mais ils pouvaient sans vantardise aller miauler partout que Max-le-Menteur, il était pas si toc qu'on l'avait longtemps supposé ; que je mangeais pas le linge, en un mot.

Bien sûr, j'avais encore la pogne assez ferme pour aller retrouver Angelo dans son comptoir, et lui envoyer le potage, en guise de démenti. Le tout était de le trouver seulabre ; parce que pour se mettre à table, ses petits boys ils devaient pas être paresseux. Il serait même pas encore froid l'Angelo, qu'aux bourres, on leur enverrait le duce, de toutes parts... Avec un récit très fidèle des événements !

Je pouvais bien me permettre encore de paumer une brique dans ce parcours idiot. L'opinion du mitan sur mon compte, avec la mentalité qui y régnait maintenant, je m'en branlais éperdument : pour ce qui me restait à le fréquenter ! Et puis les hommes, les vrais, ceux dont l'estime avait de l'importance, ils me connaissaient ; ils sauraient quoi penser.

Et il restait Riton, avec qui on devait terminer notre affaire, la régler complètement. Je sentais le tournant se dessiner. Pour peu qu'il se fasse enchtiber, mon plan il était rôti ; j'allais encore être accroché, à casquer l'avocat, goupiller la défense, l'assister au ballon... Ça pouvait durer cinq piges, même avec les grâces, les remises et tout ! J'allais fatal, me remouiller pendant ce temps, requimper à mon tour, peut-être ?

Fallait pas que Riton tombe, à aucun prix, et surtout pas avant qu'on soit en règle... Après le fade, c'était convenu, y avait pas de bail entre nous, chacun tirait dans sa direction ; mais fallait fader d'abord.

La grelotte me quittant plus, j'ai refusé son café à Lili. Bonne fille, elle est descendue chercher du lait pour préparer un chocolat, et aussi les journaux dont j'étais un peu curieux.

La perquisition, le rasoir, tout y était dans les cancans, mais pas encore le nom de Riton ; on parlait seulement que d'un suspect fréquentant le milieu de la victime. On annonçait aussi que c'était le commissaire Vitran qui était chargé de l'affaire : ça promettait pas de cadeaux !

Le chocolat était prêt. Tout en me le tapant, j'ai écouté Lili. Elle avait raison tout à l'heure en parlant de la nécessité de me rencontrer ; les choses se compliquaient trop pour pouvoir être expliquées par téléphone.

Arrivée d'assez bonne heure au Mystific avec Lola, Josy avait presque aussitôt été réclamée par Riton, au fil.

A ce moment, manque de chance, un client s'amenait, fin rond, pour le refile ! Lili s'en était occupée, mais elle avait entendu le début de la conversation, Josy promettre :

— J'te jure que j'arrive tout de suite... Le

temps de prendre mon vestiaire... Au 11, oui, j'ai compris...

Lorsqu'elle s'était ramenée, à pas une minute d'intervalle, Josy roulait toujours, mais ça semblait plus être avec Riton. Elle paraissait affranchir quelqu'un. Elle avait dit :

— Il me demande de venir... Oui, tout de suite... Au Moderna, chambre 11... Oui, si tu veux, fais attention.

Et puis, elle était repartie pour la salle sans prendre de vestiaire, rejoindre Lola à leur table, où elles avaient discuté un coup drôlement animé.

Ensuite, Lili pouvait pas me préciser l'heure, mais peu après, ça avait été le tour de Lola à demander un numéro. Et c'était de mézigue qu'il était question. Elle avait cassé :

— Max est là, au bar, avec Josy.

La conversation avait pas duré plus que cette phrase et, pas même dix minutes plus tard, Lili avait vu Angelo et deux gonzes s'approcher du bar. Ils avaient échangé quelques mots avec Josy puis s'étaient tirés tout de suite, sans consommer.

Ajouté à ce que la mère Bouche m'avait déjà balancé, ça suffisait à me donner pas mal d'idées, ces singeries. Lola et sa pote, elles jouaient un drôle de jeu, à ce qu'il semblait. Je devais plus les aborder, ces mistonnes, qu'avec grande prudence. Elles me faisaient un contrecarre obscur, que j'aimais pas.

Sur le coup de dix heures, la bavarde un peu râpeuse, je me suis éveillé dans le fauteuil, une couverture sur les endosses et je pouvais réellement pas prétendre rouler les mécaniques.

J'avais quimpé d'un coup, sans prévenir, m'a

expliqué Lili. Je me sentais essoré, sans réflexe, et la tronche siphonnée à zéro, bon à lap, quoi !

Dans cette déforme, les idées connes me rattaquaient. De voir Lili aller et venir, gentiment roulée dans son peignoir de satin rose, ça me filait la bandaison bourgeoise. Ses cheveux noirs montés en chignon réveillaient mon vieux goût pervers pour les vicelardes reposantes, qui sont bien souvent les meilleures affaires avec leur petite bouille candide, mais aussi les plus dangereuses. Pas leur pareille, ces sœurs, pour vous dévoyer un homme ; lui faire terminer sa vie derrière un guichet de banque, mauvais côté évidemment ! ou encore lui donner l'affreux courage de résister trente piges durant à la routine d'un turbin.

De la tronche, l'envie me descendait dans tout le corps, rayonnante, me refilant dans le buffet, à la hauteur de l'estomac, une petite crampe, douloureuse et douce à la fois, qui devenait insupportable en grandissant.

Si je réagissais pas tout de suite, j'étais marron. Avec Lili, sûr, on allait se farcir une partie de bordelaise en 130, inoubliable, qui durerait jusqu'à sept plombes au moins, avec écart javanais, relance libre, quitte ou double, toutim et mèche ! Et, au bout du compte, qui serait cavé ? Le môme Max, officiel ! Métamorphosé, l'homme ! Bonnard et fin prêt pour l'achat du « petit commerce en province », avec son dernier artiche, mûr pour l'évanouissement dans la nature ; la disparition du mitan, par le vide. Sans demander de compte à personne, sans rien régler avec Angelo. Ça se pouvait pas !

C'était pas encore pour cette fois, l'épicerie-buvette à Castelnaudary, près de la gare, avec une gentille Lili dans le comptoir. Elle l'a bien deviné aussi.

Quand je me suis levé pour partir vite, tout en m'aidant à passer mon pardessus qu'elle avait bien nettoyé pendant que je ronflais, elle m'a dit d'une toute petite voix :

— Vous connaissez mes heures maintenant... Venez quand vous voudrez.

Y avait déjà plus de m'sieur Max, entre nous.

J'ai piqué un bahut en sortant et je me suis fait mener chez Pierrot, à toute pompe. Il était pas là, le gros ; c'est Nana qui m'a ouvert.

— On commençait à être inquiets, qu'elle m'a fait, sérieuse, puis à la rigolade... Mais je vois ce que c'est : monsieur découche !

J'avais vraiment pas de temps à accorder à la bagatelle. Je le regrettais, vrai. Je venais tout juste pour faire toilette, me raser, et rafraîchir mon pansement. A cause des agrafes et de la plaie qu'il fallait tamponner à l'alcool, Nana m'a aidé. Ça a été un moment de grande dépravation. A l'effet que me faisait le contraste de ses mains douces et de la brûlure du pansement, je me suis demandé si j'avais pas par hasard un vice nouveau ? J'ai sûrement encore manqué là une chouette révélation. Mais je pouvais vraiment pas m'attarder.

Onze heures, le matin, c'est pour le mitan l'heure de la trêve. Par la force des choses, évidemment, et uniquement parce que les uns viennent tout juste de se pager et que les autres sont pas encore sortis du paddock.

Angelo, j'avais aucune chance de le rencontrer. Il devait être en pleine vape, quelque part, camé à bloc, en train peut-être de rêver qu'il me découpait en rondelles. Ses gonzes, en plein jour, y avait pas de danger qu'ils osent me plomber. La plus mauvaise rencontre pouvait encore être celle des condés, qui choisissent volontiers cette heure pour sauter les dangereux qu'ont le pétard facile.

Ils avaient rien à me reprocher d'ailleurs, ces messieurs, à ma connaissance ; c'était le fait de me filer dans leurs jambes qui m'agaçait et, aux alentours du Moderna, si mes idées étaient justes, il devait bien en rôder une ou deux équipes.

Je commençais à désespérer, j'étais bien pomme. Je me suis souvenu d'un coup que la meilleure façon de trouver Victor, le taulier du Moderna, c'était encore de l'amarrer, sur le coup de midi, au tabac où il venait, réglo, filer son jeu au P.M.U. Un tremblement de terre, ni la bombe atomique auraient pu l'en empêcher. Seulement, pendant une heure d'attente dans ce bistrot j'allais, coup catalogué, être aperçu pour le moins par dix gonzes de connaissance ; les flambeurs, c'est pas ce qui manque dans le milieu. Et puis, c'était une heure de perdue.

Au Prisunic de la place Blanche, je me suis offert une chouette valise fibrine gaufrée croco, pour week-end de midinette, et un taxi m'a descendu en trombe à Saint-Lazare.

Je tombais bien : en pleine arrivée du train de Deauville. Il ne me restait plus qu'à suivre la foule jusqu'à la station des taxis et donner l'adresse du Moderna où j'allais enfiler en voyageur anonyme.

Victor a tout de suite saisi la coupure quand je me suis présenté. D'autor, il a décroché une clef et empoigné ma valoche.

— T'es pas prudent, Max, qu'y m'a fait dans l'ascenseur, y a une fumée terrible dans le coin.

Et, dans la chambre, comme j'allais tout de suite à la fenêtre, il m'a fait le serre :

— Bouge pas les rideaux, y en a deux sur le trottoir d'en face qui cessent pas de mater la façade.

Je les ai vus tout de suite, et deux autres encore qui venaient d'arrêter mon taxi et qui interviewaient le chauffeur.

— Victor, j'ai fait, je viens aux rencarts sur ce qui s'est passé cette nuit dans ta cabane... Ça sortira pas d'entre nous. T'es commerçant, je comprends bien ton point de vue, tu peux te mettre mal avec personne, mais je te jure, j'ai besoin de savoir !

Il était pas heureux, Victor, de mes mots, ça se voyait à sa bouille.

— T'as des drôles de vannes à envoyer, qu'il m'a reproché... Parce que je tiens un dortoir à présent, on veut se permettre de suspecter ma mentalité ?

— Te fâche pas, je me suis excusé, personne, et moi le premier, songe à discuter ta mentalité ; je voulais seulement te dire que je comprendrais parfaitement que t'aies quine des salades, et envie d'être un peu peinard sous ton toit.

— Tu penses si j'aimerais ça ! Tu penses si j'aimerais ça ! répétait Victor... Des coups fourrés, y en a un peu trop chez moi, c'est certain ; c'est ce que disent les poulets, et moi je suis du même avis, mais pas pour les mêmes raisons ! Je peux quand même pas vaguer les clients à la rentrée ? Ni rester jour et nuit au bureau ! Remarque, j'étais là hier soir. Sur les dix heures, je sortais de table, Riton s'apporte. Avec son air froid habituel, il me dit : « Victor, une carrée, vite ; j'attends une frangine. » Je lui file le 11, sans me douter de rien. Je l'invite même à prendre le café avec nous ; il a refusé, pressé soi-disant de téléphoner. J'insiste pas.

« Je pensais déjà plus à lui quand les coups de flingue ont commencé à partir, séco ! La femme de chambre rabat me dire que ça se passe au premier ; je m'enfouraille toujours, on sait jamais, je suis chez moi, après tout. Mais j'ai pas eu le temps d'intervenir, juste celui de voir deux mecs passer à fond devant le bureau et j'ai entendu leur voiture qui s'en allait, si vite qu'il devait y avoir un troisième au volant. »

— Riton ?

— La carrée était vide quand on est entrés. Après avoir vidé son chargeur au travers de la porte, il avait dû sauter par la fenêtre, pendant que les autres se rebiffaient.

— Et les deux mecs, c'étaient qui ?

— Un des deux, j'ai mal vu l'autre, était Angelo, l'ancien associé du petit Frédo.

— Son premier lieutenant, comme ils disent maintenant !

— Si tu veux !

Un peu rassuré, j'ai remercié Victor. Riton enfouraillé, lui qui n'aimait pas ça, il fallait qu'il soit méchamment en défiance !

J'ai encore demandé :

— Les condés savent que Riton est dans le coup ?

— Tu parles ! J'ai été emmené ce matin à la Poule ; je leur avais filé une fiche bidon, ça n'a pas tenu, y a eu un courant d'air, j'sais pas d'où. Ils ont le blaze de Riton, pas celui d'Angelo.

Je remontais doucement la rue Notre-Dame-de-Lorette, sur le trottoir au soleil, qui attire toujours les gentilles mômes curieuses de vitrines ou bien celles qui se lèvent à peine et s'en vont, en petite tenue exciting d'intérieur, chercher la jaffe de midi chez l'Italien. J'en suivais justement une des yeux, blonde, mignarde et moulée à miracle dans un petit tailleur qu'elle avait dû enfiler en vitesse, sans rien dessous. Quand on m'a parlé, de près, au coin de la rue La Bruyère.

— J'te croyais mort, Max !

La voix de Larpin, je commençais à la connaître. Il se couchait jamais, ce poulet ; j'allais lui en faire la remarque.

— Pourquoi que tu voudrais que je sois mort ? j'ai dit avant.

— On a retrouvé ta voiture boulevard de Clichy, percée comme une écumoire, et avec pas mal de sang sur les coussins... On pensait que tu étais dedans au moment de la bagarre.

— Faut croire que non, tu vois... Toujours intact, le môme Max ! C'est simplement des voyous qui me l'ont emballée hier soir, sous votre pif, pendant qu'on discutait chez Tonio... Avoue que la propriété est mal défendue !

Voyant bien que je le chambrais pas, il m'a fait observer :

— T'aurais dû porter plainte tout de suite. Imagine que pour te nuire, histoire de te mouiller, quelqu'un s'en soit servi pour monter sur un casse, ou faire un coup fumant ?

Il était pas si cave, le gars ; ç'aurait fort bien pu m'arriver et c'était peut-être d'avoir fait un bon carton dessus qui les avait dégoûtés de garder ma Vedette jolie. Elle devenait un peu voyante.

— Si tu te presses un peu, tu peux encore la récupérer au commissariat, m'a affirmé Larpin, elle est devant. Tu veux que j'aille avec toi, pour faire plus vite ?

J'ai accepté. J'ai eu raison ; même avec ses tôles percées elle valait encore son pognon.

J'en étais tout rambiné, si joice qu'après avoir déposé ma plainte contre inconnu, tel un bon cave, j'ai encore envoyé un sergot moustachu, un vétéran, chercher trois bouteilles d'apéro, et qu'on a trinqué, au pastaga, dans le quart avec les poulets, à la santé de la police et à la disparition des pégriots.

Larpin, faut le dire, y se marrait au moins autant que moi !

*

Dès ma rentrée chez Pierrot, et en sa présence, j'ai appelé Angelo à son bar. Je tenais à faire les choses correctement.

C'est lui qui m'a répondu. Quand je lui ai dit mon blaze, il est resté quelques secondes muet. Il a fallu que je parle le premier :

— Ecoute, empafé, que je lui ai dit, écoute bien.

— Oui, il a fait.

— J'espère t'avoir pas trop abîmé hier soir ? J'espère que t'es en bonne forme pour la courrette ?

Il retrouvait la parole pour provoquer encore, pour vanner.

— T'occupe pas, schbeb ! Tant qu'y aura que des pédales de ton espèce pour me faire courir, j'aurai toujours assez de souffle !

— Schbeb ! tu as osé me dire schbeb ! pompeur de crouillats ! gargouille ! Faudra m'en rendre compte, en plus du reste ! Et comme je voudrais pas que tu te fasses emballer avant que j'aie le plaisir de te mettre en l'air, je viens te prévenir... T'as les poulets dans les reins depuis une demi-heure.

— Les poulets ?

— Oui, connard ! J'ai été obligé de porter le deuil pour ma charrette, que vous avez même pas été capables de planquer, cavillons ! et où vous avez laissé une jolie collection d'empreintes... Tes petits mitrailleurs et tézigue, vaudrait mieux vous déguiser en clandestins.

Il devenait moins bavard, ou bien il avait couvert le microphone de sa main pour affranchir quelqu'un à côté de lui. J'ai terminé :

— Et pense pas, bon à nib, que ça change rien entre nous... Tu peux affranchir ton équipe ; je vais tous les repasser, un à un, ou en bloc, selon que ça se trouvera... Mais je peux te garantir que pour toi, ça va être un hors série palpitant. Je veux t'entendre demander pardon, ma jolie...

Il a raccroché avant la fin. Je l'avais prévenu, devant témoins ; c'était l'essentiel !

Ce petit intermède terminé, Pierrot m'a dit tout content :

— Max, faut prendre des forces. Marinette nous a mijoté sa soupe de poisson, et y a un gigot flageolets en accompagnement !

Ce petit déjeuner de famille me plaisait fort, surtout que Marinette, je l'avais pas encore vue depuis mon emménagement. Comme son homme, elle appartenait à la belle époque, celle où on pouvait parvenir par le travail. Pierrot l'avait maquée quarante ans plus tôt, en faux-poids, la sauvant des « fleurs et plumes » où elle allait se paumer.

— Un beau petit sujet que c'était, la gravosse, qu'il disait toujours, Pierrot, les jours de confidences. Pas feignante, et pardon ! partante pour tous les voyages... Londres pour débuter, Alexandrie après, et Buenos Aires en final, qui était une vraie mine d'or en ce temps-là pour les gens sérieux.

D'avoir débuté sur le banc, et avec le carat, Marinette avait pris le goût de l'autorité. Elle voulait que des prix de Diane dans sa taule. Du moulé superchoix, de la frime de madone, et du linge ! Elle y tenait, au vestiaire, autant qu'à l'éducation et aux manières convenables. Ses greluches, elle les présentait en tenue de ville, en bourgeoises affranchies, pas satisfaites à la maison et qui venaient ici reluire avec des vicieux. Ça faisait énormément goder les michetons, ce rôle de paladins de la braguette, de terre-neuve de la bagouze. De plus, comme à toutes ses souris, Marinette cloquait en pagaille des maris bidons, avocats, diplomates, ingénieurs, officiers, industriels ou magistrats, le client avait encore la satisfaction révolutionnaire de tringler symboliquement la haute bourgeoisie. En loucedoc, ça devait être un peu sa revanche de môme de Belleville, à Marinette.

Elle tolérait pas non plus l'indiscipline, le mauvais esprit, ni la malhonnêteté. Dans sa volière, la mise en l'air du client n'avait pas cours. L'œil à tout, elle trouvait encore le temps de mitonner les petits plats de Pierrot, et pas bâclés ; il aurait pas admis.

La soupe de poisson de Marinette, une recette caraïbe qu'elle avait apprise dans ses voyages, on pouvait pas imaginer meilleur comme dynamite veloutée. Avec le gros on y a touché un peu. Et le gigot, sur son lit de loubiats, a pas mal souffert aussi !

Marinette, de voir des hommes morganer de si bon cœur, ça la ravissait, faire honneur à sa fripe, elle connaissait pas de plus beau compliment. Pour le café elle nous a laissés, discrète.

Je préférais. J'avais un service à demander au gros, entre hommes. Il devait me dire oui ou non. Quand je lui ai expliqué ce que je voulais, il a rappelé Marinette.

— Qu'est-ce que t'en penses de Nana, comme mentalité ?

— Bonne, très bonne.

— Tu réponds pour elle ?

— Ça dépend pour quoi.

Elle se tournait vers moi.

— Tu veux nous l'emballer, Max ?

— S'agit pas de ça, la grosse, a charrié Pierrot, t'as la déformation professionnelle maintenant, faut que tu fasses des mariages à tout bout de champ ! Non, il a repris, sérieux, Max a besoin d'elle pour aller dans un endroit où on ne sait pas trop ce qu'elle peut trouver : les condés sans doute ! Qu'elle se goure pas, qu'elle ait pas le trac, qu'elle feinte et, si par un coup malheureux on l'interrogeait, qu'elle batte à Niort... Elle peut faire ça ?

— Tu penses ! Elle manque pas de vice ; faut seulement que ça lui plaise.

— Si Max lui demandait ?

— Je pense pas qu'elle refuse, elle semble l'avoir à la bonne.

— Marinette, j'ai prévenu, elle peut être tirée deux, trois heures, ça va te chanstiquer ton service ?

— Te fais pas de mouron pour ça, Max, décide-la d'abord, je me charge du reste... Mais elle arrivera pas avant cinq heures, je te préviens.

Pour me permettre une bonne sieste, Pierrot s'est occupé du détail : planquer ma tire dans son garage et convoquer le toubib pour six heures ; il y tenait !

J'ai pu ronfler tout de suite, sans berceuse.

*

Je pouvais pas la faire déguiser en paumée, la petite Nana. Pourtant je l'aurais préférée moins élégante. A Romainville, où je l'envoyais, l'astrakan paraît tout de suite suspect. Y a encore par là-haut, en lisière des maraîchers, des coins retirés, hantés par des malfrats d'un autre âge, et qui restent voués au détroussage du passant, au déshabillage jusqu'aux lattes. La Glisse, qui connaissait bien cette banlieue, m'avait expliqué jadis qu'il attribuait ça à une fatalité historique et topographique ; que ceux qui se remouillaient encore par là dans ce turbin, c'était par la force de l'atavisme et pour rester fidèles à la mémoire des ancêtres qu'avaient, eux aussi, dans la nuit des temps, pratiqué ce genre de mise en l'air, et aux mêmes endroits.

Vu le nombre de ratons qui se font pincer de nos jours à ce travail-là, je sais pas si c'est juste, mais rien que ce risque, ça m'amusait pas de le faire prendre à Nana.

Gentille comme un cœur, avec un mignonnet chapeau tout en plumes roses, elle attendait que je l'affranchisse de la course.

— Ça va pas être facile comme parcours, je l'ai prévenue, la nuit tombe déjà ; il est pas question de te faire conduire en taxi mais de profiter de la rentrée des boulots pour passer inaperçue... La crèche, tu verras ça, est assez isolée pour que même dans l'ombre tu puisses distinguer les poulets en faction. Ça sera manqué, dans ce cas-là ; t'auras plus qu'à rabattre, sans t'attarder. S'il n'y avait pas de pet au contraire, entre et insiste auprès de la femme qui t'ouvrira. Dis-lui que Max-le-Menteur lui demande de prévenir son frangin qu'il veut le voir... S'il était là, dis-lui textuellement et pas plus : « Max m'envoie te prévenir qu'il a vu Victor-le-Taulier et qu'il est au courant de tout. Il veut te rencontrer ce soir absolument, pour une virée dans les bois. » Tu répéteras, pour une virée dans les bois.

J'ai ajouté :

— Tu peux lui dire qu'il m'appelle ici tout de suite, chez Pierrot, il connaît.

Bonne élève de toutes manières, elle entravait vite, Nana. Je lui ai encore fait un plan sur un papelard avec tous les détails marqués depuis l'arrêt de l'autobus : le cimetière à droite, puis le château d'eau, la rue encore éclairée par des becs de gaz 1900, le grand mur écroulé et, après le carrefour, passé le panonceau « Défense de déposer les ordures ménagères », la sente des Fauvettes où se trouvait la maison, la dernière à gauche, bien détachée des autres, presque dans les champs déjà.

Elle s'est tirée, mutine, en me filant un patin, en signe de gentillesse sans doute, en façon de m'assurer de son dévouement. Ça m'a remué, je dois l'avouer, et fait plaisir aussi, mais alors, hors de toute arrière-pensée prétentieuse ou vicelarde, uniquement parce que quand les gonzesses se mettent de votre côté, c'est généralement bon signe. Elles sentent toujours l'homme en forme.

La situation s'améliorait tout de même un peu depuis quelques heures. Angelo, il venait d'encaisser un tantinet la monnaie de sa pièce. Je le croyais pas assez gonflé ni assez fou pour attendre les condés de pied ferme, surtout qu'à part Marco, je voyais pas un fias de son équipe capable de soutenir une heure d'interrogatoire sans s'allonger comme une carpette.

Il le savait sûrement aussi bien que moi, Angelo, et son terrible gang, à cette heure, devait avoir, presto, changé de quartier général, s'être un peu évaporé dans la nature. Ça égalisait drôlement les chances, maintenant, qu'il se trouve en cavale avec ses pirates ! Les coups éclairs qu'il m'avait placés depuis deux jours, c'était terminé. J'allais m'occuper de lui à mon tour, même sans Riton, si je ne le revoyais pas. Il avait osé me traiter de schbeb, cette fiotte ! Je l'avais sur le cœur.

Je ne parvenais plus à m'en arracher, du paddock, à distinguer le rêve du réel, à savoir si le toubib était ou non déjà venu. Tout se mêlait dans mon esprit. Pierrot a dû me secouer dur pour que j'aille au téléphone. Ça n'arrangeait rien, cette vape, parce qu'au bout du fil, Riton s'impatientait.

— Je voulais être sûr qu'il n'y avait pas de coup fourré, il m'a expliqué, je voulais entendre ta voix, parce que ta petite môme qui s'amène comme ça, sans me connaître, mais un peu rencardée quand même, hein ! ça aurait pu être encore un vanne.

— Elle est repartie ?

— Penses-tu... Elle est contre moi dans la cabine ; tant que j'étais sûr de rien, je l'ai pas larguée.

— Tu lui as pas fait trop peur ?

— Un petit rien quand même... Hein, mignonne...

Rassurés l'un et l'autre, ils devaient commencer à frotter. J'entendais Nana rire de la gorge comme une tourterelle.

— Me double pas, canaille, j'ai recommandé, et rabats vite, on a déjà perdu trop de temps.

— Je préférerais que tu viennes nous prendre.

Il avait raison. J'ai demandé à Pierrot de me prêter sa Hotchkiss de père de famille, qu'éveillait pas la suspicion et avançait gentiment quand même.

Vingt-cinq minutes plus tard, j'entrais dans Romainville. En filant un coup de phare, je les ai découverts qui m'attendaient, planqués tous les deux dans un coin d'ombre au pied du château d'eau, pareils à des mômes du coin occupés au jeu de touche-pipi, en se roulant des saucisses.

— J'ai pas voulu remonter chez ma frangine, m'a expliqué Riton.

Nana, elle semblait gênée quand même !

Mon pote s'est filé au fond de la tire, bien engoncé dans le col relevé de son pardessus, le bada baissé sur l'œil, et la môme est venue près de moi. Par sécurité nous sommes passés par les boulevards extérieurs et la porte d'Asnières. Ça nous a amenés pile chez le gros pour le pastaga et la dîne.

Durant le parcours, because Nana, Riton en avait pas cassé une, et pendant la graine ça aurait pas été poli pour Marinette de parler de nos affaires. Il a fallu dix plombes pour monter dans ma pagode. Pierrot, qui pensait réellement à tout, nous y avait fait disposer un petit assortiment de flacons, rhum, fine, marc, whisky, avec des guindals à grande capacité, du Perrier et des havanes de première. Y avait de quoi entretenir la jactance pour la nuit entière, en cas de nécessité, et ça n'a pas été superflu.

Quatre jours seulement s'étaient écoulés depuis notre dernière rencontre et nous nous retrouvions comme après quatre mois de séparation, sans bien savoir à quel point attaquer la conversation, et avec entre nous une drôle de gêne. On devait pourtant s'expliquer. Tout en nous versant du whisky, qui est une boisson très réconfortante et presque inoffensive, j'ai lâché d'un coup, pour ouvrir :

— C'est toi qu'as buté Frédo ?

— Bien sûr que non, c'te connerie... Pourquoi je l'aurais étendu, ce cave ?

Il savait rien encore de la salade du Frédo, chez la mère Bouche. Je l'ai affranchi en moins de deux. Ça le soufflait énormément. J'ai demandé encore :

— Comment que t'as appris qu'il était repassé et que les condés te le mettraient sur le paletot ?

— J'étais chez moi, avec mon homme d'affaires, vers dix heures... on allait se tirer. C'est Angelo qui m'a téléphoné.

— Vers dix heures ? Et il savait que tu étais chez toi ?

— Il m'avait demandé partout, qu'il m'a dit.

— Ça t'a pas semblé drôle ?

— Pas sur le coup... Après j'ai compris...

Tiens, quand je l'ai vu descendre de voiture avec Bastien devant le Moderna, et qu'en moins de rien il s'est annoncé à ma lourde, soi-disant de la part de Josy, qui pouvait pas décarrer vu qu'elle était aux prises avec les poulets.

— T'as défouraillé tout de suite ?

— Nature ! j'avais plus de cadeaux à faire ; ils venaient pas me faire de fleurs, ça m'étonnerait !

— Quel rôle elle joue, Josy, là-dedans ?

Il changeait de frime, Riton, depuis le début de la conversation. Son teint, plutôt coloré d'habitude, pâlissait. Il a eu un curieux rictus de la bouche, une grimace rapide et vilaine au possible, avant de dire :

— Le rôle de la peau de vache, qu'elle joue... Le rôle de l'ordure.

— Vous étiez en pétard ? j'ai demandé, pour l'aider.

— Penses-tu, même pas !

— Alors ?

— Alors ? Alors, Max, faut que je te dise tout, j'ai plus le droit de te cacher les choses... Je suis le dernier des cavillons, le dernier des paumés, la reine des cloches et, je te le dis, la reine des salopes aussi, pas un homme !

Il avait à peine élevé le ton, mais à sa manière d'articuler les mots, à sa façon de se rabaisser devant moi, je comprenais qu'il souffrait drôlement. Il a repris vite, craignant sans doute de ne pas pouvoir dire :

— Avec Josy, je me suis tenu comme un cave... Je l'ai prise à la bonne ; j'étais en confiance. Elle sait tout.

— Tout ? Faut me dire quand même quoi, Riton ?

Osant plus lever les yeux sur moi, il regardait son whisky qu'il faisait tournoyer dans son verre.

— Oui, j'en étais venu à l'affranchir de tout, comme les pantes font avec leurs gonzesses, le soir à la rentrée de leur turbin, en leur expliquant les affaires en train, les chances qu'ils ont de prendre de l'oseille bientôt... Pour les faire patienter sans doute, qu'elles se tirent pas...

— Et tu lui as dit quoi, à Josy ?

— Tout, que je te dis.

— Notre truc aussi, Riton ?

Il a fait oui de la tête, et on s'est tus.

La plupart des hommes, vous pouvez vivre avec eux en paix pendant assez longtemps puis, un jour, pour un vanne, une contradiction, un rien souvent, instantanément ils vous apparaissent horriblement dégueulasses, avec des défauts terribles qui semblent mériter la mort sans discussion. Vous remarquez un nez mal fait, trop gros, trop long, trop petit, trop pointu, ou trop rouge, qu'on doit écraser tout de suite d'un bourrepif ou d'un coup de boule. Ça peut être aussi la forme du visage ou de la bouche, la couleur des yeux ou des cheveux, qui deviennent insupportablement débectants ; c'est à ça que l'on reconnaît l'ennemi.

Riton, j'avais beau le détailler, il gardait pour moi la même frime et j'arrivais pas à ressentir de colère contre lui. Y avait vingt-cinq piges qu'on se connaissait, et je le revoyais tout à coup plutôt comme il était au temps du père Boubou, les soirs où il descendait de Montreuil dans le tapis de la rue Elysées-des-Beaux-Arts, avec au bras sa môme, si gentille que La Glisse lui avait filé un blaze : « Juliette-la-Ravissante », qui lui allait vraiment bien. Il portait encore des casquettes,

Riton, à l'époque, il était le dernier à le faire, et des chandails à col roulé, comme les hommes forts de son coin. Sa vie, on pouvait la donner en exemple. Des gonzes l'avaient connu au bataillon, d'autres au ballon, et pas qu'une fois ; partout il s'était comporté en vrai homme. En homme de cœur aussi, ça me revenait en y repensant, à propos de Juliette-la-Ravissante, qu'il avait assistée cinq berges durant au sana où elle avait manqué de rien, jusqu'à ce qu'elle canne, la pauvre môme.

Mais quand même, malgré son passé, ce vanne affreux qu'il venait de me faire, Riton, j'avais du mal à l'encaisser !

Etre mordu pour une gonzesse, je savais de quoi il s'agissait, mieux que personne. Seulement, mézigue, j'avais compris à temps qu'il fallait dételer, aussi sec, dès qu'une femme vous faisait un galoup. Vous pouviez encore, bien sûr, emballer à nouveau, et même briller pour pas mal de sœurs ; mais ça devenait de plus en plus difficile de les tenir, il fallait faire de l'autorité, sans relâche, se déguiser en caroubleur, parce que vous aviez plus cette autorité naturelle qui les amarre toutes.

Riton, si je le revoyais, toujours le même, comme du temps de Juliette-la-Ravissante, c'est que j'étais pas gonzesse ; mais sûr, sa belle frime de voyou avait pâti des années. Le plissé accordéon autour des châsses, les joues moins fermes, moins claires aussi, avec leur rechampi violet des petites veines, les douilles ternies, et qui amorçaient une sérieuse décarrade, c'étaient des détails sans importance chez un mâle. Pour Josy, ça semblait compter plus que la valeur de l'homme, puisqu'elle bandait maintenant pour Angelo, avec ses cheveux aile-de-corbeau et sa gueule pâle de métis maltais. Y avait peut-être aussi une question de mode là-dessus, puisqu'elles voulaient toutes, de plus en plus, se maquer avec des rabouins, quand c'était pas avec des crouilles, ou des bougnoules.

J'avais pas le loisir de gamberger là-dessus. Je devais savoir et vite, jusqu'à quel point cette morue était affranchie de nos affaires. Riton, il restait muet, pétrifié.

— T'aurais pas dû, Riton, bien sûr, je lui ai dit, mais maintenant que nous voilà dans le bain, on doit pas lâcher les dés, sans quoi tout est rôti. Faut que tu me dises tout ce que sait cette gonzesse, parce que le coup du rasoir qu'on retrouve chez toi, c'est encore d'elle, hein ? Et ça prouve qu'on veut te faire tomber.

— Evidemment ! elle avait les clefs, ça a pas été dur... Ce que je lui ai dit quand on est montés sur l'affaire ? Je me rappelle plus au juste... La veille, j'ai dû lui laisser des sous, en cas de pétard, et quand on est rentrés le lendemain, lui annoncer que tout s'était bien passé, qu'on avait planqué la joncaille en attendant que le coup s'écrase un peu.

— Tu lui as dit qu'on était en cheville ?

— Oui, évidemment, je croyais la rassurer en lui parlant de toi.

— Elle sait rien de la planque ?

— Tout juste qu'elle existe.

J'ai rempli les godets et je me suis mis à penser.

— Dis donc, j'ai fait d'un coup, quand Angelo s'est amené au Moderna, c'est toi qui as défouraillé le premier au travers de la porte ?

— Oui.

— Ils t'ont répliqué tout de suite ?

Riton a réfléchi un moment.

— T'as raison, je les ai pas entendus tirer, vrai !

— T'es un petit veinard. Ils voulaient peut-être pas te buter après tout, parce que mézigue, ils m'ont un peu fadé cette nuit ; ils me destinaient à l'autopsie, officiel !

— Tu penses qu'ils venaient des fois me faire une gentillesse ?

Il haussait les épaules, Riton. Je me suis expliqué :

— J'ai pas dit ça, mais je crois commencer à comprendre ce qu'il nous veut, l'Angelo... Parce que tu remarqueras qu'y a pas de raison que je sois mêlé à ce coup ?

— Pour ça, non !

— L'autre soir, quand j'ai aperçu Angelo et son escouade de choc qui me filaient le train, j'ai cru qu'ils voulaient me percer, pour venger Frédo : je suis ton pote, ça pouvait à la rigueur se défendre... Maintenant je suis sûr qu'ils n'avaient pas envie de me buter. Pas tout de suite, du moins. Imagine que je rentre chez moi, sans faire gaffe ? Je peux te faire le papier : ils sonnent, j'ouvre, ils me braquent, et me voilà embarqué dans un coin, histoire de me faire cracher, à la caresse, l'endroit de notre planque.

— Tu crois ?

— Ça saute à l'œil ; ils comptaient sûrement me faire jaser, et me repasser ensuite. De ton côté, tu morflais une bonne vingtaine de piges et t'avais une toute première chance de canner là-haut.

— Pourquoi Angelo m'a prévenu, alors ?

— Pour que tu te tires de chez toi, pardi ! Que Josy puisse venir y filer le rasoir.

Il pouvait rien objecter à mon idée, Riton. Elle

tenait drôlement debout. Il a réfléchi un moment avant de dire :

— Y a plus qu'à tous les rectifier, si on veut être tranquilles.

Dans sa bouche, c'étaient pas des mots en l'air. Seulement ça n'aurait rien arrangé, au contraire. Je lui ai fait comprendre :

— Te laisses pas aller à la colère. On a affaire à un drôle de marloupin, et on s'en doutait pas ; faut rien commencer à la légère... Pour l'instant, il nous l'a refilé dans le valseur de toutes les façons. Tu peux pratiquement pas mettre le nez à la fenêtre sans te faire porter en triomphe jusqu'à la grande salle des assises ! Aussi, tu vas me promettre de rentrer te planquer jusqu'à ce que j'aie besoin de toi. Repose-toi sans te faire de mouron pendant deux jours et donne-moi de tes nouvelles tous les soirs, ici, entre sept et neuf. Ça boume comme ça ?... Parole d'homme ! Je vais m'occuper d'eux pendant ce temps-là, leur préparer quelques surprises piquantes.

*

Afin d'être certain que Riton n'allait pas se répandre dans Montmartre pour commencer le carnage, je l'ai remonté dans son bled. On s'est quittés un peu avant le carrefour, là où y avait pas de cabanes, pas de curieux pour repérer la voiture.

— Tu m'en veux pas, Max ? m'a-t-il demandé en descendant. Toi qui voulais être peinard, je t'ai encore mis dans une drôle de course !

— Te casse pas la tête, j'ai fait, je peux pas dire

que ça m'amuse, ces fatigues, à mon âge ; mais t'en vouloir, il n'en est pas question. Prends deux jours de vraies vacances, après, ça va peut-être pas être du mille-feuilles !

La Hotchkiss de Pierrot, elle valait pas ma Vedette pour la discrétion, mais c'était déjà une charrette respectable et bien bourgeoise d'allure. La conduite à droite me déroutait un peu, mais j'avais pas de performance à établir, juste une petite virée à m'offrir, en flâneur, le temps de griller quelques pipes.

De Romainville, Nogent c'est à quelques tours de roues, à peine le temps d'y penser. J'ai poussé une petite pointe par là. Je suis d'abord passé devant la cabane d'Angelo. Y avait de la lumière derrière les volets toujours bouclés, et j'ai même pas ralenti, avant d'avoir passé le pont. Sur l'autre rive, les bistrots ouverts à cette heure et en cette saison, ils étaient pas nombreux. Avec leurs façades barricadées contre la crue, leurs peintures délavées par les pluies d'hiver, les bouchons des berges prenaient dans la nuit une allure sinistre, et la rivière, salement tarte avec son eau noire rambinait pas l'ensemble. J'ai enfin trouvé une taule éclairée, un peu en retrait, sur une butte. Ça s'appelait « A l'Homard affectueux », un lieu de rencarts pour idylles clandestines, sans aucun doute. Deux voitures stationnaient encore dans la cour mais à l'intérieur, un seul couple finissait de jaffer ; le deuxième croquait peut-être en « particulier », dans les étages.

L'ambiance me bottait fort et la clientèle avec. Le gonze que j'apercevais attablé, m'avait tout l'air du grossium en train de débaucher la nouvelle secrétaire. Et la fille, on aurait dit Annette, une môme surprenante que j'avais connue. Pas dingue, elle avait mis au point un turbin impeccable. Son job, c'était « secrétaire de direction », et, sauf un qui était de la jaquette, jamais aucun de ses tauliers avait résisté plus de huit jours à l'envie de la calecer, et jamais elle les avait fait languir moins de trois semaines, la juste limite pour l'emplâtrage d'un joli cadeau en fin de mois, sans compter l'augmentation. Après, comme ça devenait voyant dans la maison, le micheton avait plus que la ressource de la virer, munie d'une indemnité comac et d'un certificat du tonnerre ! Y en avaient même quelques-uns qui s'étaient mordus et lui assuraient ensuite une mensualité coquette pour continuer à la voir !

Elle devait avoir formé des élèves, Annette, parce que cette môme qui était là ce soir, à l'Homard, elle avait tout à fait son style d'allumeuse glaciale.

Le pick-up jouait en sourdine un air canaillement reposant. Dans la salle bien chauffée, de légères odeurs de bonne cuisine persistaient, encore agréables. J'ai commandé un whisky, pour pas varier. Dans la cheminée de brique brûlaient quelques bûches. Depuis longtemps je ne m'étais senti si à l'aise, bien de toutes façons. Le patron, sapé en gâte-sauce, la mine rougeoyante sous sa toque blanche, est venu me demander si tout me semblait convenable. Il devait s'ennuyer, cet homme ! J'en ai profité pour lui parler un peu de son auberge, le féliciter. On a bu un coup, puis il a tenu à remettre sa tournée : une framboise maison un rien parfumée et pépère ! A toute force, j'ai dû visiter les chambres du premier, avec chacune un petit salon et une salle de bains, dont il était très fier.

— Ça me donne des idées, votre installation modèle, que je lui ai dit, j'ai justement une dame à traiter !

— Venez quand vous voudrez, pour la discrétion du service, la maison est sans rivale, je peux m'en vanter !

*

Chez Angelo, rien semblait avoir bougé lorsque je suis repassé par là, sur le coup de minuit. La sortie des cinémas peuplait les rues, tout à l'heure désertes. C'était pas propice. J'ai ripé.

Tout en roulant, je pensais à l'équipe d'Angelo, éparpillée dans tout Paris et qui n'allait pas être facile à regrouper. Il me fallait les alpaguer un à un en tête à tête, pour qu'ils me crachent ce qu'ils savaient sur notre compte, à Riton et à moi, ce que leur « capitaine » avait bien pu leur promettre pour les rendre si ardents à la châtaigne.

A la Nation, j'ai dû appeler trois fois d'un bistrot pour obtenir le Mystific. Le secteur était calme, m'a affirmé Lili ; Lola et Josy se trouvaient déjà chevillées avec deux clients qui éclusaient le champ' par magnums. Personne les avait encore demandées. Et elles avaient sonné personne.

— Fais bien gaffe, j'ai recommandé, je te verrai sans doute tout à l'heure après la fermeture, ou bien je t'appellerai avant.

Elle était toute contente, je l'ai senti, de m'obliger.

Ça a été un vrai hasard que je le trouve, planqué devant le clair de lune, Oscar-le-Chauffeur. Tout demi-sel qu'il était, il m'a bien rendu service, avec son poinçon, sa piquouse comme il l'appelait, qui lui servait d'habitude à dégonfler les pneus des concurrents un peu caves qu'osaient venir turbiner dans son coin. Il me l'a passé en douce, en donnant quelques conseils sur la manière de s'en servir ; entre autres, il m'a recommandé :

— Tu craches dessus avant de piquer, comme ça l'air se débine tout doucement, sans siffler.

La tire était encore là, devant le bar d'Angelo. C'était celle, fatalité, dont j'avais déjà dégonflé les boudins la veille. Je me suis rangé un peu plus haut et j'ai eu tout le temps d'opérer. Le poinçon s'est enfoncé doucement dans le caoutchouc et j'ai vérifié de la main ; la pression s'est mise à se tirer, presque insensiblement. Il ne me restait plus qu'à monter me planquer, en souhaitant que le fias tarde pas trop.

Dernière recrue dans l'équipe de Frédo, on l'appelait Henri-les-Gants-Blancs pour sa manie de vanner avec des mitaines de garçon d'honneur. Il m'avait bien semblé le reconnaître sécolle, au volant de ma charrette, hier, pendant qu'ils me seringuaient à tout va, les tantes ! En passant au ralenti, un quart d'heure plus tôt, je l'avais aperçu au travers des rideaux, en conversation avec Lulu-la-Barmaid. Je venais de faire deux fois le tour du pâté de maisons pour localiser les poulets, s'il s'en trouvait planqués et, puisque le secteur paraissait tranquille, je tentais un essai pour me ménager un entretien entre quatre-z-yeux avec ce petit mec.

J'ai pas langui, dix minutes à peine et il est remonté en voiture, m'a doublé arrêté, j'ai eu qu'à prendre son sillage, d'assez loin pour ne pas l'effaroucher.

Tout de suite on s'est trouvés à la porte Clignancourt. Pour pas être semé, j'avais dû coller de trop près, le mettre en méfiance. Je l'ai vu, champignon aux planches, enfiler le boulevard Ney. Y avait pas lieu de le poursuivre ; il était dans la bonne direction.

Je me suis accordé dix minutes de pause, devant un bon demi, le temps de faire perdre à l'autre cloche l'impression d'être pisté. Le temps aussi, pour moi, de prendre une décision.

Riton, il était dans la tradition des brutaux, des implacables ; j'avais qu'à le laisser faire, en moins de rien la firme Angelo, elle allait se retrouver en viande froide, gonzesses et gonzes pêle-mêle ! En comptant bien, ça passait la demi-douzaine d'allongés ! Même en tenant compte qu'il s'agissait de truands détestables, ça valait, sûr, au catalogue, le rencart matinal avec la maison Desfournaux. Si je me chargeais d'un ou deux, le papier se présentait pas plus brillant pour mézigue... Les paroles de Larpin, lors de sa visite surprenante à mon studio, elles me trottaient dans la tête... « On nous a prévenus, j'ai pas à te dire qui, mais il y en a qui te cherchent pour te faire du mal. » C'était net, et ça donnait à réfléchir. Il y avait, indiscutable, chez Angelo, des courants d'air. Un gonze ou une fille qui en croquait, qui envoyait le duce, heure par heure.

Qu'on aille par malheur l'étendre en numéro un, ce donneur, les condés aimeraient pas ça du tout, se voir supprimer un auxiliaire ! Si au contraire, c'en était un autre qui se faisait effacer d'entrée, on était balancés sans retard. Fallait faire gy.

De me trouver en sursis d'honorabilité me rendait horriblement méfiant pour la mouillette. J'étais bien de l'avis de Riton, pour la disparition de tous ces loquedus, mais plus d'accord sur le procédé.

Les-Gants-Blancs, je l'ai retrouvé boulevard Davout, en train de changer sa roue. Trop absorbé, il n'a pas remarqué ma voiture au passage. Je l'ai rangée dans une rue transversale et je suis revenu à pinces, en promeneur nocturne, trouver ce bon branque. C'est ma voix qu'il a reconnue, quand j'ai été assez près pour l'interpeller :

— Parole ! t'as la passion de la mécanique, beau môme ! Faut toujours que tu maquilles quelque chose après les voitures ? même que t'essaies tous les modèles ?

Il s'était redressé, la manivelle du cric à la main.

— Veux-tu lâcher ça, petit imprudent, je lui ai dit.

C'était pas un battant. Comme je le braquais, il a tout de suite obéi. Je l'ai prévenu :

— Ta tire, t'en as pas besoin pour le moment ; on a à jacter tous les deux, viens un peu par là.

Du bout du flingue je lui indiquais la direction

de Bagnolet. On avait qu'à traverser le boulevard pour se trouver dans ce qui subsistait encore de la zone, un endroit discret, avec quelques cabanes de chiftires, des gens réputés pas curieux.

Ça l'emballait pas. J'ai répété, un peu plus sec :

— Allons viens, je te dis !

Il hésitait toujours.

— J'ai quelque chose à prendre dans la voiture.

— Quoi donc, petite tête... Pas un flingue par hasard ?

Il se décidait pas, faisant non de la tête.

— Quoi alors ?

— De la drogue, il a avoué. Si je la laisse là et qu'une ronde ait idée de fouiller un peu, je suis marron !

— C'est pour Angelo, cette came ?

— Bien sûr.

— File-la-moi, alors, je la confisque.

Ce coup, il résistait plus. J'ai tout de suite eu les quatre boîtes en fouille... Dès qu'on a eu traversé, je les ai écrasées par terre, à coups de talons, devant une bouche d'égout.

— Y en avait au moins pour quarante sacs, a dit Les-Gants-Blancs un peu tristement.

En marchant, il semblait s'être guéri de son trac. Pour le remettre dans l'ambiance, je l'ai cloqué le long d'une masure, dans un coin sombre, le canon du flingue sur le ventre.

— Dans le buffet, ça fait mal, je lui ai expliqué ; surtout si je t'envoie tout le chargeur... Et d'ici à ce que quelqu'un te découvre pour te faire transporter à l'hosto !... T'as aucune chance de t'en tirer. Tâche de pas m'énerver... C'est toi qui m'as tiré ma Vedette hier soir ?

Le manque de salive devait lui gommer les babines. Il a fait oui de la tête.

— Qu'est-ce que vous me voulez, tas d'enviandés, avec vos mitraillades assassines, tu vas me le dire tout de suite... Ou je t'étends !

— J'ai pas tiré sur toi, il m'a fait, et je sentais son bide trembler sous mon flingue.

— T'as pas tiré, parce que tu étais trop occupé à planquer ta gueule... Je vois que t'as passé au travers des bastos... Qui c'est qui a morflé ?

— T'as touché Angelo à la cuisse et Bastien à l'épaule mais à peine.

— J'espère faire mieux la prochaine fois, j'ai charrié... Mais tu m'expliques toujours pas pourquoi vous voulez m'anéantir.

— Moi, j'ai rien contre toi, c'est Angelo qui dit que tu as fait buter Fifi, Kabeb et Jo par les poulets.

— Jo est pas canné !

— Si, hier avant midi ; la préfecture a prévenu sa femme.

Au bout du canon, il continuait à grelotter, autant de froid que de flubes.

Je l'ai bouclée quelques secondes pour mieux me faire comprendre, puis j'ai dit :

— Tu te rends compte que je pourrais te lessiver sur place sans que personne sache jamais d'où ça t'est venu ?... Sans qu'on puisse rien prouver contre moi, même en cas de balançage !

Il recommençait à faire oui de la tête. Il devait soupirer après la suite. J'ai encore réfléchi un moment en silence, avant de continuer :

— T'as un peu de fion, toi, Les-Gants-Blancs, je lui ai fait remarquer... Je suis justement d'humeur aimable ce soir... Je vais peut-être te faire une fleur, t'accorder le sursis, si tu réponds bien, si je vois que tu as pas la tête dure. Où qu'il est Angelo, le capitaine des gouines ?

— Dans une villa, à Nogent.

— Solo ?

— Non, Bastien est avec.

— Pas de gonzesses ?

— Je crois pas.

— Tu vas me filer l'adresse, et puis riper de Paris avant une heure, tu m'entends ? Considère-toi comme tricard par mézigue pour un mois, et pas au bidon ; si je te rencontre avant, y aura pas de cadeaux, ce coup-là... Ça te va, ou je dois tirer ?

— Ça me va...

J'ai rentré ma seringue, y avait plus de risques de rebiffe. Les-Gants-Blancs, il pouvait à peine arquer ; ses jambes le portaient plus.

On est revenus vers sa voiture pour qu'il me montre sur le plan la planque d'Angelo ; il se rappelait plus le nom de la rue. Il m'a refilé tous les détails, jusqu'au numéro de téléphone du troquet où on pouvait appeler, et j'ai pu juger qu'il cherchait pas à me feinter. Avant de le laisser se tirer, j'ai encore pensé à lui demander :

— Dis donc hier, quand tu m'as secoué ma Vedette, tu les avais, tes fameux gants, j'espère ? T'as pas laissé d'empreintes ?

— Penses-tu, j'y fais toujours gaffe !

— Essaie surtout pas d'affranchir Angelo de notre rencontre, ni de notre conversation, hein ! Disparais, oublie-le et oublie-moi, c'est ton meilleur jeu.

Ça a été mes derniers mots, et je crois bien l'avoir convaincu.

*

En rabattant sur Montmartre, j'étais pas mécontent. C'est sans préméditation que je me suis soudain trouvé aux Buttes-Chaumont. D'instinct, au fil des rues qui étaient à peine changées, je suis tombé pile en plein pèlerinage.

Sûr qu'on mettrait pas un jour au coin de la rue Fessart et de la rue des Alouettes une plaque émaillée avec dessus « Ici Max-le-Menteur, enfant, a joué aux gendarmes et aux voleurs », et j'en avais rien à foutre de mes jeunes années, ni de mes petits camarades ! Moi, j'aurais seulement aimé, même en casquant, pouvoir faire filer sur le troisième banc à gauche dans l'allée des Camélias un chouette écriteau inaltérable où on lirait : « Ici, pendant six mois le môme Max a eu rencart avec la petite Paula. » Des fois qu'elle serait passée par là, la gentille, pour se rafraîchir la mémoire, ça lui aurait fait entendre que je me souvenais encore, que c'était seulement par la suite que j'avais mérité mon blaze.

Aux Buttes, je m'y retrouvais toujours, sans savoir comment, dans les tournants difficiles de mon existence. Je me rappelais, lorsque j'avais paumé Georgina, y avoir atterri un soir en bagnole, avec La Glisse à côté de moi. A l'occasion, il m'avait un peu baratiné sur le coin, le vieux, expliqué que c'était là l'emplacement du gibet de Montfaucon, où des milliers de truands s'étaient fait accrocher, et souvent pour pas grand-chose... Qu'il valait mieux, somme toute, exercer de nos jours ! Il connaissait tout, ce mec, jusqu'aux noms des chefs condés des temps anciens, qui étaient pas des plaisantins à ce qu'il affirmait.

J'ai encore bifurqué par l'avenue Mathurin-Moreau pour passer devant les anciennes Folles-Buttes, un guinche disparu depuis longtemps, et où j'avais quelques bons souvenirs aussi. Il m'a semblé le réentendre, l'orchestre tonitruant, tout en cuivres, comme c'était de mode encore à l'époque, jouer la *Vipère du trottoir,* un tango qui faisait fureur alors, mais qui aurait eu maintenant des allures de marche funèbre.

*

Logiquement, il devait pas y avoir foule dans le bar d'Angelo. Sauf Ali, j'avais pas grand-chose à redouter. Si je l'avais aperçu à l'intérieur, vrai ! j'aurais pas franchi la lourde. Entre nous la prochaine rencontre promettait d'être au finish, et j'aimais mieux l'éviter, ou tout au moins, en cas de nécessité absolue, j'avais toujours pas besoin de public pour homologuer le résultat ; je préférais en laisser le soin au docteur Paul... C'était son job après tout !

Si je lui avais pas vu cet air morose, à Lulu, derrière son comptoir, je serais peut-être reparti, comme ça, sans entrer. Mais, les deux barbillons du comptoir, avec leurs mines pas franches m'intriguaient, le grand séco surtout qui jactait les lèvres serrées, en tordant la bouche, d'un air pétardier et sournois.

Juste comme j'ouvrais la porte, il finissait sa phrase.

— Nous, on a l'habitude de payer en tendresse ! j'ai entendu.

— Vous tombez bien, j'ai fait, je suis justement le taulier, gironde comme vous êtes, on va pouvoir s'arranger !

Ça devait être des terreurs de banlieue qui se croyaient des dons pour le rackett. Le grand s'est détronché pour marcher vers moi, en se dandinant. Il me fixait méchamment, essayant de me faire baisser les yeux. Son tailleur lui avait coupé très consciencieusement un pardessus dans le style armoire normande, seulement il parvenait pas à le garnir, et avec sa façon de rouler les épaules qui imprimait à l'étoffe des ondulations absolument stupéfiantes, il me faisait penser à Grock.

Pour les petits boulots un peu craintifs, il devait faire impression, le samedi soir, au musette de son coin, et son coup de latte, ça pouvait aussi être assez tarte à déguster, quand il portait en pleine poire, tel qu'il a essayé de me le décocher. Je l'ai vu partir, j'ai esquivé à temps. Un quart de torsion sur le pied, en tirant vite, et il a été forcé de venir, en voltige ! Au passage, du plat de la main, je lui ai rentré la pomme d'Adam, qu'il avait fort proéminente comme beaucoup d'échalas. A ce qui paraît même que ça serait ça qui les rendrait vindicatifs, les grands, les hyper-thyroïdiens, comme les appelait La Glisse.

Le second, plus râblé, s'était trop pressé de venir à la rescousse, parce que voyant son pote étendu dès la seconde suivante, il aurait bien voulu n'avoir jamais bougé. Déjà il prenait l'air innocent du pauvre mec qui est pour rien dans la bagarre, et qui réprouve même la violence de son ami. Je l'ai plié en deux d'une bonne droite au foie, accompagné d'un coup de melon pas trop méchant, mais qui l'a fait quand même pavoiser.

A coups de savates dans le cul, je l'ai d'abord obligé à payer les deux tournées qu'ils avaient bues, puis il a encore dû relever et emmener l'autre grand couillon qui devenait plus gênant encore à plat ventre que debout.

Ça m'avait altéré, ce petit carrousel.

— C'est un comble quand même, j'ai fait remarquer à Lulu, que ce soit moi qui sois obligé de venir faire la loi ici ?

Elle en convenait, c'était visible à sa mine, mais semblait pas très disposée au bavardage avec mézigue.

— Ecoute, môme, j'ai dit, y a eu un petit malentendu l'autre soir entre nous. Je me suis très mal conduit avec toi, je le reconnais, je peux pas t'expliquer pourquoi... J'aimerais qu'on fasse la paix tous les deux, qu'on oublie.

Mes bonnes intentions, Lulu s'en méfiait, et pas qu'un peu. Elle devait les prendre pour un prélude à une danse soignée ; je m'étais montré à elle sous un trop vilain jour ! J'ai insisté :

— Tu vas pas refuser de prendre un pot avec moi ?

— Boire avec les clients, c'est mon métier...

Ce vanne, accompagné d'un regard sauvage, mettait au point nos rapports. J'ai malgré tout demandé :

— T'as du champ' au frais ? du brut ?

Elle a regardé la pendule.

— J'ai que des bouteilles, et je ferme dans dix minutes.

— Mets-en toujours une, on la boira le rideau baissé... A moins que t'aies le trac de te trouver seule avec moi, ou que ça te dégoûte trop ?

Maintenant c'est la porte qu'elle regardait.

— T'attends du monde, ou bien tu veux me faire peur ?

— Je veux pas te faire peur, et j'ai pas peur de toi non plus, mais je préfère qu'il n'y ait pas d'histoires quand je suis seule.

— Ali peut s'amener, s'il se sent mieux ; mais personne d'autre, tu dois le savoir mieux que moi... Il est déjà passé ce soir, le tronc ?

Sans répondre elle a pris une bouteille dans la glacière, l'a posée sur le comptoir avec deux verres, puis est sortie tirer le rideau de fer.

J'aime bien être gentil, mais faut tout de même pas, quand je fais l'aimable, que les gonzesses me bêchent. La bouteille et les gobelets, je les ai emmenés dans la petite salle qu'Angelo appelait son bureau.

— Ça sera plus intime, j'ai expliqué à Lulu, et tu pourras éteindre les lumières de la salle.

La réconciliation a été difficile. Elle était pas bourrin, cette petite. Lui arracher un sourire, ça m'a pris près d'une demi-heure. Elle digérait mal que je lui aie claqué le baigneur !

Comment lui faire comprendre que le trac, l'autre jour, m'avait caillé, comme un vieux cador qui se souvient tout à coup d'un coup douloureux reçu il y a bien longtemps, dans sa jeunesse, et répond soudain à une caresse par une morsure, parce que brusquement l'image de qui l'a tourmenté vient de passer dans sa mémoire.

Comment lui dire aussi que je venais retrouver dans son visage les yeux d'une autre ; que j'avais envie de les voir pâlir et se fermer encore, ses châsses de velours, pour être certain, absolument, me convaincre que Georgina, elle avait pas le monopole de me faire reluire à la limite, qu'il existait d'elle quelques répliques dans l'univers, que j'en avais trouvé une, et que j'allais sûr en rencontrer encore d'autres.

Je peux pas dire jusqu'à quel moment ça a été vrai. Quand elle est venue contre moi, quand je lui ai repris les lèvres, caressé les roberts, qu'elle avait fondants et fermes sous la paume, avec une chaleur magnétique exaltante, j'étais encore dans ma ligne, à la poursuite du souvenir. Après, faut être sincère, c'est bien à elle, à la môme Lulu, qu'ils sont allés les hommages, que je lui ai pas ménagés, et qu'elle méritait bien... Elle avait un goût exquis, à pas oublier, jamais !

Au terminus, j'en étais ébloui de tant de splendeurs, comme rénové. Une fois encore, j'en avais la certitude, mézigo se trouvait sur la ligne de départ, pour la course au bonheur... Et fin prêt ! Je le sentais à mon envie de plus la laisser s'éloigner, même une seconde, cette môme si parfaite. Je le sentais à cette envie si totale que venait pas troubler cette fois ma manie vicieuse de me tirer à moi-même, dans ma tronche, la bonne-ferte, qui vous amène toujours en final à prévoir le bout des choses, qu'est jamais beau, qu'est jamais gai, dès qu'on consent à être un peu clairvoyant, à pas se faire de cinéma.

C'est pour ça que je l'ai retenue contre moi, Lulu, quand on a frappé au rideau, et qu'elle a sursauté. Je l'ai regardée, pour qu'elle comprenne qu'il pouvait plus rien lui arriver de toc maintenant, que je me chargeais de tout.

On insistait. Elle m'a dit à voix basse :

— Il peut pas voir la lumière, il n'y a qu'à le laisser s'en aller.

— Qui c'est à ton avis ?

— Ali, sûrement. Il avait rendez-vous avec deux Espagnols, qui sont soi-disant acheteurs pour le bar...

— Angelo veut céder ?

— C'est Ali qui me l'a appris.

Devant la porte, ça renaudait ferme. J'y suis allé me rendre compte.

Ils roulaient en espingouin, une langue que j'entends assez bien, mais qui m'écœure vite. Ali, qui était dans le coup, la baragouinait fort mal. Les deux autres l'accusaient de les avoir charriés et prétendaient pas aimer beaucoup qu'on les dérange pour rien. Ils commençaient à lui parler sur un drôle de ton.

Dans son sabir, Ali a proposé :

— On pourrait s'occuper d'abord des femmes !

Ils se sont tirés en discutant. J'imaginais sa sale gueule boutonneuse de pirate syphilitique. Il devait papillonner des pognes, en jactant, et rejeter toutes les trois phrases les épaules en arrière, son tic pour remettre en place les épaulettes de ses vestons, qui étaient toujours trop grands pour lui.

D'évoquer ce salingue, ça m'a amené à penser aux autres, à Angelo et à Bastien. Les-Gants-Blancs, je le croyais pas capable de me désobéir, et Marco, j'avais pas de raison de m'en défier, à condition de le rencontrer seul. En moins de rien, à cause de ce bique, j'étais reparti en pleine salade. Pour la trêve douce, c'était clas !

Pourtant Lulu continuait à me suivre de son regard tendre, gênant à force de tendresse. Je pouvais plus maintenant la laisser, cette môme, une minute de plus au contact de ces ignobles. Je lui ai expliqué mon point de vue ; l'effet qu'elle me produisait, j'ai pas eu à le lui décrire, elle avait parfaitement compris. J'ai demandé :

— T'es capable de m'attendre trois jours, seule dans une carrée ?... sans te faire d'idées noires, sans croire que je t'oublie ?

— J'ai pas peur de ça, maintenant... Mais de ce qui peut t'arriver !

*

Lulu était la première fille à passer le seuil de ma planque, porte Champerret. La pipelette allait être soufflée, et affranchir le voisinage que je me débauchais. J'en avais rien à foutre désormais ; cette taule j'allais la fourguer aussi vite que possible, avant de m'éjecter de ce milieu de pédés.

Elle avait pas dû être gâtée jusqu'alors, ma mignonne Lulu, parce que le studio, elle le trouvait princier. Je lui ai juré qu'avant peu, elle aurait l'occasion de s'étonner pour quelque chose, dès que j'allais avoir mis son ancien taulier à la raison.

— Fais attention, elle m'a répété, il te veut vraiment du mal, je lui ai entendu dire.

— A qui ? Qu'est-ce qu'il disait ?

— J'ose pas le répéter.

— Va !

— Il disait à Ali et à Bastien, hier dans la petite pièce... Oh, non ! j'peux pas !

— Allez, dis quand même !

— Il prétendait te pendre, tu me comprends, jusqu'à ce qu'il ait ton grisbi, et après, qu'Ali te ferait quelque chose que je peux pas prononcer non plus.

Elle semblait réellement bouleversée par ces perspectives. Je l'ai rassurée.

— T'as bien fait de m'affranchir, ma mignonne. Fallait que je sache tout ça.. N'aie pas de chaleurs, tout leur programme, c'est du vent, des rêveries de prétentieux.

Nous nous sommes quittés à regret, après qu'elle m'a eu promis d'être prudente, de ne pas sortir avant mon retour. C'était dur de la laisser si vite, cette môme. J'avais mis trois ans à la rencontrer, je pouvais à peine patienter trois jours !

Je me sentais un peu branque, la minute d'après, seulabre dans la bagnole de Pierrot.

Angelo, c'était certain, avait affranchi une partie de son équipe, pour la gonfler à bloc, au mirage de nos cinquante bonnes briques.

Tous les canards s'étaient régalés trois jours durant de l'affaire. Même si Riton en avait pas dit davantage à Josy qu'il le prétendait, elle était assez vicelarde pour avoir fait un rapprochement. Pour peu qu'elle en ait jacté à Lola, il y avait maintenant au moins cinq dangereux susceptibles à tout moment de se mettre à table dans un coup fourré, pour se défarguer un peu, ou uniquement par vengeance. Sans être chaud pour le repassage à la chaîne, ça me semblait, par instants, quand même la meilleure solution.

J'avais, hier, obligé Angelo à calter. Je le privais aujourd'hui, et pour un bout de temps, de sa drogue chérie ; le manque, ça allait peut-être couper l'inspiration de ses vacheries ! Pour l'ouverture de son bar demain, pelop ! Il fallait pas trop qu'il y compte ; on venait d'en filer les clefs à l'égout, tout à l'heure avec Lulu. C'était rien que quelques farces assez méchantes, mais vrai, je voyais pas encore comment lui clore la gueule ainsi qu'à ses gonzes et ses gonzesses, autrement que par la butte.

Le plein rif me lançait dans des extravagances de pensées inquiétantes... Du vrai Rocambole ! Riton et moi on se trouvait en cheville avec un chirurgien truand qui, en moins de deux, leur ôtait la mémoire à nos persécuteurs, crac, d'un coup de bistouri insignifiant... On les lui amenait ficelés, tout vifs, dans une clinique secrète, et il leur laissait juste ce qu'il fallait de raison et de vice pour terminer leurs jours en faisant la manche à la porte des églises, comme des paumés qu'ils étaient !

Seulement c'était des amusettes qui résolvaient rien, et faisaient perdre du temps.

Je suis passé rassurer Pierrot sur le sort de sa voiture. Ma frime devait pas être brillante. Tout de suite, le gros, qu'avait le génie du rambin, m'a invité :

— T'arrives juste pour la deuxième séance, tu veux en croquer ? Après on mange un morceau.

Dans le désarroi, faut savoir renverser la vapeur, c'est souvent préférable, je l'ai remarqué, au forcing qu'amène parfois des catastrophe lorsque vous vous entêtez à agir à contretemps, avant que le moment en soit vraiment arrivé.

— Allons-y comme ça, j'ai fait.

Parlant et en couleurs, le film était pas de l'arnaque. Rien que les gros plans, isolés en reproduction carte postale, ça aurait fait un boum dans la clientèle ménagère, sur les marchés de banlieue. On en jugeait là des progrès du septième art ! Elles se trouvaient un peu dépassées, et dans toutes les dimensions, les mésaventures du petit télégraphiste, piqué sur le tas par le jalmince moustachu alors qu'il accommodait la froufroutante bourgeoise, et qui devait subir la loi du talion. Il avait pas beau schpile, les amateurs s'en rappellent, le vilain petit suborneur, parce que le mari outragé, bien qu'opérant en lorgnons et supports-chaussettes, les charmeuses en bataille, il apparaissait pas anémique du tout ; que les spectatrices d'alors, elles s'en souvenaient longtemps malgré la grisaille de la pellicule, qui mettait pas en valeur.

Maintenant, le coup était plus le même. La couleur, si flatteuse dans les bruns et les rouges, ajoutait une note réaliste, renforcée encore par la sonorisation. Ça devait dépasser toutes les rêveries de pensionnaires, surtout dans les plans américains, résolument inversés par l'opérateur, qui ne les concevait exclusivement qu'en dessous de la ceinture.

Le héros de la bande (si l'on ose dire), c'était un tarzan, mais pardon ! qui aurait encore rendu le double-six au Père Dupanloup en matière de raffinement. Et, pour soutenir une cadence pareille, sûr qu'il suivait pas le régime Gaylord Hauser ; il devait plutôt marcher au Bogomoletz suractivé.

En Attila du tendron, il apparaissait, ce matz ! A son approche, tout le petit trèpe de la forêt vierge, des rossignols peureux aux biches craintives, fonçait à tout berzingue se planquer. Y avait qu'une pauvre petite sirène locale, distraite par la cueillette d'un bouquet d'anémones de mer, qui se faisait faire marron, par trente brasses de fond.

Devant ce qui la menaçait, elle était vite contrainte de faire surface, afin de succomber, pour les exigences de la caméra, le cadrage des gros plans, seulement sur le sable blond de la plage.

C'est la petite Esther qu'aurait apprécié toutes ces prouesses techniques. J'y repensais, à ce moment, à cette bonne môme, à ses rotoplos et ses cannes impeccables, et aussi à son vice professionnel de ne pas vous faire grâce d'un détail, quand on voyait un film ensemble, ni d'un panoramique, ni d'un fondu-enchaîné. Elle était script-girl à l'époque, et prétendait terminer le parcours à Hollywood. C'est un volailleux des Halles qui me l'a finalement emballée, au marida légitime ! Il ne me restait plus d'elle, avec des bons souvenirs, que quelques mots qu'elle m'avait, pour ainsi dire, appris de force, à la lassitude. Toutes les femmes vous en laissent pas autant.

Dans la salle, les perruches, qu'étaient pas toutes de la cabane, et il s'en faut, applaudissaient à tout rompre aux exploits du héros... Les mâles, nature ! qui se voyaient distancés dans le rallye-bagatelle, ils essayaient dans la pénombre de rebecter leur standing défaillant... C'était prétexte à de drôles de manœuvres. Tarzan, il le réveillait, l'esprit d'émulation !

On s'est tirés avec Pierrot, sur la pointe des pieds, parce qu'il m'a expliqué qu'au-dessus d'un certain pourcentage de voyeurs, les clients se sentaient gênés et se dérobaient sans même commander le champ', qui était une source de recette pas négligeable pour la maison.

*

Lorsqu'on se trouve engagé dans des tournants périlleux, faudrait soudain pouvoir être l'homme de bronze, se marrer des fatigues, et être capable de se passer de sommeil indéfiniment. Ma nature fragile me l'a jamais permis. Ce qui fait que je me suis éveillé à onze plombes passées, sous le regard fixe du bouddha doré qui semblait me chambrer en ricanant.

Je l'avais dans le baba ! Tant qu'à faire, j'aurais aussi bien pu finir la nuit avec Lulu, ça aurait pas été du temps perdu !

Il me restait à me tirer discrètement pour éviter l'invitation de Marinette, qui allait encore me servir un déjeuner à m'anesthésier pendant deux heures.

En me rendant chez Lili, je gambergeais sur la drôlerie de la situation, l'étrangeté du turbin que j'étais obligé de faire. Un condé passant la revue de ses indics, et mézigue, c'était presque le même blot. Pas tout à fait, parce que ces messieurs de la maison j't'arcquepince, ils devaient avoir plus de facilité. A preuve que je me suis cassé le nez à la lourde de Lili. Normalement, je peux le dire sans prétention, elle aurait dû m'attendre. Tintin ! j'avais beau carillonner, personne bougeait dans la case ! C'est une voisine qui m'a prévenu.

— Insistez pas, Lili est pas là, elle m'a expliqué en passant la tête par sa porte entrebâillée, on est venu la chercher, il y a une heure... la police, je crois, elle a ajouté, en bonne grilleuse.

J'ai remercié quand même, ça le méritait bien.

C'était peut-être sans rapport avec mes salades,

ce nouveau vanne, mais quand même, j'avais pas bon moral en descendant l'escalier. Le calibre passé dans la ceinture de mon froc me donnait l'impression de faire une bosse énorme. Les flics, s'il y en avait en bas, ils allaient me vaguer tout de suite, me palper, me pétrir ! Avec cette pétoire, je descendais en triomphe tout droit jusqu'au passage Tourlaque, pour atterrir, garanti, au dépôt. C'était trop cave de m'être filé dans cette ratière.

A mi-étage, entre le deuxième et le premier, les gogues étaient libres ; une vraie providence ! Le flingue, je l'ai calé bien à plat sur la chasse d'eau, de façon qu'un constipé nerveux aille pas le faire tomber en tirant la chaîne.

Précaution conne, je l'ai compris dès dans la rue. Je devenais nerveux, fallait surveiller ça. Si le traczir me prenait maintenant rien qu'à évoquer les poulets, j'étais pas sorti de l'auberge ! Il me restait plus qu'à aller bosser au charbon.

Deviner maintenant où se trouvait Lili, et pourquoi on l'avait emmenée c'était duraille, du vrai travail de cartomancienne. Je pouvais même pas lui laisser un rambour chez la pipelette. Guetter son retour ? Combien de temps ? D'où ?

Au long du trottoir s'alignaient en file les voitures des marchands de quatre-saisons ; avec la foule qui se pressait autour, j'avais toute chance de la louper.

Par la rue Germain-Pilon, je me suis laissé glisser jusqu'à Pigalle. Vers ces heures-là, c'est une rue réconfortante et qu'on croirait jamais sillonnée, dès que la nuit tombe, par autant de truands. Je ne croisais que des ménagères gentilles et les bistrots par leurs portes grandes ouvertes soufflaient de bonnes bouffées, moitié pastaga, moitié bidoche rissolante, avec une pointe d'ail et d'oignon qui, loin d'être écœurante, devenait, dans l'air frais, plutôt apéritive.

J'ai remarqué au passage, dans une vieille cour, un arbre mignard qui commençait à percer quelques bourgeons. Il m'a fait souhaiter qu'avant quinze jours on se trouve à la campagne, la môme Lulu et moi, à faire vraiment connaissance.

Les tapis de Montmartre, une espèce de dégoût, peut-être un pressentiment, me poussait à m'en méfier, ce matin. Un bahut m'a mené jusqu'à l'avenue du Maine, au coin de la rue de Vanves.

Y avait encore peu de monde chez la mère Bouche, et si elle paraissait contente de me voir, tout le monde semblait pas du même sentiment. Hector et Pierrot-Belle-Jambe notamment m'avaient juste tendu le bout des doigts, sans plaisir, ça se voyait, avant de se tirer tout de suite, sans dire au revoir. J'en avais rien à foutre sur le moment, trop content de reconnaître au fond de la salle, dans l'ombre, devant un pastaga qui devait pas être le premier, Suzanne-de-Grenelle, la dernière que j'imaginais trouver ici.

J'ai été à sa table.

De cette tocarde, valait mieux pas trop attendre un accueil aimable. Pourtant son regard m'a semblé moins froid lorsque je lui ai tendu la pogne. Et j'ai été franchement sidéré en l'entendant me dire :

— Tu prends un godet avec moi ! oui ?

A sa voix j'ai compris qu'elle commençait à être

ronde, et puis, surtout peut-être, qu'elle devait en avoir clas d'être seule.

Depuis dix piges au moins qu'elle turbinait dans les taules à Montmartre, elle aurait dû être blindée au champ'. De mémoire de maître d'hôtel et de chasseur, on l'avait jamais connue passant la dernière main avant un client. C'était toujours elle, lucide comme pas une, qui buvait la coupe et qui soutenait le miché à la décarrade. L'invulnérabilité au sirop, ça faisait partie de sa réputation. Ce coup-ci, elle avait dû se poivrer en suisse. En plus du pastaga, elle fleurait un chouaye le vieux marc, y avait pas à s'y tromper.

— T'es pas rentrée ? je lui ai demandé.

Elle m'a frimé quelques secondes d'un regard que je lui connaissais pas. Pétardier comme toujours, mais avec plus encore de tristesse, et pardon ! pas de la tristesse de midinette abandonnée par son coquin, calicot joueur de football du dimanche, ou mécano danseur du Salon des Familles, pas une tristesse à la petite semaine pour romances. Non, une vraie tristesse profonde.

— T'es beau, toi, Max. Rentrer ! Où ça ? Je suis virée !

— Virée ? Tu me chambres, ou tu te fais des idées ?

— Je te dis qu'Angelo m'a sciée, c'est clair ? Il a même pas eu le courage de me le dire en face... Il a envoyé Marco me prévenir... Et quand je suis passée chez lui, il était tiré...

« ... Virée comme une cavette !

« ... Virée comme une connasse... J'ai même pas pu le voir, lui parler, y devait être chez sa morue ! »

— T'as été chez lui, à Nogent ?

Plus rien ne la surprenait, Suzanne, même que je connaisse la planque secrète de son homme, ça la faisait pas bondir aujourd'hui. Elle remarquait plus rien.

— Tu penses que j'y suis allée ! Là, c'est Bastien qui m'a dit de me casser, et vite ; que je devais plus jamais y revenir, parce que soi-disant les bourres pouvaient me filer le train !

La mémoire lui revenait soudain :

— C'est pas bien, si c'est vrai, ce que tu as fait, Max, de donner Angelo aux poulets. Tu portes un drôle de chapeau depuis hier !

C'était un comble ! Ces enfifrés qui me faisaient porter le doul, à présent ! J'aurais dû la tarter, cette gonzesse ; pour la guérir de colporter des bruits pareils. Découragé, j'ai seulement dit :

— Suzanne ! raisonne un peu... Si j'avais balancé ton homme, puisque je connais sa cabane de Nogent, il serait déjà emporté depuis un bout de temps. Au contraire, c'est moi qui l'ai prévenu qu'il les avait dans les reins... Le coup est pas le même !

Elle gambergeait.

— T'as raison, Max, excuse-moi, c'est ce que Bastien m'a dit, et pas qu'à moi.

Je la comprenais, maintenant, l'attitude d'Hector et de Pierrot-Belle-Jambe ; si je me justifiais pas en moins de rien, j'allais me trouver en quarantaine, tricard de partout ! Angelo, il était pas à court pour les saloperies.

— Avec qui il t'a doublée ? j'ai demandé, au flan.

— Comme si t'étais pas au courant !

— Parole !

— Avec la femme de ton ami Riton, Josy

l'ordure ! Je suis certaine, maintenant... Une belle dégueulasse, entre nous, cette Josy, de profiter des ennuis de son homme pour faire la malle... Belle mentalité ! Mais si y a pas de Jules pour lui donner la punition, crois-moi, Max, y aura au moins une femme pour s'en occuper... Et puis sa pote, Lola, je vais pas lui faire de fleurs non plus, puisqu'elle a voulu entrer en doublard chez Angelo, avec sa grande chérie ! Elles doivent se brouter, ces connasses ? C'est du propre ! Grillée par des gouines, avec ma cote, c'est un monde ! Dis, Max, dis, c'est pas un monde ? Je suis pas n'importe qui, pourtant ? On peut prendre des renseignements sur moi ; j'ai nourri un homme pendant dix ans !

— Bien sûr, Suzanne ! bien sûr.

Je savais plus quoi en faire de cette folle, ni quoi lui dire. Elle grinçait des dents, et le champ' lui ressortait par les yeux. Son fond de teint et son rimmel qu'avaient coulé lui faisaient comme un masque, et ça accusait le carat, salement. Elle est repartie de plus belle :

— Tiens, ils ont croqué ici ensemble, tous les trois, un soir ; on est venu me le répéter. C'est pour ça que tu me vois dans ce coin. Je veux les correctionner... Je les ai pas trouvées ce matin au Mystific ; elles ont du vase.

Je me suis enfui, c'est vraiment le mot.

Depuis quelques secondes, la mère Bouche me faisait signe de venir lui parler. J'y suis allé.

— Si tu tiens pas à voir les poulets, elle m'a prévenu, je te conseille de les mettre. En ce moment, c'est leur heure... Et comme ils me demandent toujours bien poliment de tes nouvelles ! Hein !

— Je te verrai un de ces soirs, j'ai fait à Suzanne, de loin.

Elle était retombée dans son cirage ; je suis pas certain qu'elle m'ait entendu.

*

Le dégoût du cave, tout bien pesé, c'est peut-être la plus terrible fatalité du milieu.

Les gens qui n'ont, bien sûr, pas approfondi consciencieusement le problème, prétendront que les voyous s'assemblent régulièrement aux mêmes endroits pour préparer leurs mauvais coups, recruter des complices !

Flan ! Pour, musique et chansonnette ! prendre les bars de mauvais garçons pour des centres d'étude de hold-up ou les confondre avec des bureaux d'embauche d'hommes de main, c'est pas sérieux comme conception.

Le vrai motif de l'inlassable retour des truands dans les mêmes tapis, sa raison secrète, réelle, je peux la dire, moi : c'est cette répulsion que leur inspire le cave.

Je la ressentais drôlement cette sensation de débectage, rien qu'à l'idée d'aller m'attabler seul dans un restaurant, parmi les branques.

Finalement, j'ai pas pu y couper, au déjeuner de Marinette. Surtout que j'avais encore besoin de Nana pour une partie de l'après-midi.

— Comme on voit que tu nous l'abîmes pas, on te la prête encore cette fois, m'a chambré Marinette.

Lorsqu'on a prévenu la môme qu'elle sortait avec moi, fallait voir sa bouille, épanouie de joie. J'ai précisé, vite :

— Cocotte, je t'emmène à la campagne prendre un peu l'air, mais j'aime autant te dire que c'est mézigue qui joue les Jules aujourd'hui !

Elle a bien compris l'allusion, et est partie se fringuer en pouffant.

Ma Vedette, Pierrot l'avait conduite la veille au soir dans Levallois, chez un de ses potes, spécialiste de la remise en état express de voitures perforées. Je ne devais l'avoir que le lendemain, et c'était déjà gentil comme rapidité. J'ai donc encore emprunté la Hotchkiss, puis aussi, au gros qu'était un ancien amateur de courtines, une bonne paire de jumelles. Y avait justement ce jour-là réunion à Vincennes ; c'était la parfaite coupure.

L'absence de Lili me donnait pas mal d'inquiétudes, nous sommes passés d'abord rue des Abbesses. Deux fois dans chaque sens, à cinq minutes d'intervalle, et en filant des coups de sabords attentifs.

Apparemment y avait pas de fumée, mais cette cabane, je m'en défiais. La prudence commandait de pas m'aventurer dans les étages, où se tendent d'habitude les souricières les plus perfides. C'est Nana qui a pris sa chance dans ce coup. Avec son genre, elle pouvait passer pour une entraîneuse en visite d'amitié à dame-pipi.

Tandis qu'elle grimpait en souplesse, je suis allé me planquer au coin de la rue des Martyrs, prêt à foncer dans la descente.

Lili répondait toujours pas, m'a rapporté Nana, et la cabane semblait si tranquille qu'elle avait pu, sans chaleurs, récupérer mon calibre. Il était dans son sac à main.

De contentement, je lui en ai filé une bise.

— On me pardonne ? elle m'a demandé, à la rigolade. Preuve qu'avec Riton elle s'était l'autre jour offert un petit intermède.

— On verra tout à l'heure, si tu le mérites !

Pour la virée champêtre, le temps se présentait bien. D'étrenner la première belle journée de l'année en compagnie d'une mignonne, ça me consolait un peu de mes mistoufles. J'ai fait le détour par Joinville. Dans le bois de Vincennes, les arbres étaient bourrés de piafs criards et les pelouses de moufflets saoûls de grand air. Ça m'a fait penser qu'on était un jeudi, puis instantanément que les événements cascadaient un peu vite depuis lundi, jour où avaient débuté tous ces emmouscaillements.

Nana et moi, on se connaissait depuis même pas trois jours pleins, et je la voyais à mes côtés, en confiance, un petit sourire permanent aux lèvres, ses yeux, un soupçon bridés, plissés en signe de joie. Elle devait pas se créer beaucoup de soucis, et bêchait pas son plaisir ; la voiture confortable, le beau temps, un après-midi de vacances, elle en jouissait sans arrière-pensée, comme si ça devait durer toujours. Gagner son steak gentiment et se faire bien régaler de temps en temps suffisait certainement à son bon équilibre. Roulée comme elle l'était, avec sa mignonne petite frime, il devait rien y avoir de plus facile à réaliser !

Je lui en étais reconnaissant, de cette gentillesse si rare. J'en avais vers elle un élan très sincère.

*

Le taulier de l'Homard m'a bien reconnu, et la carrée qu'il nous a filée, on pouvait guère trouver mieux, avec sa grande baie sur la Marne. Pourtant, y avait déjà des voitures devant la porte. Ce premier rayon de soleil donnait, c'était pas niable, le signal des éliminatoires du grand circuit annuel du traversin.

Le service était assuré par des perruches très joliment sapées en soubrettes, ce qui faisait bien se marrer Nana. Dès que la nôtre a eu amené la pâtisserie et le champ', je suis passé aux choses sérieuses.

Les jumelles de Pierrot, c'étaient presque un modèle d'artillerie. Je loupais pas avec un seul sourire des filles embarquées dans les périssoires, en plein milieu de la rivière, ni un pli de bikini, ni une pointe de néné. Je me suis réglé ensuite sur la rive, en plein dans les cabanes. Là aussi y avait du spectacle, et dans tous les genres. Des femmes qui faisaient leur lessive, qui talochaient leurs moujingues ; une qui moulait du café, une autre qui prenait sa douche ; un vieux qui dressait son chien... Et puis aussi, qui se croyaient pas vus, deux intrépides, mâle et femelle, à loilpé, intégral, inertes au soleil sur la terrasse de leur villa... Et encore, en apothéose, dans une salle de bains, tout près de là, deux copines qui se faisaient une gâterie bien affectueuse ! Le plus beau, c'est qu'au salon, je pouvais voir quatre Jules, méchamment occupés à taper le carton, un bridge sûrement très passionnant. Plus loin, on retombait dans les scènes ménagères, puis dans une école. Enfin j'ai piqué la taule d'Angelo dans l'oculaire. Vue d'un autre angle, c'était pas facile à identifier, mais j'avais un bout de la route en enfilade comme repère et, pour m'ôter toute hésitation, devant la barrière, une charrette qui me semblait bien être celle de Gants-Blancs.

Ça méritait une vérification, cet impair !

Personne n'apparaissait dans le jardin pelé. Les fenêtres, je les prenais trop de biais pour rien pouvoir distinguer dans les pièces, et la porte que je voyais presque de face, était bouclée. Il fallait les faire sortir un peu, les animer, ces rigolos !

Heureusement, à l'Homard, chaque membre possédait un téléphone à la tête du lit, juste ce qu'il fallait pour appeler Angelo au bistrot voisin de sa crèche. Nana m'a demandé le numéro, et ça a très bien boumé.

Parfaitement aimable, le mannezingue m'a prié d'attendre cinq minutes, le temps d'aller jusqu'à la villa prévenir. J'ai pu le voir, à la jumelle, cet honnête homme, rabattre au pas de course, sonner assez longtemps avant de faire le serre pardessus la grille. La porte s'est enfin ouverte.

J'avais une vraie impression de cinéma muet. Il tirait un peu la patte, Angelo, et devait pas trotter facilement, car j'ai attendu assez longtemps avant d'entendre sa voix.

— C'est toi, j'ai fait... Henri est chez toi ?

— Qui est à l'appareil ? il demandait surpris.

— Qui tu veux que ce soit, tronche ? Mézigue, Max-le-Menteur !

— Comment que t'as ce numéro ?

— C'est Henri-les-Gants-Blancs, ton petit pote, qui me l'a refilé cette nuit, avec ce qu'il t'amenait, les quatre boîtes !

— C'est pas vrai ! C'est pas vrai ? Tu bluffes, comme d'habitude.

Il devait parler d'une cabine, en plein troquet, et pas oser être grossier, ce coup. Moi, ça m'arrangeait assez de n'avoir pas à l'incendier. Lui trouvant la voix assez humble, j'ai forcé un peu :

— Tu sais ce que je t'ai promis, et ça tient toujours, fais-moi confiance ! Seulement, ça m'empêche pas de te demander un service !... Tu vas de ma part rappeler à Henri qu'il est tricard par mézigue pour un mois, de Paris et la région... Qu'il oublie plus, hein !

Il a coupé sans me dire ni oui ni non.

J'avais plus qu'à reprendre l'observation, guetter son retour et là, ça a vraiment valu le croquis. Sa bouille de métis court-circuitée par la colère. A la façon dont il a claqué la porte en rentrant, la corrida dans la cabane valait cent contre un !

Mon blaze, le Menteur, je le traîne depuis toujours. Les filles me l'ont filé à mes débuts, soi-disant parce que je racontais des histoires ! Des histoires, j'en racontais pas plus que les autres à la vérité, seulement les miennes, elles demandaient toutes qu'à les croire. Le goût du baratin m'a quitté depuis longtemps ; le blaze m'est resté : faut que je m'en accommode. Seulement, y en a un que les frangines ont jamais pu me faire porter, c'est celui de voleur, et Nana pas plus que les autres. J'ai pas voulu qu'elle puisse un jour prétendre que je lui avais fait perdre son après-midi.* Penser à Angelo, Bastien et Les Gants-Blancs, enfermés là-bas dans leur cabane, et plus que sûr, en train de se sataner, me mettait d'humeur guillerette.

— Chérie, débouche la chopote, j'ai dit à la môme, la fiesta commence !

Le petit tramway de Shanghai, le mouchoir à carreaux, branche de lilas dans les blés, le blaireau du commissaire, tout ça nous a amenés jusqu'à six heures. Nana, elle a pas mis les chaussettes à la fenêtre ! C'était une véritable bonne affaire, trop même, pour pouvoir honnêtement se maquer. Libre, personne pouvait lui refuser son estime ; marida, elle aurait tourné béguineuse, bourrin, et tout ce qu'il y a de plus tarte. Valait mieux qu'elle suive comme ça sa vocation de faire le bien. Chacun ses aptitudes, hein ?

Sur la rivière, le soleil déclinait, les bateaux se faisaient rares. J'ai refilé un coup de jumelles sur la maison d'Angelo. La porte était toujours fermée, le jardin désert. Devant la barrière, la voiture semblait n'avoir pas bougé. Je me suis demandé s'ils l'avaient pas des fois étendu, Les Gants-Blancs, en le caroublant un peu fort.

Il m'était pas possible de rester plus longtemps à mater. Riton pouvait téléphoner dès sept heures chez Pierrot ; je préférais prendre moi-même l'appareil, et j'aurais bien aimé aussi qu'on repasse chez Lili.

Nana, elle avait été mignonne tout plein, pourtant, dans la traversée du bois, il m'est venu des drôles de pensées à son sujet. Sa présence à mes côtés me semblait brusquement complètement conne, et, quand elle se tournait pour me refiler un gentil coup de châsses, j'avais comme l'impression qu'ils me passaient au travers du corps, ses regards, comme si j'avais pas existé. Et puis il m'est venu en tête, après, que ça serait peut-être plus chouette d'avoir jamais vécu, que ma présence dans cette voiture avait pas plus de sens que celle de Nana.

Je continuais à conduire, machinalement, mais une vilaine sensation me prenait, d'être devenu léger, sans aucune importance ; d'avoir rien à dire sur rien, et plus d'envie du tout, d'aucune sorte !

Croyant que c'était le coup de pompe, j'ai proposé à Nana :

— On prend un pastaga, avant de rentrer ?

A la terrasse du bistrot, place Daumesnil, ça persistait. Les bus, les voitures, les mères de famille avec leurs landaus, les promeneurs, tout ce qui défilait devant nous, me refilait une tristesse terrible dans la tronche, un dégoût affreux. Un camelot est venu me passer son canard sous le pif ; je le lui ai acheté, pour qu'il se tire. J'aurais voulu être seul, je savais même pas où, mais seul dans le silence, sans personne qui me parle, à qui je doive répondre.

Il a fallu qu'elle insiste, Nana, pour que je regarde le cancan. Valait mieux, pourtant, parce que ce coup-là, Riton et mézigue, on tenait l'affiche !

Ça me ranimait, cette manchette comacos, toute noire avec ses lettres blanches : RAPT A MONTMARTRE ! et nos photos en dessous, encadrant celle de Josy.

J'ai séché mon pastaga d'un trait, pour me secouer, me préparer à déguster le coup, qui ne pouvait qu'être tarte.

Josy, on l'avait prétendument enlevée sur le coup de cinq plombes du mat, dans une traction noire !

Y débouchait à zéro, le reporter, à croire qu'il avait assisté à tout, d'un coinsteau où il se planquousait, le marle ! C'était de la chose vue, un peu vibrante, sans omettre un détail.

Il fournissait, depuis le titre du mambo joué par l'orchestre, lorsque le chasseur avait prévenu Josy qu'un homme la demandait, jusqu'à la marque et au calibre du pistolet qu'il lui avait cloqué dans les reins pour la décider à le suivre.

Elle se trouvait maquillée, cette pute, en tendre victime, et il nous la montrait, le journaleux, moulée dans une robe pailletée bleu nuit, toute surprise devant son ravisseur !

Pour moi, elle avait dû croire que c'étaient les poulets qui la réclamaient... Ça pouvait toujours pas être moi ni Riton non plus à mon avis, contrairement à ce qu'affirmait Lola, qu'avait, aussi sec, porté le deuil affirmativement contre nous.

Nos tronches, à la première page, je trouvais ça révoltant. Pour Josy, Lola avait dû refiler un photomaton, un de ces portraits que toutes les gonzesses ont coutume d'échanger, à propos de bottes. Riton et mécolle, on nous gâtait un peu moins ; ça sortait pas de chez Harcourt comme clichés, mais du studio anthropométrique, avec droguet, matricule, barbouse fil de fer et tout ; la vraie bouille de fagot ! En ce qui concernait Riton, il était tombé si souvent que je ne pouvais pas me faire une idée de l'époque ; mais pour moi, je cataloguais impec, même sans matricule. Ce portrait, on me l'avait tiré à Fontevrault, lors de mon dernier sapement, mes dix-huit marqués. Ça remontait à dix piges, c'est dire que pour la ressemblance, c'était pas dangereux, il ne pouvait y avoir que les poulets pour la saisir.

Nana guettait mes réactions du coin de l'œil. J'ai gaffé l'horloge de la place ; elle marquait six heures et demie. Il n'était plus question du tout d'aller prendre la température chez Lili, mais de rabattre, rapidos, chez Pierrot et, attention ! sans nous laisser enfermer dans les encombrements.

— En route, cocotte ! j'ai décidé.

J'avais pas besoin de gamberger longtemps pour comprendre ce qui se préparait. Les deux photos d'anthropométrie n'étaient pas venues toutes seules dans les mains des journalistes. Une publicité pareille pouvait pas être l'effet du hasard ; c'était signé Larpin, ou commissaire Vitran. Certainement, ils avaient très envie de nous sauter, Riton et moi. Qui sait même si cet enlèvement était pas un flan ? Un coup monté par les condés pour me mouiller, en cheville avec Lola, la donneuse de la bande à Angelo, peut-être ?

Quitter la Franchecaille, passer une frontière, dès maintenant, ça devait pas être du tout cuit. Je ne pensais évidemment qu'au départ régul, cabine première ou clipper. Je ne me sentais plus taillé pour les passages clandestins, les franchissements de défilés dans la neige, les cheminements dans les sierras, les épopées de galvaudeux, quoi !

J'avais encore à la rigueur assez de souffle pour me promener dans le monde, sous un toc. Tout ce qu'il me fallait était prêt dans ma valoche, chez Pierrot ; mais ça ne pouvait de nos jours tenir que par temps calme, sans fumée. Depuis ce matin, dans tous les quarts, les douanes, les postes frontières, les cogneries, ma photo avec la mention DANGEREUX devait figurer en bonne place, se graver dans les mémoires. J'avais beau avoir changé en dix piges, je pouvais faire confiance au coup de sabord des bourres, qui vous repèrent à un pli de l'oreille, à la forme du tarin, à moins que rien ! J'avais plus le droit d'en rencontrer un seul sans plonger.

Pierrot était de mon avis, ça semblait pas de la tarte, ce nouvel épisode. Il en avait épais de pas pouvoir témoigner de ma présence chez lui à l'heure de l'affaire.

— D'abord, on me croirait pas, Max, il m'a fait observer. Ensuite, ma taule serait lourdée le jour même. Et faudra encore que j'explique comment j'ai pu tenir, en clandé, en plein cœur de Paris à notre époque, depuis deux piges ! C'est pas possible, ça mouillerait trop de monde, et des gens qui se sont toujours montrés corrects avec moi.

— J'y ai même pas pensé, Pierrot, j'ai protesté, et je vais m'arranger pour pas rester plus longtemps chez toi.

Marinette entrait à ce moment.

Demander l'avis des gonzesses était pas dans les coutumes du gros, mais ce coup, il a pris Marinette à témoin :

— Tu l'entends cette pomme, qui veut nous quitter pour aller jouer les hors-la-loi dans la nature ?... Tout ça parce qu'il a la Poule aux miches !

Elle groumait dur, madame ! Sans plaisanter, elle m'a dit :

— Si tu fais ça, Max ! Parole de femme, je t'adresse plus jamais la parole de ma vie.

On a dîné assez gaiement, malgré tout. Nana avait repris son petit travesti de bonniche et n'arrêtait pas de me sourire en servant. Je me suis peu à peu rebecté, mais, sur le coup de neuf heures et demie, Riton appelant toujours pas, le mouron m'a repris, brutal.

A dix plombes, je pouvais plus tolérer de rester sans savoir. Ce vanne de l'enlèvement, c'était peut-être pas du pour, après tout ? Riton se trouvait peut-être dans la course ? Je suis monté vers Montreuil.

Cette fois je l'emmenais, la machine à effacer le sourire, du gros, et quelques chargeurs de rechange, à tout hasard !

Ce soir, mieux valait pas me contrarier. Il y avait des années qu'un pareil rif ne m'avait pas saisi. J'en voulais à l'univers entier, et à Riton en premier, qui me filait dans ce pétrin par ses confidences aux morues... J'en avais rien à foutre à la fin, de l'amitié... J'en avais clas et reclas d'excuser éternellement tout le monde. Qui me pardonnait, à moi ? Personne !

Chaque fois qu'il avait morflé, le môme Max, il se l'était bien farci, le sapement, et sans cadeau. Des grâces, il en comptait pas lerche, cézigue.

J'en avais pied d'être le seul bon mec, pied de me casser le chou à tout comprendre, à admettre toutes les faiblesses, toutes les erreurs !

C'est qu'en arrivant dans la grimpette avant le cimetière que j'ai ralenti. Jusque-là j'avais dû foncer, sans m'en rendre compte, malgré le petit crachin qui commençait à tomber. J'ai laissé la tire à l'entrée de la sente, les feux de position allumés.

Dans le secteur, les laborieux devaient se lever tôt ; ça se jugeait aux façades des crèches déjà obscures. J'ai seulement rencontré un greffier, un beau noir qui s'est tiré à mon approche. Signe que je suis pas en forme, j'ai pensé.

Chez la frangine de Riton, les lumières s'étaient éteintes aussi. Sur la façade de la bicoque, les volets étaient mis, mais Annette devait être dans la cuisine, au fond, d'où venait un petit écho de radio.

J'ai sonné. J'entendais le timbre grelotter à l'intérieur, mais personne ne bougeait : une feinte, sans doute. J'ai insisté, par petits coups d'abord, puis par saccades plus longues. Le silence de la nuit amplifiait affreusement le bruit ; ça pouvait résonner, cette sonnerie, jusqu'aux plus proches cabanes. Fallait se méfier.

Rien bougeait, nulle part, et pas plus chez Annette qu'ailleurs. J'avais passé la Sten de Pierrot à l'épaule, sous mon lardeuss ; je l'ai désarmée dans l'ombre, avant de sauter la grille.

Ça me disait pas grand-chose, cette gymnastique. Une erreur est vite commise ! Riton me guettait peut-être, prêt à me flinguer au vol, s'il n'avait pas reconnu ma frime dans l'obscurité.

Passer la grille a été une rigolade. Seul le bruit du gravier sous mes semelles m'a un peu impressionné, à l'arrivée. J'ai marché jusqu'à la porte, sans pétard. Elle était bouclée. Riton pouvait pas être là, ou je l'aurais su depuis un moment déjà ; il m'aurait pas laissé arriver si près. Sans cette radio qui ronronnait à l'intérieur, j'aurais pu croire la cabane abandonnée. J'ai fait le tour pour passer par la cuisine.

Elle devait être tombée sourdingue, Annette ; j'allais lui filer un traczir effroyable en apparaissant, à la surprenante.

— C'est moi, Max ! j'ai crié en poussant la porte, puis j'ai plus rien dit, hésitant un moment avant d'entrer.

Il avait dû se dérouler une sérieuse corrida dans le local ! Ça aurait pu faire un tableau marrant, la table effondrée, la vaisselle en morceaux, les boîtes de faïence en pagaille, avec le café, la farine, les fayots, le sucre, toutes les provisions en vrac dans les débris. Ça aurait pu évoquer la scène de ménage du dimanche soir chez des impulsifs. Seulement, minute, y avait aussi, qui donnait pas la note comique, le raisiné en flaques sur le carrelage, avec pas mal d'éclaboussures aux murs.

Sur la pointe des pieds, en évitant le sang qui commençait à me lever le cœur, j'ai franchi les décombres.

A la salle à manger, quand j'ai voulu donner la lumière, rien fonctionnait plus ; je suis passé à la chambre. Là, la calbombe éclairait, et pas un spectacle ordinaire !

Les vapeurs, c'est pas tout à fait mon genre, pourtant, faut être franc, je me suis senti tout à fait mal à l'aise, dès le premier regard. Comprendre, ça m'a demandé quelques secondes, le temps de détailler cette chose que je n'avais jamais vue, jamais imaginée. Le sang partout, ça crevait les yeux. Il s'en étalait sur le paddock une tache énorme qui s'était étendue, avait gagné, jusqu'à dégouliner goutte par goutte sur le plancher ciré des pompons du couvre-pieds. Mais, c'était, immobile au centre, Annette, plus qu'à moitié dénudée de ses fringues, enduite de sang jusqu'aux cheveux, saucissonnée avec les embrasses des rideaux qui faisaient un effet terrifiant, avec sur elle, comme un édredon, le clébard qui semblait avoir pris des dimensions étonnantes, la largeur d'une carpette.

J'en avais le dos moite de cette vision, sans compter une envie d'aller au refile un peu soignée. Ça schlinguait salement tout ça. J'ai ouvert la fenêtre, et vite. Après, seulement, je me suis occupé d'Annette. D'abord du torchon qu'on lui avait mis en bâillon et pas serré par un amateur ! La dégager, c'était pas des roses non plus. Le pauvre cador, on avait dû l'égorger dans la cuisine et l'éventrer sur le lit même, avant de le jeter sur sa maîtresse. Ses tripes dégoulinaient partout quand, sachant plus comment le prendre, je l'ai tiré par la queue.

Mon costard, mon lardeuss, mes pompes, tous mes harnais, valait mieux en faire le sacrifice. Je me suis lancé dans la bagarre pour ranimer la môme qu'était pas cannée, mais de justesse. Vingt minutes j'ai mis, avant qu'elle commence à soupirer, à desserrer les dents, et le premier coup de châsse qu'elle m'a filé, c'était celui d'une dingue. Elle avait dû passer un mauvais moment. Lorsqu'elle m'a eu enfin reconnu, ça a été pour pleurer. Je l'ai laissée un moment pour chercher, à tâtons dans la salle à manger, un petit quelque chose de réconfortant. Une demi-bouteille de Négrita m'est tombée sous la pogne et on s'en est filé chacun un bon coup, à même le goulot. Annette, malgré ses trente piges, elle était encore gironde, et si elle n'était pas remariée depuis la mort de son homme, c'était pas faute d'amateurs. Elle avait en plein le type des mômes du coin, brunes, vives, et pas dégonflées. Pourtant il a fallu que je lui arrache tout, avec des intermèdes de sanglots qui éclaircissaient pas le récit.

Quand, sur le coup de sept plombes, elle était partie aux commissions, comme chaque soir, Riton se tenait dans la salle à manger, sur le divan, à bouquiner. Elle avait rien remarqué de suspect jusqu'au retour, où trois mecs l'avaient abordée, juste à l'entrée de la sente. Un lui avait fait sentir la pointe d'une rapière, à la hauteur des reins, un arbi, tandis que les deux autres l'encadraient. Paralysée par le trac, elle avait dû marcher, croyant certain que cette arrivée en peloton allait de loin tirer l'œil au Riton, qu'était si méfiant. Il avait fallu les aboiements du cador pour qu'il se dérange, trop tard, les autres tantes la poussaient devant eux en bouclier et Riton, le flingue à la main, avait même pas pu tirer. Ça s'était terminé au corps à corps, dans une mêlée terrible, au cours de laquelle Riton avait dû en piquer un, avant de quimper, mais Annette était pas certaine, s'étant trouvée endormie d'un coup derrière la tête. Ce qui l'avait réveillée, elle osait à peine le dire, c'était le crouillat en train de la fourrer sur le lit.

Ça la gênait, la pauvre môme, de me regarder pour me raconter la suite. Je lui ai pris la main, et expliqué doucement :

— Annette, tout ça c'est pas ta faute, tu dois tout me dire, y a pas de honte entre nous, on se connaît depuis assez longtemps.

C'était pas son avis. Elle s'étouffait à essayer de parler, comme si chaque mot, en passant la gorge, avait pu l'étrangler. J'ai compris quand même que tout ça s'était passé en présence de Riton, ficelé, à moitié groggy, et que les deux autres ordures satanaient à fond pour le forcer à regarder tringler sa frangine.

J'en avais les jambes en coton, de cette histoire.

— J'ai plus qu'à me tuer, Max, répétait maintenant Annette, comme une maniaque.

Gentiment, je l'ai raisonnée ; j'avais plus de force pour l'instant, pour la colère. Je lui ai démontré qu'il me fallait d'abord, et vite, remettre la pogne sur ces mecs. Savoir ce qu'ils avaient fait de son frangin. Le reste, fallait le considérer comme un cauchemar à oublier, qu'on y penserait bientôt plus.

A la description qu'elle faisait des mecs, je reconnaissais bien Ali. Les deux, avec un fort accent étranger, pouvaient être les espingos que j'avais entendus l'autre soir devant la porte du bar d'Angelo.

Dès qu'Annette a tenu sur ses jambes, on a inspecté la maison, bras dessus, bras dessous, pièce par pièce, pour la rassurer, lui faire constater que personne se planquait dans les coins. Ensuite, je me suis cassé.

J'avais réarmé la Sten avant de sortir, prêt à la giclée. En réfléchissant bien, je devais reconnaître m'être jamais trouvé dans une passe si difficile, et j'avais pas à faire le marle. Au moindre moment d'inattention je pouvais soit me trouver marron par les poulets, soit me trouver buté par ces fumiers qui commençaient réellement à prendre un toupet infernal. Ils devaient se croire les rois de la place pour oser se lancer dans des entreprises pareilles. Je les avais crus des minables ; c'étaient des vrais dangereux. Riton, ils l'avaient peut-être déjà refroidi à cette heure, et de quelle façon ! Je pouvais tout craindre après ce que je venais de voir. Encore un rien, et ils allaient me donner le trac ! Je pouvais pas l'admettre !

Il me venait encore des curieuses idées, c'était le jour ! Je venais de penser qu'au cas où Riton se ferait effacer, elles seraient tout entières pour mézigue, les cinquantes briques de notre planque. La mentalité dégueulasse de ces fiotes déteignait sur moi.

J'ai presque été surpris de retrouver la tire où je l'avais laissée. Avant de démarrer, je suis resté quelques minutes affalé sur le siège, sans force et sans volonté.

Le ciel s'éclaircissait du côté des forts, et la brise m'apportait une odeur d'herbe fraîche, très rebectante. En contrebas, vers Rosny, je voyais les cabanes pressées l'une contre l'autre, avec par-ci par-là une lumière encore allumée. Ça devait pas être chez des rupins, sûr, mais peut-être qu'ils avaient pas non plus, ces boulots, tous mes soucis, qu'ils étaient, sans chaleurs, en train de taper une belote, d'arroser une naissance ou un anniversaire, ou plus simplement sans doute occupés à faire une politesse à leur dame.

C'était du cri quand même, ce que pouvait vous amener à penser une mauvaise série ! Ce petit bonheur-là, que je me prenais à envier, j'en avais jamais voulu ; mon existence s'était passée à la charrier. Ça semblait un peu tard aujourd'hui pour regretter. Y avait pas de marche arrière dans la vie ; le rouge était mis, les jeux faits.

J'ai appuyé sur le démarreur.

*

Depuis près d'une heure, je draguais dans Montmartre. J'avais pris juste le temps de passer changer de fringues chez Pierrot et, histoire de se mettre en verve, d'écluser une coupe de champ' avec Nana.

Il vasait de nouveau. Une sale petite pluie fine, qui vous giflait sans prévenir, tournoyait sous le vent pour mieux vous surprendre.

Le trèpe déjà se faisait rare dans les rues. Ça me donnait l'avantage de distinguer d'assez loin les silhouettes ; de pouvoir éviter les rencontres fâcheuses.

C'était bien du flan ma virée, au fond. Je devais pas croire au miracle ; imaginer qu'Ali allait surgir comme par enchantement, au coin d'une rue discrète, uniquement pour ma satisfaction. Fallait aller le chercher !

Son quartier général, un bar d'arbis rue de la Charbonnière, pas question d'en franchir seulement le seuil. Ça allait être instantanément la fantasia dans le douar !... Je pourrais, avec un peu de fion, lui passer une rafale dans le corps, à la surprise, « coucou, ah le voilà ! », dès la porte ; mais pour l'emmener, macache ! Je m'étais planqué pour gamberger au bas de la rue Mansart. Il n'y avait pas trop de voitures ce soir et je profitais d'une vue bien dégagée sur le carrefour, éclairé en plein par les lumières de Boudon. C'était assez monotone comme va-et-vient ; et je reconnaissais presque personne ; je parle des gens de poids ! J'ai quand même vu passer le spahi, Fernand-le-Belge, deux ou trois gonzesses, dont Crevette et

Jeannette-Beau-Sourire. Puis, après un moment Marco, avec au bras une poupée qui semblait assez gironde, de loin. Ils remontaient la rue Fontaine. J'ai mis en route sans me presser, pour leur laisser un peu d'avance.

Elle devait être en retard pour son numéro, cette souris. Elle a filé comme un pet sur une tringle à rideaux, par l'entrée de la boîte. Marco l'a regardée partir, l'encourageant de la main, puis il s'est dirigé vers Blanche, de son pas chaloupé qui pouvait le faire reconnaître à cent mètres. Je me tâtais drôlement pour l'aborder. Demander des services, j'ai jamais aimé ; surtout qu'à lui je devais une drôle de fleur ! J'ai pensé quand même qu'il comprendrait, et l'ai cueilli presque au vol. Il est monté d'autor, en me disant :

— Tirons de ce quartier, Max, et vite-vite, parce que ça fume considérablement pour tézigue par ici... T'es un vrai ennemi public à ce qu'il paraît ?

— Raconte-moi, j'ai demandé, en me marrant, parce que sa présence à Marco elle me mettait toujours l'humeur à la bonne.

Que ça fasse un foin terrible dans Montmartre, ces histoires, je voulais bien le croire, mais j'aurais pas imaginé à ce point.

Les condés, inutile d'en parler. Depuis ce matin ils se déchaînaient ; ça avait été descente sur descente dans les hôtels, les tapis et les bars du coin. Au passage, quelques barbillons sans méfiance s'étaient fait emporter, arrachés du page dans leur premier sommeil ! Ils devaient bénir nos noms, ceux-là !

En dehors de ces coups malheureux, dans le mitan même, ça faisait un certain ramdam. La majorité, les demi-sels, les faux vicieux, tenaient les vannes des canards pour paroles d'évangile ; mais quelques hommes, qui me connaissaient et qui connaissaient Riton, étaient pas d'accord. Ça amenait des discussions terribles... Y avait encore Lola, qui portait un tel chapeau après notre balançage, qu'un vieux pote à moi, Louis-le-Brésilien, était venu spécialement au comptoir de chez Titin lui administrer une danse très sévère. Y avait fallu lui retirer des pognes.

J'ai remarqué :

— Ça rambine quand même un peu de constater qu'y a encore des amis fidèles !

— Heureusement ! a appuyé Marco, en se fendant doucement la pêche, d'un air de signifier « toi, je te vois venir » comme s'il se doutait que j'allais avoir recours à lui !

Je ne disais plus rien. C'est lui qui m'a mis à l'aise, en proposant :

— Si je peux t'aider en quoi que ce soit, hein, Max ?

— Sérieux ?

Il faisait oui de la tête, sans rire cette fois. J'ai expliqué.

— T'as turbiné avec Angelo ; je peux rien te demander contre lui... vis-à-vis d'Ali qu'est-ce que tu penses ?

— Ali ? Je l'ai toujours tenu pour un faux jeton, un lèche-train et une tante.

Il avait lâché ses mots spontanément. Je le sentais peser la suite. Il a repris :

— Quant à Angelo, si tu veux mon idée... vu que j'ai toujours travaillé avec Frédo à égalité, je suis pas disposé à admettre le genre successeur-du-caïd, qu'il se donne maintenant, le capitaine de mes burnes ! Je suis assez grand pour dégauchir mes commandes moi-même !

— Je peux te demander un service, alors ?

— Puisque je te le dis... Vas-y.

— Je veux juste savoir où je peux trouver Ali à cette heure-ci ?

Nous descendions l'avenue de Saint-Ouen, freinés par le ralenti du moteur. Marco réfléchissait.

Ça me faisait durement tartir de ne pas même pouvoir m'arrêter dans un troquet pour discuter tranquille. Je l'ai expliqué à Marco, en m'excusant. Il semblait pas m'entendre. Tout à coup il m'a fait :

— Te casse pas la tête pour les politesses... D'abord, on a pas le temps si tu veux que je te trouve Ali. Tout dépend de ce qu'il a de grisbi en fouille ; s'il est armé, on a une chance de le trouver au flambe, à la partie du Carillon.

— Je peux pas entrer dans un sirop aujourd'hui ; j'aurais pas monté l'escalier que Police-Secours serait devant la porte.

— Il n'est pas question que tu te montres. Ramène-nous place Clichy ; j'en ai pour dix minutes à être fixé.

*

Planqué à l'angle de la rue Ganneron, en attendant le retour de Marco, je pensais qu'en fait de grisbi, ils avaient dû en lever une gentille pincée chez Annette, les trois englandés... Riton était pas homme à se laisser démunir, et, à la façon dont tout avait été chanstiqué dans la taule, je pouvais parier qu'ils avaient raclé jusqu'au dernier fifrelin.

Pareil à tous les brigands orientaux, Ali devait être partisan du fade immédiat, sur la dépouille encore tiède de la victime ! Y avait, dans ce cas, une chance maximum pour qu'il se trouve au tripot.

Ce Marco, quand même, manquait pas de gamberge, ni d'intuition, pour un jeunot. Après ce qu'il venait de me casser, si franchement, l'envie me prenait de lui faire une proposition... J'allais lui offrir une bonne brique, pour me seconder pendant quinze jours, par exemple. Je pouvais peut-être même aller jusqu'à me mouiller d'une deuxième, sur le compte à Riton, qui me semblait tout désigné pour décher dans ce coup.

A son pas dansant, lorsque Marco a débouché de la place, j'ai compris qu'il y avait du bon. Il m'a éclairé, vite :

— Je me gourais pas, Ali est à table depuis plus d'une heure, à faire un schproum terrible... Lui qui mégote plutôt d'ordinaire, il arrête pas de mettre ce soir. On entend que sa gueule... Banco... Banco... Banco... A croire qu'il a fait un encaisseur cet après-midi !

— Il est pas près de sortir, alors ?

— Au contraire ! Je crois qu'il ne peut plus tenir très longtemps à cette cadence !... J'y retourne et je te l'amène.

— Tu penses qu'il va te suivre ?

— Pas si je lui dis que c'est toi qu'on vient voir, évidemment !... Excuse, mais je vais lui parler de deux nénesses du tonnerre, des vraies voleuses de santé ; y peut pas résister à ça une seconde !

Avant qu'il me quitte, je l'ai affranchi de mes intentions de pas le faire marner pour que t'chi'. Il a pas bêché, pas protesté, quand j'ai parlé de deux briques. Preuve qu'il se rendait compte que je l'invitais pas dans une partie de plaisir. Aussi sec, je lui ai demandé d'endormir Ali, dès qu'ils se trouveraient tout près de la voiture. J'avais pas envie qu'il aille, ce tronc maudit, ameuter la galerie par des coups de flingue, ou des glapissements de chacal en délire.

Au premier coup de goumi, le raton a brusquement cessé de gesticuler. Ses mains, si précieuses pour souligner les salades que lançait sa gueule, il les a instinctivement portées à son crâne pour se protéger.

Déjà Marco l'avait saisi par le col du lardeuss. J'ai eu qu'à ouvrir la portière pour qu'il l'affale sur le plancher, d'un petit jeton supplémentaire, derrière les oreilles.

J'ai démarré tout de suite. Tandis que nous roulions vers le parc Monceau, Marco vaguait Ali.

— Pas trace d'oseille, il m'a annoncé... Je trouve juste son flingue, son razif, ses fafs, un stylo...

— Passe-moi seulement le flingue et le rasoir... Laisse-lui le reste. Pour l'instant il est seulement un de nos potes qui a un peu forcé sur le champ' ! Vaut mieux même, l'asseoir à côté de toi, pour la vraisemblance.

Le temps que je fonce chez le gros, Marco a pris ma place au volant, le goumi à portée de la main. Je lui ai recommandé :

— Si c'est nécessaire, cogne... Mais pas trop dur quand même ; juste un chouïa d'anesthésie !... Parce que, tout à l'heure, va falloir qu'il sorte du coma et qu'il se décide à bavarder.

Le gros s'est tout de suite inscrit partant quand je lui ai eu expliqué où j'en étais, et surtout quel client j'avais dans sa voiture.

— Dix minutes, Max, que je te demande, pas une de plus pour réunir mon petit matériel... Les ratons, tu le sais bien, c'est mon péché mignon !

Il a battu tous les records de vélocité, le Pierrot. Tout content, il s'est amené avec une valise comac, qu'on a planquée dans la malle arrière. Ensuite, il a pris le bout de bois et, pardon ! passé Bezons, le compteur n'a plus décollé le 110.

Ali commençait à sortir du brouillard. Assis près de lui, à l'arrière, pour m'en occuper le cas échéant, je le surveillais en tapinois. Son odeur écœurante me venait à pleines narines. Une puanteur fade et lourde, mêlée de graisse de bouc et du parfum dont il s'arrosait la poire, à l'habitude. Elle avait pas dû rire, la pauvre Annette, avec ce salingue ! Il me semblait bien reprendre conscience par instants ; pourtant, lorsque je lui poussais le canon du flingue entre les côtes, il restait inerte. J'ai eu tort de l'oublier pendant quelques secondes.

D'un seul coup, le sournois a bondi sur la portière, me glissant au passage un coup de manchette soigné. J'ai bien cru ensuite que la charrette passait dans le décor. Parvenant pas à déboucler la lourde, l'ordure cravatait Pierrot par-derrière, et il devait serrer à fond, car la tire commençait à se promener d'un côté de la route à l'autre.

C'est encore Marco qui a rétabli l'ordre. Le caoutchouc a fait « plof » sur la gueule du bique, qui m'est retombé dessus, mou comme flanelle. Le gros a redressé à temps, au ras du fossé. Il a dit seulement :

— Va falloir qu'y me demande pardon, tout à l'heure !

Au ton, ça promettait rien d'agréable pour Ali.

*

Lorsque le gros est descendu pour ouvrir la barrière, le raton a ouvert les yeux tout grands. Méfiant cette fois, je lui avais, en manière d'avertissement, placé le canon du flingue dans l'oreille. C'était à lui de ne pas se montrer trop chatouilleux.

Il semblait plus disposé du tout à la rebiffe et restait les yeux fixés droit sur la maison qu'on distinguait tout au bout de l'allée, dans le pinceau des phares. Quand on s'est trouvés devant le perron, il voulait même plus descendre.

Pierrot s'en est occupé.

— Ici, t'es chez moi, il a dit, je vais te faire faire le tour du propriétaire.

Et, d'une seule main, il l'a arraché de la banquette.

Cette cabane, Pierrot l'avait choisie isolée et plutôt grande, afin, en cas de coup dur au clandé, de se trouver à même de rassembler, une ou deux fois la semaine, une sélection de clientèle sérieuse.

Comme c'était la bâtisse la plus importante du bled, les pécores l'appelaient le Château. Le gros avait déjà fait dedans des frais considérables.

Il nous l'expliquait, dans la cuisine où nous étions attablés, devant un mastard pâté en croûte, une tarte et quelques flacons de rosé, parce que, évidemment, dans la valise il n'avait oublié ni le casse-graine ni le gorgeon.

Pour Ali, la surprise avait consisté dans une bonne paire de menottes, des fers et des chaînes. Pierrot voulait les lui passer lui-même, sans qu'on l'aide. Ça a demandé à peine cinq minutes pour que le tronc se retrouve amarré sur une chaise, fers aux mains, fers aux pieds, et endormi encore une fois, parce que le gros avait la main un peu lourde.

— Le temps qu'il se remette, on va prendre quelques forces, il a fait, attendu que moi, je vous le dis, je vais le rendre un peu loquace tout à l'heure, cette charogne !

On s'est mis à bâfrer.

A cause de son coup de fourchette sans doute, Marco semblait plaire aussi à Pierrot. Il lui énumérait justement tous les avantages de son Frigidaire quand Ali a ouvert les yeux. C'était un modèle géant, logé sur toute la largeur d'un panneau : une belle pièce.

— Tu vois, ça serait plutôt le genre « chambre froide »... J'y loge un demi-bœuf et deux ou trois autres bestiaux, sans compter le champ' et les légumes. Tu saisis l'avantage, en cas de restrictions ! Et puis, tiens...

Montrant le raton qui commençait à prendre une sale frime, il a expliqué :

— Imagine que cet empapaouté fasse le têtu :

moi, je le chatouille un peu, c'est régul !... Imagine qu'y me canne dans les pognes ? c'est des choses qui peuvent arriver !... Je vais pas perdre mon temps à le débiter en quartiers, tout de suite, comme ça, à l'affolement ! je le cloque au frigo, et on a le temps de réfléchir quelques jours, de préparer sa tombe !... Tu saisis l'avantage ?

Dans le pâté doré, qui embaumait, il retaillait des tranches épaisses de deux doigts, épié à chaque mouvement par Ali.

J'aurais bien aimé commencer tout de suite à lui poser quelques questions, au fias, mais le gros, en douce, m'avait tout à l'heure demandé de le laisser faire. Notre petite dégustation s'est donc poursuivie, qui aurait été des plus choucardes, sans l'inquiétude que me causait le sort de Riton. Enfin, on a clôturé par un caoua et une fine Napoléon, qu'était pas d'arnaque. Les dernières gouttes éclusées dans les ballons dégustation, Pierrot a proposé, montrant Ali :

— On s'occupe un peu de celui-là, avant de rentrer ?

— Gy, j'ai fait, il est temps. Vaut mieux en finir tout de suite... Y jacte ou y jacte pas ; pas de finesses, on a pas de temps à perdre.

Le gros l'a détaché de la chaise, puis, à la rigolade, il l'a pris sous son bras, tel un paquet de linge sale, en nous disant :

— Amenez le reste des chaînettes.

Marco, il n'en revenait pas de la puissance du gros.

*

Aux fondations, on comprenait tout de suite que cette crèche devait rien à la loi Loucheur. Elle datait d'avant 14, du début du siècle peut-être ; les deux caves superposées se faisaient plus du tout depuis cette époque.

Tous les souterrains que l'on parcourt pour la première fois semblent généralement immenses. A Ali celui-là devait apparaître plus vaste encore ; il n'a même pas geint lorsque le gros, arrivé au fond d'une galerie en pente, dans une petite cave voûtée, l'a laissé choir à terre.

Personne ne disait plus rien. Pierrot il le regardait vraiment méchamment, le bique. Avec Marco, on en était gênés, je dois l'avouer.

Il a commencé à l'amarrer au mur par les anneaux qui étaient scellés, là, je me demandais pourquoi. Sous l'effort pour tendre les chaînes, il soufflait un peu le gros, et je voyais ses pognes trembler.

— Qu'est-ce que t'en dis ? il m'a demandé, lorsque Ali s'est trouvé plaqué, incapable de bouger de plus de quelques centimètres dans chaque sens.

— Ça me semble convenable.

— On peut pas faire plus... Huit mètres de terre sur la tronche, tu saisis l'avantage ? Il peut gueuler tant qu'il voudra, jour et nuit, sans même que ça s'entende dans la maison... Ça a déjà été prouvé ! Alors, de la route, qui se trouve à deux cents mètres ?

— Il peut tenir vivant combien de temps comme ça ?

— De trois à quatre jours... Ça dépend de la façon dont il se débattra.

— Bon ! j'ai fait. T'as entendu ?

Il était devenu vert-de-gris, le caïd de la Charbonnière. De la tête il a fait oui. Je me suis expliqué.

— Mon ami Riton a disparu, et tu sais comment, salope !... J'ai pas l'intention de me salir les pognes à te caroubler jusqu'à ce que tu me dises où il est... Le coup est bien simple ; tu resteras ici jusqu'à ce que je l'aie retrouvé. Si tu jactes pas tout de suite, on a pas de temps à perdre, on boucle les lourdes, et on part à sa recherche... Tu te rends compte de ce que ça peut durer, sans renseignements ? Au hasard ? Alors... Tu jactes ?

— Oué, oué...

— Qui était avec toi, à Montreuil ?

— Miquel et Ramon.

— Lesquels ? Des Miquel et des Ramon, on en compte au moins dix de chaque...

— Miquel-la-Balafre, et Ramon-de-Toulouse, celui que les Espagnols appellent aussi le Colonel.

D'un clin d'œil, Marco venait de me signifier qu'il connaissait.

— Et où on les trouve habituellement, ces pédoques ?

— Aux « Planètes », faubourg Montmartre, ou bien à l'heure du dîner, chez David, rue Geoffroy-Marie.

— Où vous avez emmené Riton ?

— Chez le cousin de Miquel, qui vend des voitures à la casse, dans Nanterre, j'sais pas le nom de la rue... La maison est au fond du terrain, au milieu des ferrailles. Y a un grand hangar en bois à gauche, quand on entre.

— Josy est là aussi ?

Je demandais ça, au flan. Je suis tombé pile. Ali a hoché la tête pour dire oui, la surprise lui coupait la parole.

— Et vous l'avez un peu chatouillée pour qu'elle parle ?

— Elle savait rien, c'est pour ça qu'on est montés chercher Riton ; elle nous a donné l'adresse...

— Et Riton, il a jacté, lui ? Vous l'avez assaisonné, hein ? dis-le, ordure !

— Non, je te le jure, je te le jure, Max... Ramon voulait, mais Miquel l'a défendu, à cause de son cousin.

— T'as rien remarqué d'autre qui puisse nous guider pour retrouver la cabane ?... Réfléchis, c'est ton intérêt... Rappelle-toi : tu restes ici, comme tu es, jusqu'à ce que j'aie récupéré Riton !

Il essayait de se souvenir ; l'effort se lisait sur sa tronche, à son front bas plissé, dans ses yeux sombres durcis. Il a avoué d'un coup :

— J'sais pas lire... Mais je crois qu'il y a une grande affiche en bois au-dessus de la porte, rouge avec des lettres noires, et des vieilles bagnoles peintes dessus !... C'est dans une rue à gauche en venant de Paris.

Pierrot est allé lui chercher un bol d'eau, l'a fait boire.

Avant d'éteindre la lumière et de boucler la lourde, il a dit au raton :

— Ménage tes forces, et prie un peu Allah pour qu'on arrive à temps, qu'on ait pas trop à courir après tes potes.

*

On a encore repris du café avant de repartir. Pierrot gambergeait ; au bout d'un moment, il a dit :

— Faut absolument que j'aille avec vous... A trois, on sera déjà pas de trop.

— Je peux pas accepter, gros, j'ai fait, ça va sans doute pas être une amusette, et si tu morflais dans ce coup, je me le pardonnerais jamais.

— T'oublie que Riton est un pote à moi aussi, et que tu les as dans les reins, à pas mettre le nez à la fenêtre sans te faire emporter ?

— Je sais bien, gros, mais ça me gêne quand même vis-à-vis de Marinette. Si tu as dételé pour ton compte, c'est pas pour venir prendre des patins qui sont pas les tiens.

— J'ai dit, Max... Je vais avec vous sur ce parcours... Imagine que c'est par vice, ou bien histoire de me rafraîchir la main, comme contrôle des réflexes !

On a bu un ballon de fine à cette décision. Puis on a entiflé la route, en trombe, tout en discutant.

Marco, qui connaissait les deux espingos de vue et de réputation, nous affranchissait. Il était partisan de la surprise ; de les flinguer à vue, sans discuter, et de prendre la bicoque d'assaut.

— C'est des carnassiers, des vrais anthropophages de tempérament, ces canaques ! Depuis qu'ils sont montés de Toulouse, après la Libération, ils ont un peu de sang sur les mains, le Ramon surtout, et on croirait, comme ça s'est dit un moment dans le mitan, qu'ils ont le condé en haut lieu ! Aussi vous pensez qu'ils se grattent pas pour défourailler à tout va, et presque n'importe où. C'est eux qui ont plombé Charly-la-Grimace, et Boby-l'Arménien, en plein faubourg, à huit heures du soir ! Léonce-le-Bouk, c'est encore eux, sans compter le Vieil-Arthur, et cinq ou six autres pour qui on est moins certain.

Fallait avant toutes choses retrouver la baraque. Nanterre, c'était notre chemin pour rentrer et, d'après les propos du raton, on avait que la moitié du pays à explorer. Des rues transversales en rues latérales, on s'est mis à draguer. Des terrains avec cimetière de voitures, ça manquait pas par là ; on aurait cru que la ferraille sortait de terre, comme le chiendent partout ailleurs.

Au bout d'un moment, le gros commençait à renauder :

— Est-ce qu'il connaît au moins sa gauche de sa droite, cet empafé de sa race ?

Nous rôdions depuis un quart d'heure quand, à un carrefour, on s'est filés dans une voiture de ronde ; ça nous a refroidis. Ils devaient monter sur un appel au secours, les poulagas, parce qu'ils n'ont même pas ralenti pour nous. Dix minutes encore on a persisté, et, alors qu'on désespérait, qu'on allait renoncer, pile on est tombés dedans quand même !

Le hangar y était, et l'enseigne sang-de-bœuf, avec un blaze espagnol et des bolides 1900. Pierrot a foncé, sans même donner un coup de phare, en hypocrite.

Nous nous sommes amenés en tapinois, sans un bruit. Malgré sa masse, le gros avait un pas d'une légèreté incroyable et Marco, de sa démarche dansante, semblait ne pas toucher terre. Au-dessus du mont Valérien, le ciel commençait à s'éclairer. Ça fleurait bon la terre fraîche dans le coin et je me sentais drôlement éveillé.

A mon avis, tout le monde devait en écraser dans la case. D'au moins cent mètres, j'en distinguais les moindres détails. Mais ce qui me mettait en méfiance, c'était cette dérivation du téléphone qu'on voyait partir d'un poteau sur la route, jusqu'à la maison. J'ai fait remarquer la chose à Pierrot.

— Tu crois quand même pas qu'ils auraient le toup' d'appeler Police-Secours ? il m'a dit à l'oreille.

— Pas question, mais ils peuvent quand même appeler quelques malfrats à la rescousse.

Le gros a haussé les épaules et s'est mis à avancer. Les carcasses des bagnoles, disséminées dans le terrain glaiseux, semblaient avoir été disposées là tout exprès pour faciliter notre approche.

Sans nous être concertés, nous progressions, bien déployés en largeur, chacun quittant tour à tour son abri pour franchir le découvert, jusqu'à la planque suivante.

En quelques bonds Marco, partant du centre, a foncé brusquement jusqu'à la porte. Plaqué au mur, fondu dans l'ombre projetée par l'auvent vitré, il était sûrement invisible des fenêtres du premier étage.

J'étais tranquille pour lui, quand le vasistas du deuxième s'est ouvert en grinçant. Je me défilais à ce moment derrière la caisse d'une vieille Panhard.

Une voix de femme, plutôt rauque, a crié en espagnol quelques mots que je n'ai pas compris. Le gros s'était agenouillé près de la carcasse d'un camion ; la masse du moulin devait le couvrir.

Le visage de la femme que j'avais vu s'inscrire

un instant, plus pâle dans le cadre de la lucarne, s'était retiré. D'un coup une voix d'homme a rocaillé :

— Qui c'est qu'est là ?... Allez-vous-en ou je tire... ou j'appelle la police !

Le gros a dû remuer un peu. J'ai entendu miauler une bastos de son côté, puis le claquement cotonneux du coup de départ. Pas si pressé de voir arriver les poulets, il tirait avec un silencieux, l'espingo !

Coup par coup, il a vidé son chargeur, au hasard. Sous les balles quelques ferrailles ont tinté, comme des clochettes.

Il l'a traitée de folle, la souris, la minute suivante, le tirailleur. Leurs voix me parvenaient assez clairement pour que je saisisse le sens de l'engueulade.

Elle démordait pas, la môme, d'avoir entendu des pas. Elle refusait de se recoucher.

— Tu sèmes la panique, fille de rien ! répliquait le gonze... Plus folle que ta mère et la mère de ta mère, maudites soient les entrailles qui vous ont portées !

Finalement, il a voulu en avoir le cœur net. On l'a entendu déboucler les verrous. Derrière lui, la fille continuait à l'incendier, à voix moins haute ; elle devait le traiter de dégonflé. Il est apparu soudain dans l'embrasure de la porte, petit, trapu, légèrement penché en avant pour mieux scruter ses tas de débris, avec à la main un automatique plutôt mastard, qu'allongeait encore la sourdine montée sur le canon.

Marco lui a pas fait de cadeau. D'un coup éclair sur la nuque, il l'a propulsé en bas des marches. A ce moment, le gros et moi on a bondi. Déjà Marco était dans la crèche, et la gonzesse a pas eu le temps de pousser à fond la sérénade qu'elle entamait, deux coups de glotte, pas plus ! Quand on s'est amenés, elle se trouvait étendue les bras en croix sur le carrelage.

Plus rien bougeait dans la cabane. On est restés plus d'une minute silencieux, immobiles dans le corridor sombre. Venue du premier étage, la lueur d'une lampe projetait sur le sol une tache lumineuse et éclairait l'amorce de l'escalier. Pierrot s'est glissé jusqu'aux premières marches, a filé un coup de châsses rapide, s'est reculé, a remis ça. Si quelqu'un nous guettait du premier, ce silence masquait un vrai traquenard !

Avant de tenter l'escalade, j'ai fait signe à Marco d'ouvrir la première porte, d'un coup de pompe.

Un terrible bobinard de pièces détachées s'entassait à même le parquet, escaladait la cheminée de marbre et interdisait presque l'entrée de ce capharnaüm. Dans un angle, près de la fenêtre, deux tables branlantes, recouvertes de paperasses, devaient servir de bureaux. L'appareil téléphonique se trouvait là.

La salle à manger loquedue qui faisait face, on ne s'y est pas attardés, pas plus qu'à la cuisine, mignarde, crasseuse et empestée de l'odeur merdeuse des tambouilles à l'huile.

J'ai aidé le gros à rentrer l'espingouin. Marco l'avait littéralement foudroyé. Il avait piqué du nez dans la glaise, du haut du perron et pissait le raisiné par la bouche et les oreilles. On a récupéré le calibre de cézigo à trois mètres de là, un Star modèle fort, pour gros labeur ; son silencieux américain en faisait tout le prix. Je l'ai gardé en main.

Le gros s'en ressentait drôlement pour la châtaigne après ce lever de rideau. Avant même qu'on ait pu faire ouf, il a eu gravi l'escalier en trois bonds, la Sten braquée.

— Montez, il a fait à voix haute, les lourdes sont bouclées.

Au point où nous en étions, la discrétion avait plus cours. Si les mecs nous attendaient derrière les portes, en moins de rien, il allait y avoir du potin dans la strass. Alors, élever la voix, ou chuchoter, quelle importance ?

Les deux portes sur le palier s'ouvraient de l'intérieur ; elles étaient toutes deux bouclées. Le gros a pris un peu de recul devant celle de droite.

Les huisseries avaient été taillées dans du pitchpin en solde, sûr ! Au premier coup de latte, la serrure a demandé grâce, la gâche a cédé.

Nous nous étions effacés le long de la cloison, pas clients pour la bastos bon accueil. De biais, je visais l'interrupteur de porcelaine. J'ai bondi dessus, le flingue pointé.

Y avait que Josy dans la carrée, ficelée à poil sur un lit-cage, et qui semblait pioncer un peu trop profondément. Le gros l'a secouée, sans grand succès.

— Laisse quimper, j'ai fait, c'est pas elle qu'on est venu chercher.

A la seconde lourde, on y est allés franco ; une poussée, et elle a basculé.

Le môme Riton, y semblait pas en bon état non plus. Sans ma certitude de le trouver ici, j'aurais eu de la peine à le reconnaître, sauf à ses bouzilles.

C'était encore une des manies qu'il traînait de ses jeunes années, le tatouage. Pour qui connaissait, ça pouvait servir à retracer le début de sa carrière, étape par étape. Le serpent sur l'avant-bras droit, le poignard à gauche, *A Rosette P.L.V.* sur le gras du biceps, devaient dater de ses premiers sapements, de la Petite-Roquette, du temps qu'on y mettait les jeunots, avant la fermeture de Saint-Lazare. Sa tête de femme, avec des papillons autour, en deux couleurs, cloquée en pleine poitrine, il avait fallu les loisirs des bataillons, et un vrai artiste pour l'exécuter, au rasoir sûrement, à cause de la finesse du détail.

Les tantes avaient dû lui marteler méthodiquement la tronche à mon pauvre pote, pour le faire accoucher. Ses paupières, couleur aubergine, et ses lèvres, avaient presque triplé de volume, et sur son corps des taches violettes alternaient avec des vilaines marbrures livides.

On s'est empressés de retirer les chaînes de vélo qui, par les bras et par les jambes, l'amarraient à même le pageot.

Il n'a pas eu un tressaillement lorsqu'on les a déclavetées ; pourtant elles s'imprimaient en creux dans la viande !

Marco venait de reconnaître la carrée du deuxième. Personne s'y planquait. Nous étions caïds dans la taule.

Restait à réveiller Riton. Sans le cœur qu'on sentait battre au ralenti sous les côtes, on aurait pu le croire canné, tant il restait insensible. On a essayé de l'asseoir ; sa tête tombait en avant, roulait sur les épaules, de façon très impressionnante. Nous n'osions pas le tarter, crainte de le meurtrir encore. On commençait à se faire un brin de mouron.

C'est Marco, en fouinant dans la carrée, qui a découvert la seringue et les ampoules vides.

— Insistez pas, il a fait en nous les montrant, le pauvre mec est camé à zéro... Y aurait intérêt à le montrer à un toubib, et fissa ! Je descends m'occuper des propriétaires ; je vais les ferrer un peu à leur tour, puisque c'est le genre de la maison !

— Qu'est-ce qu'on fait de la gonzesse ?

Pierrot parlait de Josy.

— Laisse glaner, j'ai ma petite idée... Riton, comme nourrisson, ça doit te suffire ? Si tu penses que c'est pas trop chaud de le ramener chez toi pour quelques jours !

Il a haussé les épaules, le gros, et dit en charriant :

— Maintenant que le cave est mouillé !

*

Pierrot est allé chercher sa tire et l'a amenée jusqu'au perron.

Mou comme une serpillière, Riton était pas facile à manier. On est venus à bout de le descendre, Marco et moi, par ce putain d'escalier raide et étroit comme une échelle, mais non sans peine.

Dans le bordel infernal de cette cabane, ses fringues restaient introuvables. On a dû le rouler dans deux couvertures.

Le jour était complètement levé, et le gros a pas moisi en route. Heureusement, si tôt, dans sa rue, y avait pas un rat pour assister au transbordement express de Riton. Escamoté en moins de jouge, on l'a filé dans mon page.

Tandis que Marinette mettait le couvert, j'ai foncé jusqu'au métro Villiers, téléphoner de la cabine.

Au quart de la rue La Bruyère, Larpin était pas là, j'ai eu Maffeux.

— Qui parle ? il a demandé.

— Un ami qui vous veut du bien, j'ai fait, très froid.

Ça lui plaisait pas, ce charre, j'ai continué quand même :

— Notez tout de suite l'adresse que je vais vous donner.

— Un moment, il a dit.

Il devait chercher du papier et peut-être aussi, le petit marle, s'il avait reconnu ma voix, faire demander au central sur une autre ligne de repérer le poste d'où je jactais. Avant cinq minutes, un car entier de Police-Secours allait se trouver gracieusement à ma disposition. Dès que sa voix s'est faite entendre à nouveau, j'ai dicté l'adresse des espingos, clairement, mais sans m'attarder à un baratin superflu.

— Et qu'est-ce qui se passe à cette adresse ? C'est pas même l'arrondissement !

— Pressez-vous un peu ! Josy, la femme enlevée au Mystific, s'y trouvait il y a une heure.

Sans hâte, mêlé à un flot de boulots dégorgés par une rame, je me suis fait la paire.

Sardines, sauciflard, jambon, omelette flambée, à Pierrot, ce petit défilé semblait une amusette, un en-cas mignon. Marco tenait assez bien le parcours en sa compagnie, quant à mézigue, chaque bouchée me restait dans la gorge, bloquée au gaviot.

Vis-à-vis du gros j'avais, sûr, rien à reprocher ; peu d'hommes se seraient conduits comme lui. Mais quand même, il m'énervait avec son genre matador, son air de croire qu'on avait rambiné la situation par magie, rien qu'en dérouillant un brin trois loquedus !

Si les condés nous défarguaient du rapt de Josy, ils voudraient quand même savoir pourquoi on l'avait enlevée, et qui ? Elle pouvait difficilement s'allonger complètement sans mouiller Angelo et ses coquins ! Comme peau de vache, elle avait fait ses preuves, mais son maquage avec le métis était trop récent pour qu'elle soit déjà capable de le balancer. De ce côté, je ne courais pas grand risque. Elle devait normalement mettre les espingos en vedette ; dans la mêlée, on nous oublierait peut-être pendant quelques jours ? N'empêche que les bourres, je commençais à les voir gagnants, gros comme un soleil, dans cette course, où tous, je le pressentais, les tocs comme les réguliers, on allait se trouver emportés un à un, ou par petits pacqsons... Toutes nos singeries, on les aurait faites que pour donner des bonnes notes d'avancement à Larpin et à Maffeux. C'était du cri sec !

Ces pronostics au caca modifiaient complètement ma façon de voir. Comment j'allais le traîner à la planque pour le fade, Riton, dès qu'il se réveillerait, dès qu'il serait capable d'arquer ! Ensuite, la devise de la maison ça serait, comme disait ma bonne grand-mère, « chacun pour soi et Dieu pour tous ».

En attendant le toubib qui devait plus tarder, le gros se soignait au vieux marc. Etant pas de taille à lui tenir tête, je marchais au Perrier-citron, dans l'espoir de faire tomber la petite fièvre qui m'asséchait la trappe. Marco venait de nous quitter pour aller retrouver sa mignonne. Vainement, le gros avait insisté pour qu'il nous rejoigne au déjeuner ; on le reverrait pas avant le début de l'après-midi.

La conversation roulait sur cette ardeur qu'on avait tous eue pour la figue et puis qu'un jour on cessait brusquement de comprendre.

— C'est à un point que tu peux pas imaginer, Max, m'expliquait le gros, y a des jours où les clients, je me demande vraiment ce qu'ils viennent foutre dans ma taule, à claquer leur osier avec mes greluches... Surtout certains que ça fatigue beaucoup de reluire ! Y seraient pas mieux à la campagne, dis, à respirer le bon air ?... et je te cause pas de mon vieux fonds de vicelards, des pères fouettards, ni des soupeurs...

J'avais rien à redire là-dessus. Le gros parlait juste puisque je venais de m'en rendre compte, la bonne môme Lulu, qui m'avait fait goder si fort, y avait seulement pas quarante-huit heures, son existence me revenait seulement à l'esprit, et sans grande exaltation du côté calecif !

Elle devait un rien trouver le temps long, la charmante, surtout si les poulets étaient venus lui chercher du suif, lui demander de mes nouvelles. Je lui devais une revanche quand même...

— Tu vois, mec, reprenait le gros, les gonzesses

ont sur nous l'avantage de la mémoire, de se souvenir longtemps de la gymnastique... Tiens, si je prends l'exemple de Marinette, faut l'entendre baratiner les clients ; des fois je me marre en l'écoutant... Ils doivent la prendre pour une vieille bandeuse, les caves, à sa façon de détailler, au ton qu'elle met.

Il imitait la voix de Marinette :

— Lui cédez surtout pas, vous me le promettez, si elle veut être prise à la grand-vizir, vous risqueriez de nous l'abîmer, fort comme vous devez être !...

Marinette entrait tout juste. On s'est mis à se marrer. Elle a compris.

— C'est moi qu'on chambre, elle a fait... Arrêtez votre charre, le docteur est là.

*

Devant Riton, le toubib restait perplexe. Il l'avait gaffé de partout, ausculté dans tous les sens, des châsses aux orteils, sans en tirer le moindre frisson, le moindre soupir.

Il nous a frimés, le gros et moi, qu'il reconnaissait bien, puis fait la grimace :

— Vous supposez qu'il aurait été drogué ?... Avec quoi ?

— Ça, docteur, on peut pas vous le dire, a fait le gros, on a juste vu la seringue et trois ampoules vides, mais c'est tout ce qu'on sait... Il est mal en point, notre pote ?

— C'est une histoire dont je préfère ne pas me mêler... Votre malade, je ne l'ai pas vu, hein ?

— D'accord, doc.

— A l'examen, il semblerait qu'on lui ait

injecté un barbiturique, du penthotal ou quelque chose de similaire, mais à une dose si invraisemblable qu'au cas où il s'en sortirait, il a toute chance de demeurer complètement abruti.

— Vous rigolez pas, docteur ?

— J'en ai pas envie.

Il entravait à moitié, sans qu'on l'affranchisse, ce mec. Nous montrant à la saignée du coude les traces d'aiguilles, il a expliqué :

— A la première piqûre, cet homme a dû se débattre, la veine est presque éclatée, voyez l'hématome... Ensuite, il devait être moins remuant... Du travail d'amateur, certainement, il a conclu ; on avait quelque chose à lui faire avouer ?

— Ça se pourrait encore, j'ai fait.

— Dans ce cas, je suppose que ceux qui l'ont ainsi massacré en ont été pour leurs frais ; à la première dose, il devait déjà être hors d'état de s'exprimer intelligiblement... A la seconde, c'était le coma. Si on a été jusqu'à trois !...

Avec une grimace inquiète, et en haussant les épaules, l'homme de science s'est tiré sans en dire plus, sans donner d'ordonnance, sans laisser trace de sa visite.

On restait tous deux comme des branques, dans le décor chinetoque de la carrée, qui me semblait tout à coup sinistre. Avec ses tatouages, Riton à poil au milieu du paddock laqué rouge et des dorures clinquantes, faisait un curieux effet. A moi, qui le connaissais bien, il apparaissait déjà plus comme un homme. Toutes les singeries vicelardes qu'il avait pu faire au cours de sa vie, les méchancetés et les gentillesses, semblaient plus vraisemblables. Y avait que l'attachement des gonzesses pour lui qui restait encore plausible, à cause, peut-être, dans son corps détendu, d'une mollesse que seules elles avaient pu connaître, qu'il avait toujours cachée aux mâles.

— Le pauvre Riton doit être mal boumé, m'a dit soudain Pierrot ; d'ordinaire ce toubib prend pas facilement les chocottes.

— Je sais plus quoi faire, gros, j'ai avoué.

Marinette m'a logé dans la chambre Pompadour. J'ai pas pris le temps de détailler les gravures cochonnes, ni même celui de me baigner. En moins de rien je ronflais.

Sans pourtant mollir sur le coup de fourchette, au déjeuner, le gros, pour les vannes marrants, il a mis en veilleuse. Le cœur y était pas.

Riton, là-haut, il se décidait pas à ressusciter. J'avais même l'impression qu'il devenait de plus en plus flasque, et que le battant ralentissait.

Lorsque Marco s'est ramené, personne souriait plus. Il avait apporté la première édition des cancans du soir. La découverte de Josy y tenait une assez bonne place, mais comme dans les canards ils devaient l'avoir apprise, en dernière minute, la nouvelle, je continuais de porter avec Riton le bada du ravisseur !

— Il semble encore un peu tôt pour te montrer, a fait remarquer Marco... Si je dois faire quelque chose à ta place, affranchis-moi, que j'y aille ?

Il était chouette, ce môme, tout plein de bonne volonté. Seulement, dans la vie, c'est jamais les choses importantes qu'on peut faire exécuter par les autres. Dehors, il faisait un temps splendide, j'ai demandé :

— Ta cocotte, elle turbine tantôt ?

— Pas avant ce soir, pourquoi ?

— Tu pourrais peut-être la sortir un peu, l'emmener aux courtines par exemple, puis ensuite prendre l'apéro aux Planètes... Et après dîner chez ce David dont Ali nous a parlé ? Au cas où tu tomberais sur les hidalgos, tu carillonnes ici ; je me charge du reste.

Il est resté quelques instants indécis, avant de répondre :

— J'aime autant pas la mettre dans le circuit, cette môme. Elle est pas de notre milieu... Si y a du suif, je peux pas répondre de sa façon de tenir... Seul, je serai plus à l'aise, crois-moi, Max, même pour me rencarder et, quand tu arriveras, si y a pas trop de frimands, je serai tout de suite placé pour entrer dans le tourbillon.

*

On est montés tous trois près de Riton. Du palier, Nana nous a fait le serre ; on devait grimper sur les pointes, et pas l'ouvrir. J'ai espéré un bref moment qu'il venait de s'éveiller, notre pote, puis de se rendormir. Mais ce silence que réclamait Nana, c'était seulement pour pas contrarier la mise en train d'un habitué qui venait précisément d'arriver. Elle nous a ouvert la chambre. Afin d'éviter les surprises, Marinette devait avoir donné des ordres pour qu'on la lourde à double tour.

Riton restait inerte, tel qu'on l'avait abandonné

tout à l'heure. Le soleil avait tourné et éclairait maintenant en plein son visage bosselé.

Marco a essayé de lui ouvrir les paupières. Elles se refermaient en glissant lentement, laissant subsister avant de se clore une barre mince où luisait sur le blanc de l'œil la tache bleue de l'iris.

De la carrée voisine nous parvenaient par instants, au travers de la cloison, les voix de deux gonzesses, pointues et rageuses, et, du parc Monceau, dont on apercevait la cime des arbres par la fenêtre, les cris aigus des mouflets.

Tout ça pouvait pas le gêner beaucoup, le Riton. L'un après l'autre, on avait essayé et sur tous les tons de lui parler à l'oreille. Il entendait que t'chi !

Le gros, qui croyait dur à l'efficacité des boissons au-dessus de quarante, a sonné Nana pour qu'elle monte le vieux marc. On s'est efforcés de lui en verser quelques cuillerées dans la gorge, au mec Riton. Il fallait se rendre à l'évidence, même le brutal lui donnait pas la moindre sensation ; il avalait même plus !

Les greluches d'à côté elles s'incendiaient ferme maintenant. J'en entendais une glapir :

— Ton sale clébard, j'te demande de plus me l'amener... J'en ai marre de casquer le nettoyage des tapis ! J'te préviens que je vais le corriger de première, s'il se tient pas peinard... J'aime pas beaucoup non plus sa manière de renifler sous les jupes !

J'écoutais ça un peu distraitement. Je me demandais si Riton, il donnait au gros les mêmes pensées qu'à moi. Il avait été un bon pote et j'avais fait le maximum pour amortir ses conneries, mais tout à coup, et c'était pas chouette, bien sûr, je l'avais à la caille, et méchamment !

Il me venait l'envie, puisqu'il se décidait pas à se réveiller, qu'il canne franchement, sans nous emmerder plus longtemps.

Le môme Marco arpentait la carrée de long en large, mains au dos, sans bruit, la tête un peu inclinée en avant, comme s'il piquait le dix, en pistole ! Le gros s'était affalé dans le fauteuil.

— Saloperie de bête ! a repris une des gonzesses... Tiens, regarde-le, il est en chaleur, parole ! ce dégueulasse !... Passe-moi sa laisse, je vais le dresser...

On a entendu des piétinements, des coups secs, quelques gémissements.

Remarquant notre attention, le gros a proposé :

— Vous voulez prendre le jeton, peut-être ? Celui-là, c'est un beau !

Marco a hésité, puis fait non de la tête. J'ai rien dit.

Le miché, il grognait très fort sous la cortausse, et on devinait que les gonzesses, énervées, chiquaient plus du tout, qu'elles devaient assurer leurs coups.

Brusquement, une a dit à l'autre, d'une voix un peu essoufflée :

— Vas-y avec la pointe du talon... De la pointe, que je te dis !

Là, il a commencé à chanter ferme, le gonze, à pousser de plus en plus fort, en se débattant, une sorte de ululement strident, insupportable, et qui s'est brisé net sur quelques notes plus rauques. Puis on a plus rien entendu.

Quand on est revenus à Riton, du premier regard, à quelque chose d'indéfinissable dans le volume des muscles, à la crispation des pognes, on a compris. Il venait de nous faire la malle.

— Mieux aurait valu le laisser là-bas, a remarqué tout à coup Marco... Les poulets le trouvaient en même temps que Josy, et les espingos l'avaient sur le râble.

— T'as raison, sans doute, j'ai dit, mais d'un autre point de vue, il aurait pas aimé ça, Riton, canner à Cusco, dans les mains des condés... Tu me diras qu'il s'est rendu compte de rien ! Mais y avait encore le risque qu'ils essaient de le ranimer. Même s'il n'avait dû reprendre conscience que quelques minutes, mieux vaut lui avoir épargné cette peine.

Nous étions dans la salle à manger. Dans l'antichambre, le va-et-vient ne cessait plus. Marinette venait de nous quitter, pouvant pas laisser plus longtemps Nana recevoir seule la clientèle. Quand le gros l'avait affranchie, au lieu de renauder comme beaucoup l'auraient fait, de mettre en avant tous les risques qu'il nous faisait encore courir, même refroidi, le Riton, elle avait juste fait un signe de croix, qu'était assez inattendu de sa part et, sur sa grosse bouille, laissé quelques larmes lourdes labourer son maquillage épais.

Marco s'est tiré chercher les canards du soir.

Nous sommes restés longtemps sans en casser une, puis le gros a soupiré, très fort. Le connaissant bien, je le sentais gêné, mais drôlement démangé de l'envie de l'ouvrir. Il s'est déboutonné d'un coup :

— Max, je suis d'avis de jamais m'occuper des affaires des autres, et t'es majeur depuis un bail... Mais quand même, à deux, des fois, on peut mieux gamberger... Depuis que cette salade avec Riton a commencé, je dois t'avouer rien y comprendre. Quand l'empafé d'Angelo lui a levé sa marmite et essayé de le faire tomber, j'ai pas approuvé le procédé, mais de nos jours on voit de si drôles de choses, ça paraissait logique ! C'que je comprends pas, c'est l'entrée des caracos dans le cirque ! Et pourquoi ils l'ont mis en l'air de cette façon ? Tu peux me dire ?

Mouillé jusqu'au trognon avec noszigues, le gros avait droit à la vérité. Je l'ai affranchi à zéro.

Il perdait pas le nord. Aussi sec, il m'a fait :

— T'hérites de vingt-cinq briques, ma vache, dans ce coup idiot !

— Tu veux dire que j'en représente cinquante maintenant, à moi seul, et que si les espingos réussissaient à m'agrafer, j'serais pas à la noce... Et puis, j'ai pas l'intention de me goinfrer de la part de Riton. Annette, sa frangine, a droit à quelque chose sans que ce soit forcément le fade !

— Tout ça, mec, c'est tes affaires. Si je t'ai demandé de m'en parler, c'était uniquement pour être fixé... Va falloir lui faire un sort maintenant, au pauvre Riton. Qu'est-ce que tu crois ?

— Vaudrait mieux voir ce que disent les canards, avant de décider.

Nos frimes avaient disparu des premières pages, remplacées par les photos du ferrailleur, de sa gonzesse et de leur crèche.

Au baratin des journalistes, on sentait que les bourres, discrets, les avaient pas comblés de détails. Ils devaient se trouver sous pression, mes petits amis, mais pas beaucoup plus avancés pour avoir retrouvé Josy. Elle restait envapée, tout comme l'avait été Riton et, bien que ne donnant pas les précisions que nous avait fournies le toubib, les canards en disaient deux mots, en passant, de ce sommeil suspect. La seringue et les ampoules se trouvaient à l'analyse, au laboratoire.

Comme comédiens, le ferrailleur et sa bourgeoise, ils semblaient un chouaye du bâtiment ! La grande scène du II, qu'ils leur passaient, aux enquêteurs, avec Josy frappant à leur porte en pleine nuit, gémissante, des larmes plein les châsses !

Ça paraissait tiré d'un film de Carné, cette arrivée de l'inconnue ; et les vilains qui s'amenaient sur ses pas et foutaient tout cul par-dessus tête dans la cabane, se révélaient bien commodes pour expliquer les choses gênantes. La seringue, les ampoules, les fringues de Josy qu'on retrouvait pas non plus, tout ça avait été soit amené, soit emmené par ces mystérieux malfrats !

A la P.J., le reporter le disait, on perdait beaucoup de temps avec ces chicandiers. L'homme entravait à peine le français et le jactait pas du tout ; si bien qu'on se demandait comment il pouvait se livrer à sa brocante ? Quant à la gonzesse, même l'interprète qu'on avait fait venir avouait difficilement comprendre son patois !

L'affaire prenait pas vilaine tournure, au premier abord. Ces espingos semblaient peu portés sur la confession. A mon idée, ils s'étaient réveillés bien avant l'arrivée des condés et avaient eu tout le temps d'orchestrer leur musique. A la baragouinette, et même à la castagne, les condés pouvaient les prendre, séparément, y aurait pas de fausses notes : ils battraient à Niort jusqu'à la gauche, j'en avais presque la certitude.

— Ils se sont pas allongés, c'est déjà heureux, j'ai fait, sans quoi le Ramon et le Miquel, ça devenait pas du mille-feuilles pour les ramarrer... Je crois, Marco, que tu pourras descendre draguer un peu dans le coin, comme on disait tout à l'heure... Essaie de les repérer, bien que, malgré tout, je pense qu'ils manqueraient quand même de toc ce soir pour en installer en plein faubourg...

*

Je restais cloîtré dans la salle à manger. C'était l'heure du plein boum pour Marinette, Nana venait de m'en affranchir en passant me refiler une bise.

Sous l'effet du printemps précoce, le micheton, surpris par la montée de sève, donnait très fort ; mais tout était prêt chez Pierrot pour satisfaire à la demande. Il ne manquait pas un bouton aux bottines de chevreau glacé des cravacheuses maison !

Le gros venait de se tirer chercher ma Vedette à Levallois. Sa Hotchkiss, je commençais à l'avoir pas mal en main, mais je préférais, par régularité aventurer maintenant uniquement mon matériel personnel. J'aurais même aimé pouvoir régler tout seul le compte des espingos ; vu que j'avais seulement jamais aperçu leurs tronches, ça m'était pas possible !

L'enterrement de Riton se présentait pas non plus comme une joyeuse partie. On en avait discuté avec le gros. On pouvait lui faire jouer les clandestins jusqu'au bout, même canné ; les coins peinards où l'enfouir manquaient pas. Pendant vingt piges encore, dans ce cas, il continuerait à taquiner les condés, sa frime de voyou en bonne place dans les fichiers et les répertoires, mais toujours insaisissable. J'imaginais Larpin, devenu principal, ou qui sait ? commissaire, au soir de son départ en retraite, devant l'apéritif d'honneur, dans le quart de la rue La Bruyère. Je l'entendais passer le Riton en consigne à ses petits successeurs zélés ! Elle me semblait farce, cette anticipation.

Seulement, on pouvait difficilement l'escamoter, Riton, sans affranchir Annette sa frangine, et sur la discrétion des gonzesses, j'avais plus lerche d'illusions. Même Nana, on la tenait à l'écart de ce coup foireux ; je la connaissais trop bandeuse pour pouvoir m'y fier. La plus régulière, dès qu'elle prend un matz à la chouette, faut qu'elle lui raconte sa vie ; là est le péril.

J'ai repris les canards, pour tuer le temps. Je me croûtonnais à mort. Le va-et-vient dans la taule, des gonzes et des mistonnes, chacun préoccupé de sa petite idée fixe, les uns de reluire au mieux, les autres d'affurer le grisbi maximum, me donnait cette impression étourdissante que j'ai souvent ressentie dans les gares de province en regardant les gens se casser dans toutes les directions avec leurs petits bagages, vers des trucs qui les attirent mais qu'on a toujours peine à imaginer, sauf bien sûr pour ceux qu'on voit déambuler en bandes inquiètes avec une mastard couronne en perles violettes « A notre tante regrettée »...

J'étais là, cloué sans rien pouvoir faire, qu'attendre, à déguster tous les bruits de la volière, le glouglou étranglé des bidets qui marquaient la pause ; réduit à me faire un cinéma qui n'était même pas distrayant.

Peu après six heures, Pierrot venait à peine de rentrer, Marco a appelé. Il traînait ses lattes depuis un bout de temps dans les bars du faubourg Montmartre, sans résultat, et retournait aux Planètes, prendre un jeu dans une partie de poker assez vicelarde, où les espingos venaient de temps à autre se faire caver.

— T'as de l'osier sur toi ? j'ai demandé.

— Assez pour figurer un bon moment, oui !

— N'aie pas peur de te mouiller, je te couvre jusqu'à cent raides.

— Gy, il a fait, j'essaierai de limiter les dégâts.

La nuit n'allait pas tarder à tomber. De sentir ma charrette devant la porte, une folle envie de driver me chatouillait. Je l'ai avoué au gros.

— Qu'est-ce que tu risques après tout, il m'a dit, je viens de rouler avec et pas un flic m'a arrêté. Si elle était signalée suspecte, mon pote aurait été affranchi de toute première main, tu peux le croire ! Va, mais reste pas trop longtemps, au cas où Marco rappellerait.

Je me suis offert une petite virée banlieusarde jusqu'à Argenteuil. Les jardins verdissaient à tout va ; les beaux jours étaient là. J'ai repensé aux petites vacances que j'avais projetées en compagnie de la môme Lulu. Elles me semblaient pas encore en fouille.

Il me venait de sales pensées que le raisonnement réussissait pas à chasser. Ce soir, si Marco parvenait à dégauchir le Ramon et le Miquel, j'allais sûrement me mettre dans un mauvais cas.

Au cours de ma vie, j'ai échangé pas mal de coups de flingue, à l'occasion de malentendus, au hasard d'affaires glandilleuses, ou parfois même uniquement pour soutenir le point de vue d'un ami. Mais, depuis une dizaine de piges, je devenais moins rapide sur la gâchette ; j'évitais le plus possible d'envoyer la fumée. C'est de moins en moins apprécié aux assises et, entre truands, la légitime défense devient, d'année en année, plus duraille à plaider.

Ces deux caracos maudits, je ne pouvais plus que les flinguer, et à la surprenante, encore ! J'en voyais pas le bout de mon sapement, si jamais par malheur je tombais sur le tas. Préméditation ! Je pouvais compter sur vingt berges de durs, raide comme balle... et vingt berges, ça se fait pas sur une jambe !

Le respect des morts c'est une belle chansonnette ! Seulement, quand ils vous ont filé dans une bonne vape avant de canner, on peut quand même venir au renaud, prendre quelques libertés avec leur mémoire, les traiter un peu d'empafés. Le défunt Riton, il venait de payer cher ses conneries, d'accord ! n'empêche qu'il passait la main quand même à mézigue, pour la suite. J'avale mon extrait de naissance, arrange-toi, mon pote... Bonne pince !

J'en revenais pas de m'être montré aussi cave. Qu'est-ce que j'en avais eu à foutre après tout, d'aller à la recherche de Riton ? De prendre ses patins ? J'aurais dû comprendre en sortant de chez Annette que les gonzes qui avaient eu le toc de risquer un coup pareil, ils le lâcheraient pas vivant.

Je suis quand même parvenu à me ressaisir. Tous ces reproches que j'adressais au môme Riton avaient pas de sens. Si je m'occupais de rien, si je leur retirais pas des pognes, aux espingos, il cannait bien évidemment tout pareil, mon pote ! et c'est sur mézigue qu'ils seraient ensuite retombés, les emmanchés. Pas affranchi, j'avais une première chance de me faire faire marron. J'avais, somme toute, rien à regretter.

Au flan, comme je me trouvais pas loin, j'ai fait un crochet par Nanterre. A la maison du ferrailleur, tous les volets étaient clos. Dans le terrain, sur les carcasses des voitures, quelques mômes du coin, pas fous, commençaient déjà à démonter les petites pièces. S'ils restaient quelque temps au gniouf, l'espingo et sa mistonne, leurs rossignols, il n'en resterait pas lerche, en fin de compte !

*

Marco rentrait lui aussi lorsque je me suis amené chez Pierrot.

— Alors, hombre ? j'ai dit.

— J'ai vu Miquel-la-Balafre.

— Non ? Raconte.

— Comme je te vois... Je lui ai même levé un pot de trente raides... un petit brelan épaulé, qui a tourné au full...

— Quelle tronche il a fait ? Inquiète ?

— Pas exactement, mais il a de la peine à se déplacer, tu vois ça, des gestes prudents, comme s'il relevait d'une opération. A part ça, vanneur comme pas un !

— Et le Ramon ?

— Pas aperçu, mais avant de se tirer, le Balafré a parlé à la taulière, à la caisse ; il semblait attendre un coup de fil, mais je ne sais évidemment pas de qui... « Vous ne l'avez pas vu de la journée ? », il a demandé.

— Qu'est-ce que tu crois ?

— Je pense qu'on a une chance de revoir le Balafré ce soir au flambe, il est sorti perdant d'une soixantaine de sacs, à ce qu'il disait.

— Et toi ?

— Tu me dois rien, j'en ai pris une vingtaine... vingt-sept exactement !

Tout ça s'annonçait bien.

— Y a des hommes qui peuvent me connaître, dans cette partie ? j'ai demandé.

Marco se rendait pas compte. Il m'a cité quelques blazes, des nouveaux venus sur la place pour la plupart, mais Raymond-Bouche-d'Amour et Bébert-le-Breton, des hommes de ma génération qu'il m'annonçait au passage, valait mieux pas que je les rencontre là. Joyeux de me revoir, dès qu'ils m'apercevraient, ils allaient lancer mon blaze, que je voulais pas qu'on prononce, mais pas du tout, dans ce coin, devant personne.

Les bruits ont commencé à décroître dans la cabane. Les greluches se taillaient, pressées maintenant d'aller rejoindre leur Jules. On entendait claquer leurs talons sur les dalles de marbre du vestibule, et la voix de Nana dire à certaines :

— A ce soir !

Puis ça a été le pas plus lourd d'un homme dans l'escalier ; un pas assuré qui, à chaque marche s'affermissait, pour au niveau de la rue, retrouver une parfaite dignité.

La lourde a claqué, puis Marinette est entrée, annonçant :

— Tous ces messieurs sont partis bien contents ; les familles seront heureuses, ce soir !

— Si tu nous versais l'apéro, gravosse, a suggéré Pierrot.

Pour changer un peu, on a pris le pastaga dans le grand salon. Aux heures de trêve, Nana en ouvrait toutes grandes les fenêtres qui donnaient sur le parc. Naturellement, aussitôt, la conversation a roulé sur Riton.

Déjà nous l'évoquions comme s'il était canné depuis des années. Comme s'il n'avait laissé dans nos mémoires que des souvenirs très anciens, on ne l'imaginais plus que jeunot, sauf Marco, bien sûr, qui ne le connaissait pour ainsi dire pas.

Vite aussi on s'est mis à faire des critiques sur sa vie, à chercher quel vice l'avait empêché, lui aussi, comme tant d'autres, de réussir, alors qu'il en était capable.

Pétardier ? Dans sa jeunesse sa manie de se mesurer à propos de bottes, avec des tas d'hommes, de piquer à tort et à travers, l'avait plutôt servi.

Picoleur ? Il l'avait jamais été, et flambeur pas davantage. Malgré la renversée que venait de lui faire Josy, on pouvait pas prétendre non plus que les frangines l'avaient mis à quia, le Riton ! Celle-là, c'était le coup malheureux, après une longue série de coups gagnants. Je l'ai fait remarquer en passant, avec quelques noms de gagneuses à l'appui.

— Des gonzesses que tu nous cites là, Max, a fait Marinette, j'en connais quelques-unes, et y a vraiment pas de quoi en faire un monde !... Bonnes mômes, accrocheuses, de la santé, de la mentalité, je te l'accorde, oui. Mais, rien sous la permanente ! Pas un pion de gamberge ! Des vraies abatteuses, mais pas des gisquettes de classe !... Riton, c'était ça son faible, croyez-moi, il a toujours mal choisi ses femmes.

D'un sens la grosse devait pas se gourer tout à fait, mais ça me semblait trop simple comme explication :

— Marinette a peut-être raison, a fait le gros, ça se pourrait qu'il ait pas aimé les femmes supérieures. Les occasions de se bien maquer lui ont pas manqué, pourtant !... Je me souviens en 30, quand la grande Hélène, qui tenait alors rue de Belgrade une des premières affaires de Paris, est restée veuve de Marcel-le-Havrais ; je connais quelques hommes de poids qui ont mis les harnais pour se présenter en successeur ; y a que de Riton qu'elle voulait entendre parler, parole d'homme, et de personne d'autre. Lui, pas emballé, il a bêché, joué les bons potes, jusqu'à ce qu'elle se lasse. Je l'ai jamais compris.

Ce que le gros me racontait là m'éclairait d'un coup. Hélène, tous ceux qui l'avaient approchée, et qui se connaissaient un peu en femmes, se la rappelaient. Le vieux La Glisse, qu'était tendre avec personne, et surtout pas pour les femmes, il passait des heures, les derniers temps de sa vie, à lui tenir la jactance, à rouler sur des trucs qui n'intéressaient qu'eux. Il disait d'elle qu'y avait pratiquement pas d'homme dans le mitan pour l'apprécier à sa vraie valeur.

— Tous ces vanneurs, tu vois, Max, il m'expliquait, ce qui les bluffe chez Hélène, c'est qu'elle jacte cinq ou six langues ; ils font pas la part du don... Ce qui est vraiment remarquable, c'est qu'elle les parle comme une dame !

Une dame ! c'était bien de quoi elle avait l'air. Malgré son allure de lame, malgré sa cote, Riton, que rien n'effrayait pourtant, pouvait bien en avoir eu le trac. Ça ne me surprenait pas lorsque je me rappelais sa gêne incompréhensible dans certaines circonstances. Un jour, notamment, qu'on avait tous les deux réussi une petite opération, pas maladroite du tout, puisqu'elle laissait une brique et demie au pied, je l'invite à claper, le Riton, à la Tour-d'Argent. Je croyais lui faire plaisir. Maldonne ! Ce mec, qui la veille, sans un battement de cœur de rab, braquait à la rigolade deux encaisseurs, là, au milieu des bourgeois, sous les yeux de leurs gisquettes, je l'avais vu manquer de souffle ! Il en manquait au point de pas oser manger, au point de s'effrayer davantage de la truelle à poisson qui scintillait à droite de son assiette que d'un calibre qu'on aurait pointé contre lui ! Tout, dans ce décor qui suintait le grisbi, tout, jusqu'au maître d'hôtel, lui causait un malaise insupportable dont il s'était délivré en chambrant, à mi-voix, de façon très enfantine.

Sa fatalité mauvaise, à mon pote, fallait l'admettre, c'était d'avoir vu le jour à Montreuil.

Contre ça, je le comprenais seulement, il n'avait jamais rien pu. Les condés, les matons, les adjudants, tous ceux qui l'avaient bridé franchement, tous ceux qui s'étaient opposés à ses marloupineries, il les redoutait pas, sachant comment s'en défendre. Le vrai handicap pour cézigue avait été de ne pas s'accoutumer au grisbi, de pas en trouver le bon emploi. Le contraste entre ses origines de gueux et les paquets d'oseille qui lui tombaient dans les pognes était trop brutal ; il s'habituait pas ! Même Annette, sa frangine, le comprenait pas quand, bourré à craquer déjà depuis des années, il continuait à s'amener chez elle, à l'improviste, pour qu'elle lui mijote son plat favori, le civet de mou de veau, à la façon de leur grand-mère, la chiftire. Il plaçait rien au-dessus, en cuisine !

Ce point de vue aurait été trop long à expliquer aux autres, d'ailleurs Marinette parlait business maintenant, de la chaude soirée qui se préparait pour ses perruches. L'*Ile-de-France* ayant le matin même dépoté au Havre un contingent d'amerloques, y avait gros à parier que les inters allaient en rabattre quelques-uns en fin de soirée ; le cinoche, ils en étaient friands !

— Faudrait libérer la carrée, j'ai dit.

— Pas avant trois ou quatre plombes du mat, a estimé le gros, si tu es décidé pour quelque chose ?

En loucedoc, je lui ai fait oui de la tête.

*

Peut-être est-ce une faiblesse de rien pouvoir entreprendre quand je me sens salingue ; je suis comme ça ! Une paire de lattes poudreuses, une limace qui grisaille, un froc poché aux genoux et me voilà démonté, bon à nib. Si j'avais plongé dans la cloche, une seule fois dans ma vie, je ne m'en serais jamais relevé.

Mon costard commençait à se friper vilainement, et toutes mes sapes de rechange, le superchoix, se trouvaient à ma crèche, près de la Bastille. Je me suis tâté un bon bout de temps avant de m'y risquer. J'ai pesé mes chances.

A dix plombes passées, le pipelet se filait au paddock, d'habitude. En rentrant la Vedette au garage et grimpant par l'escalier de service, je pouvais passer inaperçu. Même s'il y avait eu une planque devant chez moi après la disparition de Josy, elle devait être levée à cette heure. Malgré tout, j'ai fait deux passages hypocrites à petite allure dans la rue, totalement déserte d'ailleurs.

Les rideaux bien tirés dans le salon et dans ma chambre, j'ai allumé les petites loupiotes. Sous la porte du palier, un papelard dépassait, que le pipelet, ne me voyant pas, avait dû glisser là. Il faisait une petite tache blanche que j'aimais pas. De courrier, j'en recevais pour ainsi dire jamais. Dans une existence de truand il se réduit toujours à des convocations chez les poulets, ou à des lettres de pilonneurs.

Je me suis approché, méfiant, essayant de lire à distance, de deviner d'où ça pouvait bien me venir. C'était seulement le relevé du téléphone!

Ça pourra sembler cave, mais de lire mon nom, imprimé officiel en lettres violettes sur le papier, m'a causé tout à coup une impression bizarre. Machinalement, je me les répétais ces syllabes qui formaient mon nom, et ce nom semblait soudain désigner un autre homme. Pas le môme qui l'avait porté à la communale de la rue Fessart ; pas le gonze non plus qu'il avait désigné ensuite sur les écrous des centrouzes, ou chez les juges d'instruction. Il s'agissait d'un personnage nouveau, pesant aux environs de cinquante briques, honorablement connu des commerçants de son quartier ; celui dont la blanchecaille évitait de brûler les limaces, pour qui le faux-filet moelleux s'attendrissait dans la glacière du louchebem, celui à qui son concierge devait un coup de deffe au passage.

Déjà il devenait bêcheur, ce nouvel homme, j'en ai pris conscience dans mon bain, à l'irritation que me causaient mes pognes, pas manucurées depuis près de quinze jours.

Au moment de choisir un costard dans la penderie, aussi, j'ai mesuré à quel point on pouvait varier en un rien de temps. Mes bleu-pétrole, mes Prince-de-Galles, mes fil-à-fil, qui excitaient tant d'envie chez les barbiquets, ils me semblaient soudain détestables. J'en avais un brusque dégoût. Ce soir, il me paraissait recommandé de donner dans la sobriété ; c'était du couleur de muraille qu'il m'aurait fallu ! Je me suis décidé pour un bleu, le plus discret, qu'avait malgré ça, quand je l'ai eu passé, l'air d'une enseigne lumineuse.

Notre rencart avec Marco étant pour minuit et demi, il me restait du temps pour une mise en ordre de mes affaires. Les fafs compromettants m'embarrassaient pas ! je laisse jamais rien traîner. Tout de même, j'ai vidé les poches de mes costards de tout ce qu'elles pouvaient contenir de tickets de cinéma, billets de théâtre, vieilles factures, de tout enfin ce qui peut permettre aux condés, sous prétexte de vérifications, de vous garder avec eux quelques jours de trop.

J'ai inventorié aussi les tiroirs des meubles, un à un. Ça m'a permis de retrouver deux chargeurs de P. 38, tout prêts, qu'il me valait peut-être mieux avoir ce soir à portée de la main.

De m'affairer à cette besogne minutieuse me détendait les nerfs. J'en ressentais un soulagement si total qu'il me révélait brusquement l'inquiétude, le trouble qui m'avait sourdement travaillé le cigare. Je m'en suis mis à jacter tout seul, à m'incendier amicalement :

« Monsieur joue les hommes pour la galerie, mais dès qu'il y a du suif, il a le pétoulet qui fait bravo, pareil à une pédale devant le gode !... Monsieur prétend donner la leçon au monde entier, critiquer les gonzesses qui bandent pour les crêpus demi-teintes, pour les bistrés, mais y prend des suées devant deux cireurs de lattes, deux marchands de cacahuètes qui s'émancipent, qui viennent faire la loi dans sa ville natale, sans qu'il soit même capable de les mettre à la raison !... Monsieur laisse repasser ses potes sans moufter, se laisse traiter de schbeb sans punir... laisse les gonzesses monter des salades ! Monsieur n'a plus, crac, qu'à se laisser taper dans le baba ! et attention, pardon, pas chou pour chou, confondons pas, intégral ! »

Ce petit examen de conscience m'a fait un bien immense.

Y a rien pour s'imprégner des odeurs comme l'intérieur d'une bagnole. La mienne, déjà trop de gens s'étaient transbahutés dedans pour qu'elle garde sa fraîcheur. Angelo et ses voyous, les poulets, les mécanos qui me l'avaient réparée, avaient chacun marqué leur passage et ceci suffisait pour que je ne ressente plus, purement comme au premier jour, la joie du propriétaire. Les mecs affligés d'une gonzesse béguineuse doivent éprouver ça lorsqu'elle rabat à la cabane, toute pimpante, mais avec sur la peau l'odeur tenace du coquin qui l'a un peu distraite.

J'avais plus d'une heure d'avance sur mon horaire. J'ai piqué vers Nogent par le bois, les glaces des portières abaissées, pour aérer la tire au maximum.

Noire comme les burnes à Taupin, la façade du castel d'Angelo, sans donner une impression d'abandon, suggérait l'absence d'occupants. Le rapt de Josy, puis sa réapparition, suffisaient comme événements pour justifier une sortie d'Angelo. Entravant rien à ces coups, il devait certainement nous croire dans la course, Riton et mézigue. Qui sait même si, pris de chaleurs, se sentant pas de taille à nous affronter avec la seule aide de Bastien, il n'avait pas changé de planque ?

J'ai poursuivi mon chemin en petit promeneur, par la banlieue, Joinville, Saint-Maur, Choisy.

La route, jalonnée de lilas en fleur qui embaumaient la nuit, m'appelait, tronçon après tronçon, sans que je trouve la force de m'en écarter, tout au plaisir de rouler sans bruit, sans heurts, comme dans les rêves. Il a fallu la silhouette bien détachée de trois divisions de Fresnes, surgissant sur ma gauche, pour que ma joie tombe.

Ça semblait un avertissement, cette apparition du bing ! Y avait sûr une paillasse déjà prête pour mécolle dans une des cellotes dont j'apercevais les fenêtres noires, comme des yeux d'aveugle.

Sur les quatre ou cinq mille enchtibés qui dormaient là, cette nuit, sans me connaître, il se pourrait qu'avant peu deux ou trois se trouvent, pour un bout de temps, mes sociaux dans le partage des colis, la communauté des pipes !

J'ai obliqué en direction de la porte d'Orléans. D'un troquet, j'ai sonné chez la mère Bouche. Les condés étaient passés en début de soirée ; y avait pas de danger de les revoir avant une ou deux heures d'ici. J'ai fait un crochet jusque-là.

Au comptoir je n'ai aperçu que des indifférents. A table, deux couples de patates, fourvoyés ici à la décarrade des théâtres de la rue de la Gaîté, jouaient à se raconter des histoires marseillaises, devant des diabolos menthe. J'ai emmené la vieille dans sa cuisine.

J'avais un peu plus de deux cents raides sur moi ; j'en ai filé cent à la mère Bouche.

— Gardez-moi ça quelques jours, la mère, j'ai dit. En cas de contrecarre, je vous écrirai pour vous demander de m'assister ; ça fera pour les premiers colis.

Elle connaissait la routine. Sans chiquer, elle a glissé la liasse dans la poche de son tablier bleu, et m'a demandé :

— C'est si chaud, Max ?

— J'pense pas, j'ai fait, mais mieux vaut prévoir, hein ?

Elle était d'avis. Je suis parti sans même consommer.

Il me restait vingt minutes pour rejoindre Marco. Je suis encore passé chez Baumann, boulevard Montparnasse. J'ai choisi pour Marinette une plante mastard, vert tendre avec des grappes de fleurs écarlates. Nana n'a eu droit qu'à un mignard jardin japonais, because la petite gonzesse de porcelaine sur le pont de bois, qu'avait tout à fait sa frime. Chacune a eu son petit mot : *Merci gravosse* à Marinette, et pour Nana : *bonne bourre ;* rien pouvait plus lui faire plaisir.

C'est seulement en démarrant que je me suis aperçu que j'avais oublié Lulu !

Il était trop tard pour retourner.

*

Planquer une bagnole lorsque vous montez sur un coup, c'est tout un art. Souvent, pour épargner une courrette de cent mètres, vous risquez une catastrophe. Rue Rougemont, une rue bien honnête, j'ai placé la Vedette entre deux charrettes, dans un secteur ni trop obscur ni trop éclairé. On devait se trouver avec Marco, à la rencontre, angle rue Bergère rue de Trévise. Il arrivait juste. En me voyant il s'est amené à grandes enjambées.

— On est bonnards, il m'a fait, il vient de se tirer y a pas trois minutes, après qu'on l'ait appelé au téléphone... Je suis sorti presque aussitôt, mais je ne l'ai pas vu ; faudrait un miracle pour le repiquer.

— Et le Ramon ?

— Pas de nouvelles.

Je réfléchissais. Sans dire mot, on a marché jusqu'au faubourg.

— Je vais jeter un coup d'œil chez David ? a proposé Marco.

— Gy, je t'attends où ?

— Au plus près, tiens, là, place-toi au fond dans la salle, le zinc ici, c'est plutôt mal fréquenté.

Ce bistrot qu'il venait de m'indiquer je l'avais connu un peu avant lui, avant même qu'il soit né, le Marco. Aux alentours des années 21-22, on y venait avec Blanc-Blanc, un pote d'école, un albinos vicieux comme pas un aux bobs, rouler à la passe contre des caves que nous rabattaient le loufiat et quelques gonzesses.

Le temps qu'il revienne, Marco, je me suis offert une belle évocation. Malgré les années écoulées, il me revenait en mémoire les michetons qu'on avait essorés, les plus beaux naturellement, leur visage, leur voix, leurs tics mêmes, quand ils se faisaient ramoner sur un gros coup. Parce que Blanc-Blanc faisait pas de cadeaux ; il vous sortait le point à volonté, et aussi sec par les doubles, dès qu'un imprudent se hasardait à les payer !

Ça n'aurait plus été possible une semblable partie de cinéma, avec la dégaine de la clientèle actuelle ; les caves se seraient effarouchés dès l'entrée.

C'était une vraie figuration pour Ali Baba et les Quarante Voleurs qui s'étalait au zinc. Rien que du basané ; du café au lait maghrébin ; du noir mat sénégalais ; du cuivré martiniquais. Le loufiat, un Corse à barbe bleue pourtant, il en prenait l'air, dans son comptoir, d'un cachet d'aspirine.

J'aurais bien aimé pas trop m'attarder dans ce souk. Mon flingue glissé à la ceinture me mettait à la merci d'une rafle imbécile, et depuis quelques minutes, comme on sent parfois arriver l'orage, je devinais la bagarre imminente entre deux traîne-lattes du comptoir. Pourtant je les regardais avec beaucoup d'indifférence, ces deux fias, gonfler leur querelle, la nourrir de mots blessants, dont seule l'intonation pouvait porter, puisque chacun d'eux, c'était un comble, incendiait l'autre dans son dialecte maternel !

Le premier, plus foncé, avec une tronche de féticheur couturée de tatouages bleus, pas grand monde dans le coin devait entraver les vannes qu'il lançait d'un air sauvage.

Mais j'étais sans doute le seul à trouver quelque sens au crépitement en rafale des syllabes aiguës du second. Il jactait peut-être le français, mais sous le coup de la colère, pour la facilité sans doute, il incendiait en taky-taky, le patois des Guyanes que j'avais assez entendu, pendant presque une année, pour avoir tout au moins retenu, comme c'est courant dans les langues étrangères quand on est pas doué pour, les bonnes façons de se traiter de dégueulasse.

Ils allaient terminer, sûr, à la castagne, tout à coup, sur une mimique plus outrageante, mais malgré leur frime vraiment cruelle, j'avais peine à prendre leur différend au sérieux ; ça semblait trop une dispute entre mouflets.

Ils m'ont quand même distrait jusqu'à ce que Marco réapparaisse en trombe, nerveux cette fois, disant :

— Fissa, fissa, ils ont l'air de se tirer !

Je lui ai filé le train jusqu'à l'angle de la rue. Là il me les a montrés. De loin.

Je ne me souvenais pas de les avoir rencontrés, mais me gravai bien en mémoire leurs vraiment sales gueules.

La voiture derrière laquelle nous nous planquions se trouvait bien à deux cents mètres du restaurant, mais placés comme ils l'étaient sur le trottoir, juste sous un lampadaire, et avec l'éclairage venant de la boutique en contre-jour, je perdais pas un détail.

Le plus grand, un seco, du genre osseux qui me débecte le plus, c'était le Ramon. Sa gueule de chèvre vicieuse et son costard gris souris m'ont aussitôt semblé deux cibles idéales. Faudrait, je le sentais, lui passer au moins deux chargeurs pleins dans le coffret et dans le cassis, rien que pour la joie de faire ricocher les balles sur les os, dans tous les sens ! Le Miquel, il me plaisait bien aussi, ce trapu au front bas, dont je distinguais les tifs raides comme crin, mais brillantinés au maximum. Il devait y avoir des bûcherons et des charbonniers chez ses grands dabs, des hommes des bois ! Cézigue, son genre sanglier recommandait de le toucher au foie, avec du gros calibre. J'avais justement en renfort dans la tire le Star de mon cousin, le mastard avec silencieux ; elles sortiraient pas de la famille, les bastos !

Je les avais là, à portée, les fumiers ; fallait en finir tout de suite... tout de suite ! Bondir chercher la tire et les opérer.

— Reste ici, j'ai fait à Marco, et si ils se tiraient, gaffe la direction.

J'ai pas mis trois minutes à me ramener. En débouchant de la rue Bergère, j'ai tout de suite vu Marco ; il avait quitté la planque pour s'avancer de dix mètres.

Sur le coussin, près de moi, recouverts d'un pan de mon lardeuss, les deux pétoires, le P. 38 et le Star, étaient prêts à entrer dans le quadrille. Toute angoisse m'avait abandonné et il me semblait que mes yeux tout à coup saisissaient beaucoup plus de détails, que les moindres objets prenaient un relief plus prononcé qu'à l'habitude, avec des couleurs plus franches.

Les cinquante mètres qui me restaient à parcourir avant de tourner l'angle de la rue Geoffroy-Marie, je les ai un peu savourés. La seconde engagée, le moulin à mi-régime, j'allais virer d'un coup et, d'une accélération éclair, me trouver à leur hauteur, à ces tantes, avant qu'ils aient eu le temps de comprendre.

Marco m'avait vu aussi. Il m'a fait le serre.

Maldonne ! Au coin de la rue, deux sergots et un brigadier tenaient peinardement la jactance à deux cyclistes. Manque de fion, je tombais en pleine relève ! Le quart, j'y avais pas songé une seconde, se trouvait juste derrière moi, de l'autre côté de la rue, au premier étage. J'ai braqué dans la rue Monthyon, toujours au ralenti.

A portée de flingue, mais tranquilles comme Baptiste, mes deux clients se serraient la louche, avant de se séparer. Ramon venait d'ouvrir la porte d'une traction et s'était mis au volant. Le ronflement du moteur qu'il échauffait à petits coups d'accélérateur couvrait le son de leurs voix. Impossible de ralentir davantage sans les mettre en éveil ; j'ai continué à avancer. Tout de suite, l'angle de la maison me les a masqués.

Le bruit de la traction qui démarrait m'est parvenu et presque aussitôt, dans mon rétroviseur, j'ai vu Marco traverser le carrefour à grandes enjambées, pour prendre la filoche de Miquel.

Puisqu'il n'y avait pas moyen de les prendre ensemble, on allait faire le détail, s'occuper de celui-là d'abord. Je suis descendu voir.

Ils étaient déjà loin tous les deux. L'espingo allait d'un pas lourd, sans se presser, en roulant un peu des épaules à la paysanne, une quarantaine de mètres en avance sur Marco qui suivait sur l'autre trottoir.

C'est devenu vite très excitant, cette poursuite. De la rue de la Boule-Rouge où je m'étais avancé, j'ai vu le Miquel traverser la chaussée, puis Marco s'engager à son tour. A la façon qu'il a eue de tourner la tête, j'ai senti qu'il me savait là, que ses yeux de chat sauvage avaient distingué dans l'ombre la masse de la tire, qu'il me demandait de me rapprocher. J'ai démarré.

Vers le milieu de la rue Richer, l'espingo a commencé à se retourner. Une fois, puis deux. Marco tenait la distance, à vingt mètres. J'imaginais sa main crispée sur le goumi, dans la poche de son imper, prête sans doute à lui caresser le cervelet au passage, à notre petit pote... Qui semblait avoir compris, entre nous !

Son allure changeait. Il allongeait le pas et avait, lui aussi, glissé la main droite dans la poche de son veston. Brusquement il s'est escamoté dans la rue du Conservatoire.

C'était à mon tour d'entrer dans le bal, parce qu'à l'allure que prenait Marco, il allait tourner le coin un peu vite et se faire braquer aussi sec. L'autre devait se souvenir de l'avoir un peu trop aperçu dans la journée.

Champignon au plancher, les lumières éteintes, j'ai viré.

Je me gourais. Stimulé par le crissement des pneus, l'espingo s'offrait un petit temps de galop, franc, mais assez lourd, avec une jambe à la traîne. A ce nouveau changement d'allure l'idée m'a traversé que Riton était peut-être parvenu l'autre jour à le piquer au bide. Pour mieux le regarder tirer la patte, j'ai ralenti. Machinalement ma main s'est portée vers les flingues, sur la banquette.

L'autre ordure se trissait de plus belle. Il a tourné la tête et, d'un bond, s'est lancé sur la chaussée. J'ai compris. C'était pas moi qu'il fuyait ; je le rassurais plutôt. Il devait penser que Marco oserait pas l'assaisonner devant témoin, et profitait de ma présence pour gagner un peu de terrain.

Dès que je l'ai eu sur le macadam, à bout de souffle, ça a été du gâteau. J'ai poussé le moulin. Une fois à droite, puis une fois à gauche, il a tenté de regagner le trottoir. A chaque essai, je fonçais dessus, l'obligeant vite à obliquer dans l'autre sens. Tout à coup ses cannes l'ont lâché. A deux mètres du capot, il s'est retourné, le calibre à la main. J'ai filé le paquet sur le champignon, à temps !

Je l'ai vu tendre les bras comme pour repousser le radiateur, sa vilaine gueule ouverte, pareille à un chien qui essaie de mordre, avec deux dents d'or qui scintillaient au fond. Le choc en plein buffet lui a coupé le cri. Il a dû se renverser, et j'ai ressenti encore une petite secousse lorsque le pare-chocs lui est arrivé en poire. Comme mon compteur marquait déjà 75, il aura sans doute pas souffert. Dommage !

*

Avec Marco on avait eu le temps, au garage, de laver complètement la charrette, dessus et dessous, au jet, à pleine pression, de façon à ne laisser subsister ni une touffe de tifs ni une éclaboussure rouge.

Nous n'attendions plus que le bon plaisir de messieurs les michetons pour emballer Riton.

Ils n'en finissaient pas, ces empaquetés, de siroter le champ' au salon, en braillant leurs conneries. Il s'agissait d'une équipe de bourrés, des potes d'enfance, qui venaient de temps à autre essayer de rajeunir en jouant aux cons, comme ils l'avaient fait longtemps, avant de devenir des dangereux.

Jusqu'au bout, il aurait été victime des caves, le Riton. A ses débuts, lorsqu'il attendait pour claper la rentrée du turf d'une fille, sa dine en dépendait souvent de leurs caprices, aux michetons. Aujourd'hui, ils réussissaient à le brider encore ; leur bon vouloir qu'il devait attendre ! C'était drôle à penser.

Le cave qui menait le bacchanale au salon devait passer pour un joyeux drille auprès de ses potes. Tous, au refrain, reprenaient férocement les chansons dont ils semblaient avoir un répertoire inépuisable. Pas une seule aurait plu à Riton, je pensais et ça me fâchait fort. S'il ne nous avait pas encore quittés tout à fait, il aimerait sûrement entendre chanter « Mort aux vaches, mort aux condés ! » ou bien « Trou-picapi-trou ! », des refrains de sa jeunesse de chevesne que personne fredonnait plus jamais maintenant.

C'est Pierrot qui a trouvé le joint pour virer les emmerdeurs. Il a sonné Nana.

— T'as fait carmer les bouteilles au fur et à mesure ? il a demandé.

— Comme toujours. Y a que les deux dernières qui sont pas encore payées.

— Ça chie pas ! Je leur en fais cadeau... Tu vas rentrer à l'improviste et annoncer qu'on vient de nous affranchir d'une descente prévue pour ici cette nuit.

En plein boum qu'elle lui a coupé le sifflet, au meneur de jeu, la salade de Nana, juste à l'instant qu'une famille nombreuse allait tout entière se faire sévèrement aléser l'ogneul par une compagnie de mousquetaires !

On l'a eu tout de suite, le silence. C'est à peine si on les a entendus se tirer, les gosiers d'airain. Ils s'en sont allés, sur la pointe des pieds, sans balancer le moindre défi à l'adresse de la maréchaussée, qu'avait pourtant, il faut le dire, vilainement été charriée au cours du récital.

J'étais au volant, le moteur en marche. Du pas de la porte, Marco et Marinette faisaient le sebillon.

Le gros s'est amené avec Riton dans les bras, pareil à un énorme nourrisson. Il avait tenu à le descendre lui-même, après qu'on l'eut d'abord roulé bien serré dans les deux couvertures du ferrailleur, à loilpé, tel qu'il nous était tombé dans les pognes.

Il y avait pour Marco et moi un quart d'heure de mauvais sang à se faire. Fallait d'abord gagner Nanterre sans accroc, et là, trouver le terrain libre, le temps de débarquer Riton et de le placarder dans une des vieilles tires. Les minots qui chamboulaient tout dans le secteur auraient vite fait de le découvrir.

Il se trouverait blanchi du coup, Riton. L'enlèvement de Josy tomberait automatiquement et, pour le repassage de Frédo, comme on dit, l'action serait éteinte.

J'ai pas eu à m'avancer beaucoup dans la rue pour comprendre. La silhouette des deux flics en faction devant le terrain se remarquait de loin. Il ne me restait qu'à entifler la première ruelle à droite et à imaginer, un peu vite, une autre commande pour nous défarguer de Riton à qui les premières chaleurs réussissaient pas ! Malgré les pipes qu'on grillait sans interruption, l'air devenait irrespirable dans la voiture.

Je m'étais mis à trembler, en proie à un trac terrible. Je sentais mes mains gluantes de moiteur sur le volant.

Nous roulions dans une grande avenue transversale.

De hauts lampadaires, en double enfilade, l'inondaient d'une lumière froide, que les jeunes pousses des arbres verdissaient. Il me semblait avoir jamais rien vu de si désespérant que toute cette lumière qu'éclairait rien de vivant, rien qui bouge, seulement les pavés et les briques des maisons.

Je devais avoir la bouille pâlotte. Marco a mis ça sur le compte de l'odeur.

— Tu comptes pas quand même le promener toute la nuit ? il a fait.

— Sûr que non, seulement je sais plus du tout où le larguer !

— On le met à la baille ?

J'aimais pas ce procédé ; par respect pour Riton d'abord, et aussi parce que je craignais qu'on ne le repêche pas tout de suite. J'ai expliqué mon point de vue.

Marco restait calme. C'est lui qui a décidé :

— Faut le filer dans une bagnole... La première qu'on trouvera arrêtée. Il passera pas inaperçu, crois-moi !

On n'a pas choisi, vrai ! Le camion se trouvait le dernier de la file, à cent mètres au moins du bistrot. J'ai rangé la Vedette contre ; Marco est monté sur le toit. Lui passer Riton, ça a été un coltinage infect, à cause du poids, du ballant, de la puanteur, dégueulasse de près. Enfin il a pu le saisir, le hisser, le pousser sur le faîte du chargement. Il y est grimpé lui-même, pour mieux le caler, au centre, qu'il dégringole pas en route, entre les bottes de poireaux, dont l'odeur sucrée et acide, sur un fond de terre, me rafraîchissait d'un coup, comme une bouffée d'air campagnard.

On s'est tirés, sans que personne apparaisse.

*

Au whisky on a arrosé le départ de Riton, dans un bar, près de la rue Marbeuf. Un sous-sol peinard, tout plein de bêcheuses endiamantées et de mecs bourrés, qui se piquaient la truffe, sans presque faire de bruit.

De son coin, sans relâche, le pianiste nous balançait en sourdine des airs doux et cotonneux, semblables à de la charpie de musique. Il en détaillait par instants les motifs, comme à regret, à la confidence, les étirait soudain, insistant, pour nous les graver dans le cassis, avant de les escamoter, mêlés à un crépitement de petites notes coquines, de nous les dérober sous des graves chantantes. Ça rappelait le bonneteau.

Il aurait vachement renaudé, Riton, de savoir qu'on trinquait à sa mémoire dans une trappe pareille ! Régulièrement, il aurait dû se dérouler à

Pantin, porte sud, devant les moules, les frites et le vin blanc, ce gorgeon d'adieu !

L'heure de la sortie approchait. A deux reprises, Marco venait de gaffer son bracelet-montre. Je l'ai remonté à Montmartre chercher sa mistonne. On s'est quittés place Blanche.

Aussitôt seul, la fatigue m'est tombée sur le râble, brutale, dans les membres et dans la tronche. C'était pas le moment de me trouver nez à nez avec des sournois, d'avoir à me cornancher, ou même à conduire un peu vite. J'aurais cependant aimé attendre la môme Lili rue des Abbesses, afin qu'elle me donne des nouvelles de Lola, à qui je devais une fleur au passage, pour ses miaulements.

Je me suis contenté d'une petite patrouille dans le quartier, pas inutile, puisqu'elle m'a permis de remarquer les lumières encore allumées chez Angelo, derrière le rideau baissé, et aussi la tire des Gants-Blancs, devant la porte.

Je me sentais totalement hors de forme. J'ai décidé que Marco reviendrait demain, en éclaireur, et je suis rentré chez le gros.

J'en écrasais à fond quand Pierrot est venu me secouer.

— Quelle heure il est ? j'ai demandé, complètement sonné.

— Midi moins le quart, mec, mais on graine tout de suite !

Une telle hâte pour la tortore, chez gros Pierrot, c'était pas courant. Il s'est expliqué :

— Faut qu'on fonce à la campagne... Ton raton, on l'a oublié. Tu vois pas qu'y quimpe aussi ?

— T'as dit qu'il pouvait tenir deux ou trois jours.

Le gros haussait les épaules, découragé.

— Max ! J'ai bonni ça comme autre chose, pour lui filer les flubes... Comment que tu veux, mon pote, que je sache !

Je la sentais, la vape imminente ! J'en sortirais pas de jouer les croque-morts, maintenant !... Mais sécolle, s'il m'avait fait ce vanne de canner, je tenterais pas le saut périlleux pour ses obsèques !... Il allait y refiler tout droit à la baille, avec un bon paveton au cou. Je voyais pas d'urgence à ce qu'on le retrouve. J'ai pas été long à faire toilette. Ce maudit tronc chanstiquait tout mon programme ; j'allais louper le rencart de Marco.

Pierrot détestait les repas accélérés. Son humeur s'en ressentait tout de suite.

On avait livré une heure plus tôt sa plante à Marinette, et elle s'en trouvait si flattée qu'à table, elle a balancé quelques salades à son homme. Que c'étaient des choses auxquelles il pensait plus souvent, depuis des années.

Le gros, il admettait de mauvaise grâce, mais prétendait méchamment que c'était là manières de michetons.

J'ai pris le vanne à la rigolade, pour rien envenimer, et on a terminé en bons potes. A la framboise, tout était rambiné, le gros avait retrouvé son sourire.

Sur la route, pas question de foncer. A vivre comme un dingue depuis le début de cette histoire, la notion du temps m'avait lâché. Or, on se trouvait samedi, jour de la grande décarrade des pantes motorisés, et bonnards pour la procession !

Il nous a fallu deux heures pour gagner le Château.

En plein soleil, la bâtisse m'apparaissait plus importante encore que l'autre nuit. Sur la pelouse, un vieux croquant taillait un massif.

— Dis donc, j'ai fait au gros, cézigue vient turbiner tous les jours ?

Il a bien compris ma crainte.

— Te tracasse pas pour lui ; y ne vient que ses jours de repos, le samedi et le dimanche, se faire un peu d'oseille pour son perlot... et puis, il a les portugaises un tantinet ensablées, j'te jure. Comme constipé des feuilles, j'ai jamais rencontré son pareil... Tiens !

Il a filé deux coups prolongés du klaxon de route, sans que l'autre moufte.

— T'es rassuré ?

— Je préfère, mais dis donc, pour sortir le tronc, ça complique tout... Il est pas miro aussi, ton pécore ?

— T'as raison, on va l'étourdir un peu.

De boire le coup avec son taulier, le vieux bibard bichait fort. Il restait quand même un peu méfiant, et Pierrot a dû lui verser son deuxième guindal, d'autorité. Au troisième, le coquin a fait mine de pas remarquer qu'on le lui remplissait.

Pierrot l'a encore tenu quelques minutes à jacter boutures, puis il l'a renvoyé au turf.

Au travers des volets, on l'a vu reprendre courageusement son sécateur, et taquiner les brindilles. Le soleil l'a tout de suite mis à la raison.

Il s'est cassé en zigzaguant un peu du côté de la cabane à outils, pour attaquer à l'ombre, pépère, la viscope ramenée sur les yeux, un petit roupillon réparateur.

— On y va ? a fait le gros.

— Gy !

L'intuition, il y a des gens qui nient que ça existe. J'aurais bien voulu les voir à notre place, à mesure que le gros déverrouillait les lourdes des caves, sans qu'un soupir nous parvienne.

On s'est enfin trouvés devant celle du cagibi. La bouille du gros invitait pas à la réjouissance.

— T'es encore là ? il a demandé avant d'ouvrir.

Je l'avais jamais entendu parler d'une voix si adoucie, à personne. Il avait perdu ses couleurs. Brusquement, il a haussé les épaules et a fait jouer la serrure.

Encore une fois, on l'avait dans le proz ! On a si bien compris tout de suite que c'était en fouille pour le désastre, qu'on est restés quelques secondes avant d'approcher.

Ali, de son vivant, ça avait été une fière ordure, et son coup de razif, je pouvais pas l'oublier, il me chatouillait toujours le poitrail, ça se refermait à peine. Pourtant, je me contrariais qu'il soit canné de cette façon. Une bastos dans le cigare et un coup de ratiche dans le buffet, m'auraient pas gêné. Maintenant j'avait plus à parler sur les méthodes des espingos, sur ce qu'ils avaient fait ; j'étais dans le même bain ; dans la vraie méchanceté pure !

D'avoir vu Annette avec son cador saignant sur le bide, Riton anéanti par leur saloperies, aurait dû me servir d'excuse ; j'en voulais pas. C'était trop simple de toujours balancer sur les autres les responsabilités, de jouer les premiers communiants, les candides. Avec les condés ça se devait, mais, vérité d'homme, on était tous aussi dégueulasses, avec des différences si minces, que ça valait pas la peine d'en parler.

— Qu'est-ce qu'on va en faire, maintenant ?

Le gros avait posé la question à voix basse.

On devait avoir l'air de trois cons, Pierrot, mézigue et l'autre, qui restait les yeux fixes, grands ouverts dans sa tronche vert sale, avec la mâchoire qui lui tombait bas, ses vilains crocs jaunes et noirs découverts par le rictus.

La peine qu'on avait eue à se débarrasser de Riton était encore trop présente à mon esprit pour que je trouve rien à répondre à ce que le gros demandait là.

C'était pourtant à mézigue, et à personne d'autre, d'arranger ce coup fourré. Je ne pouvais absolument pas me désintéresser du problème, laisser Ali sur les bras du gros que j'avais mouillé dans cette course !

— Remontons, j'ai dit, on va décider.

C'était surtout l'envie d'aller au refile qui me faisait fuir.

Qu'on m'objecte pas le manque d'habitude du coletin ; un homme de peine patenté, un endurci des travaux de force, aurait transpiré tout autant que moi. Filer Ali à poil, j'aurais donné cent sacs de bon cœur, ce jour-là, pour que quelqu'un le fasse à ma place. Ce qu'il pouvait être lourd à manier, c'est pas croyable !

Avant de l'amarrer dans sa gaine de treillage, lorsqu'il s'est agi de lui plaquer les bras au corps, on s'est offert quelques minutes de grand sport. Dix mètres au moins de fil de fer y sont passés, pour le cercler, tel un colis grande vitesse.

Après, comme l'idée était de Pierrot, je l'ai laissé faire, disposer les cailloux qui devaient l'empêcher de faire surface, l'Ali, avant que les écrevisses l'aient complètement grignoté. Le gros connaissait un creux de rivière, à pas vingt kilomètres de là, où elles grouillaient, paraît-il, comme des morpions. Il se portait garant qu'en moins d'un mois, elles l'auraient totalement décortiqué, le caïd, et que, vu le fond, on repêcherait pas les osselets avant dix piges.

Le vieux ronflait encore lorsque tout s'est trouvé en ordre : le raton dans le Frigidaire, parce qu'il était pas possible de le décarrer en plein jour, et ses fringues, ses fafs, ses bricoles, dans la malle arrière de la Hotchkiss.

*

Sur la route, durant le trajet de retour, j'ai eu tout le temps de m'expliquer avec le gros. Je suis reparti des fleurs que j'avais envoyées à sa femme.

— Faut pas, Pierrot, que tu te froisses ; j'ai fait ça un peu connement hier, sous le coup d'une mauvaise impression... J'avais le trac, je dois t'avouer, de me faire emporter en descendant repasser les espingos... C'était pour lui dire adieu, quoi !

— T'as pas à t'excuser, tu as fait drôlement plaisir à la gravosse... et puis, parole ! je te comprends, à la longue les vacheries en série ça bouleverse l'équilibre, les nerfs peuvent pas tenir indéfiniment... Moi-même, qui ai rien fait pour ainsi dire, que de te donner un peu la pogne, je suis à zéro !

— Ce que je ne voudrais pas, gros, s'il m'arrivait un vanne avant que j'aie tout réglé, c'est que tu m'en veuilles, que tu gardes un mauvais souvenir...

Le gros m'a coupé net.

— Non, mais ça devient une manie ! Tu vas me refiler ton testament avant cinq minutes, si je ne t'arrête pas !... Et bien ! je veux d'abord te dire un truc, tout de suite et franco ; c'est qu'en aucune manière je ne veux savoir où tu as pu planquer ton grisbi... Que tu tombes, ou que tu te fasses repasser : il restera où il est. Arrange-toi !

— Tu me condamnes à réussir, voyou ? j'ai dit en chambrant... J'ai plus le droit de pas avoir la loi !

— Exactement !

De s'entendre parler sur ce ton, certains se seraient vexés. Moi, pas.

Il déconnait pas, le gros. Que je me fasse battre dans ce parcours, et ma vie n'avait plus de sens. Sans nul doute, ces cinquante briques qu'on avait levées avec Riton, c'était le feu d'artifice de nos carrières de truands ; ensuite, finie la fiesta, on tomberait dans le plein noir.

Je me sentais depuis une semaine l'homme d'une autre époque, et Angelo et ses pédoques, Ali et les espingos s'étaient pas grattés pour m'en donner la preuve. Si je sortais pas champion de ce derby, j'étais plus bon qu'à aller bosser au charbon !

A tout ça il pensait, Pierrot, et certainement

pas, comme beaucoup auraient à ma place cru le comprendre, à me laisser quimper dans un moment glandilleux.

Depuis le jour où Riton m'avait signalé le coup d'arraché possible sur cinquante briques, durant le minutage de l'affaire, sa mise au point, et jusqu'à maintenant, bien des occasions de penser à ce grisbi s'étaient succédé dans ma pauvre tronche. Jamais pourtant, je m'en apercevais tout à coup, sa réalité ne m'avait aussi fortement touché. Jusqu'alors tant d'obstacles interposés entre cette oseille et moi me l'avaient rendue semblable à ces héritages qu'une singerie des hommes de loi vous empêche longtemps d'enfouiller.

Il s'agissait maintenant de passer au guichet.

Deux fois dans l'après-midi Marco avait essayé de m'avoir au téléphone. J'ai demandé à Marinette qu'elle lui dise de grimper dîner. Je ne pouvais pas me permettre de perdre une heure à attendre ; M. Oscar recevait que de six à sept, sur rendez-vous. Je me suis annoncé au bigophone.

Sur Oscar, les avis différaient beaucoup dans le mitan. Certains vous juraient leur parole d'homme avoir jamais rencontré plus régulier ; d'autres le tenaient pour le roi de l'arnaque. On pouvait seulement à mon sens lui reprocher sa manie de toujours insister pour trouver un placement à votre artiche ; y avait qu'à résister, et il vous douillait recta, quelle que soit l'importance de l'affaire.

Cinquante briques, quand même, il pouvait se

faire qu'Oscar les ait pas dans son coffre ; je préférais le prévenir, lui laisser le temps de prendre ses dispositions.

Les burlingues de la firme Oscar, pour le truquage, ça rappelait le Châtelet, mais avec des décors tout acier, réalisés par la maison Fichet. Les lourdes, fallait pas se laisser prendre à leur apparence, au joli laqué gris des croisillons et des moulures ; en dessous, c'était blindé au nickel-chrome, et à l'épreuve même du fort calibre. Les boutons de ses portes aussi ménageaient quelques surprises ; ils tournaient fou et commandaient que du vent. L'ouverture, c'est Oscar qui la déclenchait électriquement, de son bureau, pas partant pour jouer à la surprise le client avec ses clients, pour se faire braquer à son tour !

Le garçon de bureau m'a annoncé par son petit microphone et le comptable est venu me chercher pour m'introduire. Ils promenaient tous les deux des frimes et des carrures décourageantes. Malgré son col celluloïd et ses manchettes d'alpaga, le comptable conservait une hallucinante bouille de fagot. La Glisse, avec qui j'étais quelquefois venu dans cette caverne, prétendait l'avoir connu, déjà comptable, mais en centrouze, à Poissy, où il tirait dix berges pour une main armée qu'avait mal fini !

Quand je lui ai annoncé la couleur, Oscar a fait la moue :

— Du jonc ! c'est pas le moment de vendre, les cours sont en perte de vitesse depuis quinze jours.

Ça ressemblait si bien à ses feintes habituelles, que j'ai cru qu'il chiquait. Je me suis mis à me fendre la pêche.

— Te marre pas, Max, il protestait, te marre pas, je me suis laissé enfler il y a une semaine ; j'ai eu le malheur de garder la marchandise quarante-huit heures : j'ai paumé tout ce que j'ai voulu.

— A combien que tu me prends le lingot ?

— Cinq cents sacs moins trente pour cent.

— Dis donc, Oscar, j'ai insinué, t'as pas des fois envie de te refaire de tes pertes sur mézigue ?

Fallait jamais plaisanter avec lui. Il s'est mis à gémir. En moins de jouge, il m'a démontré qu'il mangeait de l'oseille avec nous autres, les truands, que nos marchandises qui voyaient pas le jour, il devait les faire voyager un brin avant de les écouler sans scandale, et que ça coûtait.

J'ai encore eu droit à la lecture des cours de la Bourse, depuis un mois, pour me convaincre ; il aimait pas les incrédules, Oscar.

Ce qu'il avançait, le vieux fourgue, c'était pas du flan. La joncaille s'effondrait littéralement en Bourse... On avait jamais pensé à ça, Riton et mézigue, bons connards qu'on était ! et dire qu'on se vantait de gamberger !

Oscar a calculé. Quatre-vingt-quinze kilos à cinq cents sacs, ça faisait quarante-sept briques et demie, moins les trente pour cent, je devais enfouiller trente-trois briques et des poussières.

Ça faisait plus mon compte. J'ai demandé :

— Tu peux pas me refiler un peu mieux ? te montrer moins gourmand ? T'éponges quinze millions sans te casser beaucoup le baigneur, dans ce parcours.

Là, il s'est fâché :

— Et mes frais généraux, c'est toi qui vas les casquer, peut-être ? Tu veux que je te les envoie toutes mes pieuvres, tous mes suçons, tous mes crevards, que je dois goinfrer de pognon, pour qu'ils puissent se distraire, qu'ils aient pas le temps de s'ennuyer, de devenir curieux... Hein ! Tu veux que je te les envoie, que tu voies vraiment comment c'est fait, un gourmand ?

D'écarlate il devenait presque violet, tant il renaudait fort. Le comptable, qui devait esgourder à la porte, est entré.

— Sers-nous l'apéro, a fait Oscar.

On a rengraci en se tapant un xérès, comme on vous en verse pas souvent dans les troquets.

Je faisais meilleure bouille, sans cesser pourtant de penser que j'avais certainement jamais bu un guindal qui me coûte aussi cher ! Parce que, comme toujours, comme beaucoup, je venais d'être forcé de me rendre aux raisons d'Oscar. Tout était arrangé pour après-demain lundi. Je livrais la joncaille à onze plombes pétant. L'oseille serait là en talbins de dix mille, comptés par liasses de cent.

En décarrant de chez Oscar, je me suis laissé engrener dans la chaîne sans fin des gisquettes. A pinces, j'ai filé le train jusqu'à l'Opéra, captivé. Dans le lot des trotteuses, y avait quelques tickets sensationnels et, pardon ! attention ! pas de la pute ; rien que de la gentille dévergondée, de la curieuse sevrée d'imprévu. La robe printanière et le tailleur, toujours si flatteur pour le pétoulet petit-bourgeois, triomphaient déjà. Une semaine de beau temps encore, quelques bouffées de chaleur, et il y allait y avoir du décolleté affriolant, du déshabillage hypocrite, de l'amorce de strip-tease ! Mon départ pour la campagne m'en semblait soudain un brin prématuré. M'attriquer deux ou trois de ces charmantes, avant de me casser, en manière de rafraîchissement, ça pouvait, au flan, qui sait, chasser toutes mes humeurs sombres d'un coup !

Pour remonter chez le gros, j'ai pris le métro. Sur le quai, direction Villiers, au moment de grimper dans la rame, il y a eu un chouaye de pétrissage ; j'ai pu me rendre compte que j'étais pas le seul connaisseur. Près de moi, un vioque, à l'allure de colonel en retraite, devait s'en meurtrir les paumes sur les nénés de sa voisine, une blonde mahousse, genre amazone. Comme nous étions sur une ligne bien fréquentée, et en première, dès que tout le monde a eu calé ses abattis, il lui a tiré un coup de chapeau de grande allure, en s'excusant très vivement.

*

J'ai pas fait cent pas sur le boulevard de Courcelles. La sensation d'être maté par plusieurs paires d'yeux, le crissement léger des pneus d'une voiture qu'on stoppe, tout ça perçu simultanément, m'a coupé net la gamberge en rose que j'étais en train de m'offrir. Le temps de me détroncher, déjà Larpin venait tout droit sur moi, suivi de Maffeux. Dès qu'à portée de voix, il m'a dit, tout de suite :

— Heureux de te rencontrer, Max, tu prends un pot avec nous ?

Chance, j'avais pu refréner de justesse le réflexe de porter la pogne à mon calibre. On a toujours le temps d'envenimer les choses, surtout qu'ils se présentaient pas le cabriolet ni le flingue à la main.

On s'est serré la louche tels de vieux potes et tandis qu'on se dirigeait vers le bistrot, Larpin m'a fait :

— T'as vu ce pauvre Riton ? Il aurait peut-être mieux valu qu'on le saute ?

Les sentant m'observer en lousdoc, j'ai demandé, méfiant :

— Pourquoi tu dis ça ?

— Tu veux pas me faire croire que tu lis pas les journaux, non ?

— Je les lis, bien sûr, mais parole, j'ai rien vu dedans au sujet de Riton depuis que vous avez trouvé drôle de nous faire passer pour des kidnappeurs... Je t'avoue pas avoir goûté le vanne... Qu'est-ce qu'il y a de neuf à propos de Riton ?

— A quoi on joue ? à cache-cache ? Alors, jouons, hein ! Riton a été trouvé ce matin vers six heures, aux Halles, sur une carriole de maraîcher... D'ailleurs, je ne veux pas te faire rire plus longtemps à ma santé, tiens, prends le journal ; tu trouveras tous les détails.

Il se rebiffait le Larpin, d'une voix coupante, et me jetait son mauvais regard en me tendant son canard. Indiscutablement, si je leur fournissais le moindre prétexte, ces deux gonzes allaient m'emballer et cette perspective me déplaisait si fort que je préférais encore, tout compte fait, les repasser tous les deux.

J'avais encore jamais pensé jusqu'alors à faire du mal aux condés ; ça coûtait trop cher. Je m'en étais toujours abstenu. Mais, s'ils devaient me faire tomber, la logique me semblait, soudain, de froidement les anéantir, ces emmerdeurs à qui j'avais somme toute, moi, jamais rien demandé, qu'avaient eu à s'occuper d'aucune de mes affaires.

On a commandé des pastagas. Pour reprendre contenance, j'ai lu attentivement le canard ; ça m'a quand même permis de jouer la surprise. Josy, la peau de vache, n'avait pas elle non plus repris connaissance ; elle était cannée à l'hosto, dans les mains des toubibs ! Sur Miquel, je voyais pas une ligne ; il se trouvait peut-être relégué dans les « accidents », aux dernières pages. J'aimais mieux pas chercher maintenant.

— Qu'est-ce que vous en pensez de tout ça, vous autres ? j'ai demandé en les gaffant.

Larpin s'était assis près de moi sur la banquette, Maffeux me faisait face. Pour défourailler, j'allais pas être à mon aise. Ils semblaient pas deviner le péril ; mais c'étaient pas des manchots bien sûr, et au premier geste suspect, ils allaient me voler dans les plumes, me passer les bracelets à la rigolade.

— On pense à des tas de choses, a fait Larpin, on s'informe, à droite, à gauche, et comme d'habitude, il y a ceux qui savent rien et qui nous racontent des histoires pour se faire valoir, et puis ceux qui savent, et qui veulent rien dire parce qu'ils nous croient des méchants bougres... Dieu sait pourtant si on en a arrangé, des sales histoires !

— J'espère que vous continuez toujours pas à penser que je suis pour quelque chose dans l'enlèvement de Josy ?

— Maintenant, non ! mais sur le coup, quand on est venu nous dire que c'était toi et Riton, mets-toi à notre place, avoue que ça paraissait vraisemblable.

— Larpin ! j'ai fait, tu me navres, tu m'as encore jamais regardé... Tu me vois, à mon âge, me mouiller dans un carrousel pareil ?... Pour quoi foutre, dis-le-moi ? Riton, c'était un pote de jeunesse, j'ai pas à en rougir, mais entre nous, ses histoires regardaient que lui, j'avais pas à m'en mêler.

— On veut bien te croire un père tranquille, Max, m'a fait Maffeux, mais justement parce que tu étais son meilleur pote, Riton a pu te parler de ceux qui le cherchaient, et qui l'ont trouvé en fin de compte... C'est sûrement pas des voyous ordinaires. Le légiste qui a fait les autopsies, il en bavait d'étonnement, d'un raffinement pareil dans le crime.

— On a bien pensé aux deux Espagnols, a repris Larpin, tu sais, ceux qui devaient soi-disant acheter le bar d'Angelo ; t'es au courant ?

— Moi ?

— Oui, toi ! La petite barmaid d'Angelo nous a dit t'en avoir parlé.

C'était gagné ! Ils avaient été porte Champerret chez mézigue, interviewer Lulu. Je pouvais plus chiquer.

— Gy ! j'y suis, elle m'en a dit deux mots, un soir, mais j'en avais rien à foutre, de ces mecs.

— Tu les connais vraiment pas, par hasard ? parce qu'Angelo prétend être au courant de rien, avoir jamais même songé à vendre sa taule.

— Comment je les reconnaîtrais ? Je les ai tout juste entendus jacter, et au travers du rideau de fer, sans les voir ; la môme vous l'aura peut-être dit aussi ?

Je renaudais sec. Ils y étaient parvenus à m'engrener dans la filière de la jactance ; ce qu'ils cherchaient toujours !

— Et Ali, le bicot de la bande à Frédo, tu l'aurais pas rencontré par hasard ces jours-ci ? On parvient plus à mettre la main dessus ; on aimerait bien, pourtant.

A Maffeux qui venait de lancer ce vanne, j'ai envoyé sèchement :

— Permets ! que vous cherchiez un gonze, c'est votre turbin ; mais pas le mien de vous le balancer... Tu devrais tout de même le savoir.

Ils restaient cois, à se regarder, embarrassés, ça se sentait, sur ce qu'ils devaient faire. J'en ai profité pour me lever en repoussant un peu la table, sans qu'ils réagissent.

— Je suis content qu'on se soit expliqués, j'ai dit, mais vous m'excuserez de vous quitter si vite ! J'ai rencart avec une dame.

Tout en jactant je leur tendais la pogne. Une provocation à me passer un bracelet, s'ils avaient décidé de me sauter. Larpin a préféré prendre les choses à la bonne ; en me serrant la louche, il a fait à son pote :

— Tu te rends compte ? De nos jours y a plus que les voyous qui peuvent s'offrir le week-end avec des cocottes... Nous, on a pas le temps...

— Ni l'argent ! a dit Maffeux qui avait repris sa gueule triste.

— Vous avez choisi le mauvais clan, quoi ! j'ai conclu... Mais, parole d'homme, quand vous aurez plus de mauvaises idées sur mon compte, je vous emmène tous les deux un dimanche, avec vos bourgeoises, faire une partie de pêche. Ça boume ?

— On verra ça, a grogné Larpin.

Dehors, j'ai piqué un bahut au vol. Si ces deux messieurs voulaient revoir ma frime de près, je leur conseillais maintenant de se lever tôt. Je venais d'avoir trop chaud aux plumes pour pas me méfier !

Plus question désormais de rentrer chez le gros, ni même d'y remettre les pinceaux avant un bon moment. Le loche m'a déposé à l'Etoile. Personne me filait le train. En petit promeneur, par l'avenue d'Iéna j'ai déambulé jusqu'à la Seine.

Je pensais d'abord téléphoner à Marco, mais la joie de marcher seulabre, sans personne pour salader à mes côtés, m'a tout de suite distrait de cette intention. Je m'étais mis à gamberger sur la vie des grossiums qui créchaient dans ce coin.

Je les supposais un peu marles, ces fias. Dans cette avenue, où personne ne se déplace à pinces, que les larbins et les flics, ils étaient parvenus à se faire ménager des trottoirs comacs, plus larges que la chaussée de la plupart des rues de Belleville, avec encore des arbres et du gravier pour que les bonniches puissent commodément faire débourrer le cador !

Ils n'imaginaient jamais, les truands arrivés, de venir se loger dans des quartiers pareils, même les plus pleins. Toujours, au bord de la Marne, qu'ils la prenaient leur retraite, comme des minables !

J'ai tout de même trouvé un bistrot passé la Seine, au pied de la tour Eiffel, d'où téléphoner à Marco, qui s'est amené moins d'un quart d'heure après, au volant de la Vedette, fringant comme pas un.

Tout de suite il m'a affranchi sur son après-midi. Aux Planètes, le coup dur de Miquel faisait beaucoup jacter, mais l'espingo avait de son vivant commis tellement d'impairs que personne s'étonnait qu'il lui soit finalement arrivé un malheur.

Seul le Ramon semblait pas d'accord ; il croyait pas beaucoup au chauffard maladroit. Marco l'avait entendu, en plein rif, jurer tous les saints d'effacer de sa main l'homme qui s'était permis de toucher son pote. Il demandait seulement qu'on le lui désigne et se disait même disposé à filer un bouquet de deux cents sacs à qui l'affranchirait.

Ça me laissait rêveur, toutes ces dispositions vengeresses !

— Dis donc, j'ai fait à Marco, hier soir, en passant devant la boutique d'Angelo, j'ai vu de la lumière chez lui. On croirait qu'il est revenu dans le coin... Les condés m'ont aussi semblé dire qu'ils l'avaient interrogé, il n'y a pas longtemps.

— Tu veux que je téléphone, au flan ?

— T'as un prétexte ?

— Je peux demander si j'ai pas de courrier arrivé ; c'est là que je le faisais adresser.

— Vas-y !

— T'avais raison, il est rentré... C'est Bastien qui m'a répondu : le Capitaine sera là à partir de dix heures, jusqu'à la fermeture.

Il semblait tout joice, Marco, de m'apporter cette bonne nouvelle.

— Mec, j'ai fait, on va se cogner un casse-graine soigné, la soirée peut être chaude, autant monter sur une bonne impression... Qu'est-ce que tu en dis ?

— Je suis partant !

— C'est pas tout ça, j'ai ajouté, pendant que j'y pense faudrait pas que tu croies que ma promesse des deux briques, l'autre soir, c'était du vent. Tu les as en fouille lundi midi. Ça te va aussi ?

— Tu penses, avec toi, j'ai pas le trac !

Lui aussi s'y mettait, pareil le gros, à me forcer la main à la confiance. Ça flattait.

Nous avons atterri près de l'Ecole militaire dans un restaurant de tout premier ordre. Pour du cave, y avait du cave, mais de la belle espèce ; silencieux sans être bêcheur, et surtout préoccupé de la jaffe qui méritait bien qu'on s'y attarde, et du pichet sélectionné, pas salingue lui aussi.

Le repas qu'on nous a servi composait au xérès d'Oscar une suite si choucarde, que j'en restais saisi.

Ces caves, en train de se taper le tronc sans malice, en compagnie de leurs colis, me donnaient un bel exemple. Ils ne se dispersaient pas en conneries, eux, en galopades. Il n'y avait qu'à mater leurs frimes détendues pour comprendre que leur argent était bien employé. La bonne jaffe et les tutus honnêtes, absorbés au calme, en dégustant, ça devait profiter, vous pousser sans un pli aux quatre-vingts berges, un peu plus facilement que les yaourts et la carotte râpée des arnaqueurs !

Tout bien pesé, je commençais à m'en ressentir dur pour vivre parmi les pantes. D'abord, j'avais assez d'osier pour me le permettre, et puis on ne devait pas, Marco ni mézigue, détonner trop violemment dans le décor, car personne ne tiquait sur nous.

Je l'ai fait remarquer à Marco.

— T'as raison, il m'a dit, on nous remarque pas parce qu'on est entre hommes ; mais si y avait des gonzesses avec nous, le coup serait pas le même... Tout de suite, ils verraient la différence de manières ; c'est ça qui est pour nous le plus dur à apprendre : savoir se conduire avec les filles, comme le font les bourgeois !

— Faudra que je m'y fasse, j'ai dit.

Marco, qui comprenait toujours à demi-mot, s'est mis à se marrer. J'en ai profité pour lui demander :

— Et toi, qu'est-ce que tu vas en faire de tes deux briques ?

Il a pensé un moment avant de répondre :

— Deux briques, c'est bon à lever au passage, mais ça permet pas de tenter grand-chose... A moins de tomber dans la limonade, et je me vois pas derrière un comptoir, à servir des connards !

— Qu'est-ce que tu aurais aimé, alors ?

— Me tirer à la campagne pour monter un élevage de truites.

Ça semblait un charre, mais j'ai vu qu'il parlait sérieusement ; il continuait d'ailleurs :

— Seulement, entre l'installation, le terrain et le matériel, faut déjà compter trois briques minimum, et puis ensuite, tenir le coup au moins une pige avant de voir rentrer un petit flèche... Tu vois, c'est pas pour ce coup-là encore.

Il avait dû souvent y penser, à cette commande. Lui qui se marrait de tout était devenu soudain grave, comme s'il parlait d'une chose importante.

— Mais, ils t'enchantent tellement tes poiscailles ? j'ai demandé. Qu'est-ce que tu leur trouves de plaisant ?

Il a haussé les épaules et j'ai deviné qu'il cherchait ses mots pour bien se faire comprendre, sans que ça puisse prêter au chambrage.

— D'abord, les poissons, c'est les seuls animaux propres à élever, pas bruyants et qui puent pas... Et puis, ça pourra te sembler branque, toute cette flotte qui coule jour et nuit dans leur bassin, claire et fraîche, parce qu'il faut qu'elle soit fraîche, c'est le plus dur à trouver, j'ai jamais rien rencontré d'aussi reposant... Y en a qui aiment le violon, la guitare hawaiienne, l'accordéon, moi je préfère ce petit bruit de la flotte qui rejaillit sur le ciment... Ça te semble ridicule peut-être ?... Tiens ! suppose que j'y arrive jamais à monter mon truc ; devine un peu ce que j'aimerais faire ? Essaie ?

J'avais beau me creuser le chou, je voyais pas. Il m'a affranchi :

— Eclusier ! que je voudrais être, au bord d'un petit canal pas trop navigué ; je sens que je serais comme un pape !

— Ecoute, môme, je lui ai lancé, tant qu'à faire vaut toujours mieux être à son compte ; les trois briques qui te manquent, veux-tu que je te les avance ? Tu me les rendras dans deux ou trois piges, si c'est possible !

On sirotait une méchante framboise maison ; le taulier est venu nous interrompre, demander ce qu'on en pensait. On ne pouvait que lui faire compliment. J'ai casqué, en promettant de revenir. A la sortie, Marco m'a dit :

— Pour les trois briques, ça me ferait plaisir que tu me les prêtes, mais si je mettais une année de plus à te carmer, faudrait pas que tu aies d'inquiétude.

*

En remontant vers Montmartre, Marco a embrayé sur sa souris.

— Tu peux pas imaginer, il m'a expliqué, ce que cette môme va être heureuse qu'on se tire à la campagne tous les deux... Pour une artiste, tu comprends, le cabaret ça va un temps ; mais à la longue, de toujours se trouver mêlée aux putes, quand un client t'invite aux tables, ça déprime ! Il lui faudrait un grossium qui la lance, qui monte un spectacle pour elle, en vedette ; mais là, je suis pas d'accord...

Je suivais bien ses paroles, sans pourtant cesser de penser à ce qu'on partait faire. Les idées me venaient bien nettes ce soir. Je retrouvais la forme, je le sentais au relief précis que prenaient les objets et les gens, et aussi à une légèreté dans la viande, que j'avais pas ressentie depuis longtemps.

— Y a des frangines, continuait Marco, qui peuvent aller se faire bourrer dans tous les azimuts ; t'en as rien à foutre du moment qu'elles ramènent la comptée régulièrement... Parce qu'avec elles tu sais que si c'était pas toi qui emplâtrais cette oseille, ça en serait un autre ; que c'est leur petit bonheur à ces mômes, de faire passer l'osier des caves dans la poche des hommes ! Wanda, c'est pas du tout ce genre de fille, tu sais ! Quand elle parle comme ça d'accepter les offres d'un miché, je sens bien qu'elle se force, qu'elle me tâte, qu'elle craint de passer vis-à-vis de moi pour une paresseuse... qu'elle a peur de me décevoir ! Faut déjà l'entendre renauder quand on l'oblige à picoler aux tables avec les clients... Si j'avais accepté de la laisser se défendre, elle me faisait un vrai sacrifice ! Je la paumais, peut-être ?

C'était bien gentil son histoire, mais le moment des choses sérieuses arrivait. Nous roulions entre Pigalle et Blanche. Le boulevard était noir de trèpe : des boulots endimanchés, des foirailleurs du samedi soir, race curieuse s'il en est. Dès les premiers coups de flingue, ils allaient, ces innocents, rabattre vers le spectacle gratuit, et il y en aurait bien quelqu'un pour se jeter devant la voiture comme au cinéma, pour nous faire tout le contrecarre possible... Sans compter les prétentieux qui relèveraient le numéro de la tire, espérant avoir leur tronche dans les canards !

Il était encore un peu tôt pour commencer, mais on pouvait toujours s'assurer de la présence d'Angelo.

Rue Coustou, Marco est descendu en voltige, un peu avant le bar. Je restai en arrière, à vingt mètres, guettant dans le rétro les gens et les voitures qui pouvaient déboucher du boulevard de Clichy.

Marco est revenu vers moi, tranquille.

— Ils sont là, Angelo, Bastien, Lola, et encore deux gonzes au comptoir, que j'ai vus de dos. Lola a l'air de servir.

— Il nous faudrait un endroit tranquille, d'où téléphoner.

On s'est mis à chercher. C'était pas facile. Presque partout dans les troquets un peu importants, l'appareil se trouvait sous la garde d'une dame-pipi qui demandait les numéros. On a finalement dégauchi une chouette cabine automatique, matelassée, dans une brasserie de la rue Caulaincourt.

Sans presque l'ouvrir, nous avons dégusté une mirabelle pépère, pour laisser le temps couler. La pendule qui était juste devant nous au mur, en finissait pas de marquer les minutes. Sur le coup de minuit moins le quart, j'ai demandé deux jetons au garçon ; à moins cinq, j'y suis allé.

Je manquais de fion. C'est Lola qui m'a répondu. Voulant pas risquer qu'elle raccroche, j'ai déguisé ma voix ; elle m'a passé Angelo.

— T'es revenu, bougre de tante, j'ai dit, pour qu'il sache bien qui lui parlait.

Il a tout de suite compris.

— Tu pensais pas que j'allais tout laisser à l'abandon à cause de tes balançages ?

— Pour sûr que non, tout le monde sait bien que tu es au mieux avec les condés, que t'as rien à redouter d'eux... Je pensais seulement que t'avais pas envie de me rencontrer !

— Crois pas ça, au contraire, j'aimerais bien te voir ; je suis en retard d'affection !

Il recommençait à vanner, cet incorrigible fumier.

— D'accord, j'ai fait, je suis chez toi avant une heure, juste le temps de faire une petite toilette ! Te fatigue surtout pas en m'attendant ; je te jure que tu vas pas être volé !

Ramon, je l'ai pas eu si facilement. « De la part d'un ami », j'avais pourtant précisé au taulier ; ça devait pas paraître vraisemblable. Il s'est enfin amené. Il jactait le français d'une voix sourde et rauque, détestable au possible, avec un accent affreux qui déformait toutes les syllabes. J'ai attaqué brutal, sans m'annoncer :

— J'ai entendu dire que tu donnes deux cents sacs pour connaître le nom de l'homme qui a buté ton pote ?

— Peut-être bien ! T'es au courant ?

— T'en donnes pas cent de mieux, si je te dis en même temps qui a repassé le petit Ali ?

— T'es sûr de ce que tu avances ? Qui tu es ?

— T'as pas besoin de me connaître encore, parce qu'entre nous, je suis pas sûr que tu aies la loi avec ceux qui sont dans le coup ; je veux pas les avoir sur les bras... Tout ce que je te demande, c'est trois cents sacs, le lendemain que tu les auras mis en l'air, si tu réussis, promesse d'homme ?

— Comment que tu veux que je sache si tu dis vrai ?

— Quand je t'aurai donné les noms, tu comprendras... Tu montes jusqu'à trois cents ?

Il hésitait. Ça faisait pas mon blot. Enfin, il s'est décidé.

— Promis, il a fait, trois cents sacs le lendemain... Qui c'est ?

— Angelo, de Montmartre, celui qui a repris l'équipe du petit Frédo et Bastien un de ses gonzes.

— Et où je peux les trouver ?

— Au bar d'Angelo, rue Coustou, le premier en montant à droite, en venant du boulevard de Clichy... Tu vois où c'est ?

— ... Oui !... Mais, à toi, ils ont fait une incorrection ?

— Un peu ! Mais ça m'intéresse aussi de toucher trois cents raides... Oublie pas, c'est promis !

Je le sentais devenir réticent. Il a hésité quelques secondes avant de répondre :

— Promis ! Viens me demander chez David demain soir ; puisque tu téléphones, tu connais.

Déjà l'ordure devait chercher un prétexte pour me faire jongler de ce fric. Je lui rendais un vrai service, pourtant !

Selon mes calculs, il nous restait au moins un quart d'heure à user ; on a repris des mirabelles. Dehors, la lance s'était mise à tomber. Un orage de saison qui venait à point nommé pour déblayer le boulevard et les rues de tous les traîne-lattes du samedi.

J'essayais, alors qu'il en était encore temps, de prévoir l'impair. J'avais pas besoin ce soir de me rambiner. La confiance, j'en regorgeais ; je devais tout au contraire la modérer d'un chouïa de défiance, m'armer contre les surprises de dernière minute. Les maldonnes, j'avais quelquefois payé pour l'apprendre, se présentent rarement comme on l'a imaginé. Sauf la courrette d'un connard, encore tout gonflé d'un film dans lequel les bastos portaient jamais, je craignais pas grand-chose. Fallait aviser quand même.

— T'es enfouraillé ? j'ai demandé à Marco.

Il se promenait jamais qu'avec son goumi, ce mec, par discrétion.

— Je te filerai ce qu'y faut tout à l'heure, dans la charrette.

A la demie de minuit, on a ripé.

*

Dégauchir à cette heure une place libre à l'angle de la rue Fromentin, ça pouvait compter pour de la bague. Une vraie loge d'avant-scène, c'était, avec cette vue dégagée au maximum sur le carrefour, et la rue Coustou en enfilade, où je voyais, dans la partie obscure, briller la façade du bar comme un phare.

Marco avait mon P. 38 en fouille, mézigue le Star de l'espingo près de moi sur le coussin. J'ai encore recommandé :

— En cas de courrette, passe tout de suite à l'arrière, mets la glace en l'air à coups de crosse, et chique pas à l'arrosage... Tire les boudins et le moteur... Fais-moi confiance pour l'allure, je me charge de la maintenir.

Dix minutes encore ont coulé. Quelques éclairs assez chouettes ont pété du côté du Sacré-Cœur, la vase a redoublé d'intensité. Le ruisseau de la rue Coustou s'était mis à jouer les torrents. Sur le capot et le toit de la tire, les gouttes tambourinaient comme des plombs de chasse. Je pouvais plus stopper l'essuie-glace sans me croire dans un aquarium.

Un flot de voitures a déboulé de Pigalle. J'ai fait gy, soigneusement, on peut me croire.

— La décarrade du théâtre de Dix-Heures, m'a expliqué Marco.

Les bagnoles ont commencé à se raréfier. Il ne passait presque plus que des taxis, à longs intervalles. Il me semblait me trouver à l'arrivée d'un train, guettant dans le défilé des voyageurs un parent qui aurait loupé son dur.

— Le voilà ! m'a fait soudain Marco.

— Où ça ?

Alors que je l'attendais de l'autre côté, par le boulevard, Ramon venait de nous doubler.

Droit, il fonçait vers le bar, tout seul au volant

de sa traction. J'ai quand même gaffé, avant de démarrer, si une autre voiture l'escortait pas.

Le temps de franchir le carrefour et de m'engager dans la montée, Ramon était déjà descendu de sa hotte. Il l'avait rangée dans l'ombre, dix mètres plus haut que le bar, et je le voyais courir nu-tête sous l'averse, le col de son imperméable relevé, les mains dans les poches, qui paraissaient garnies.

Alors qu'il atteignait la porte du bar, j'ai lancé la Vedette à fond, en seconde accélérée ; je risquais plus maintenant qu'il se détronche. Tout préoccupé de soigner son entrée, il devait plutôt regarder devant lui.

— Baisse la tête, j'ai conseillé à Marco, en prenant la rue en plein à gauche.

Je me suis moi-même un peu écrasé sur le volant, au passage, avec raison, parce que les vitres commençaient à s'effriter chez Angelo.

Ils y allaient de bon cœur, tous les trois, si j'en jugeais par le potin, et pas avec des calibres de dames !

Tandis que je laissais glisser ma tire, pare-chocs contre pare-chocs sur la traction de Ramon, la fusillade prenait du ton. Les rafales s'entrecroisaient à bonne cadence, coupées par instants d'un coup isolé, plus grave, qui revenait têtu, insistant, comme une basse d'accordéon.

En trombe on est descendus se planquer dans l'encoignure d'une porte cochère, le flingue à la pogne.

Dans moins d'une minute, tout serait terminé. Si Ramon paraissait pas d'ici là, c'est qu'il avait son compte. S'il avait eu la loi au contraire, j'allais le servir au passage.

Un flingue s'est tu, puis un autre. Ramon est

sorti, un peu cassé, la main gauche sur le bide, un Colt au bout du bras droit. La pluie qui tombait dru lui délayait le raisiné sur la tronche. Ça semblait pisser du crâne à petits bouillons.

A demi aveuglé, il venait à nous, piquant vers sa voiture. Il s'est essuyé les yeux d'un revers de manche, le flingue grandi de façon presque marrante.

« Emmanché ! je pensais, t'es à ma pogne ! » Mais j'attendais qu'il soit encore plus près pour lui lâcher le paquet dans sa sale gueule, qu'elle effraie jamais plus personne.

On a tiré ensemble. Lui dès qu'il a aperçu Marco, moi en voyant s'amorcer sa grimace.

Il a pas eu le loisir de doubler ; ma première balle l'a pris de plein fouet, entre les deux yeux. Pour la seconde j'ai dû le cueillir plus bas, alors qu'il se ratatinait sur ses jambes, avant de plonger dans le ruisseau.

Vape ! Il était pas le seul à s'étendre ! Marco venait de se renverser d'un coup en travers de la porte. Mon P. 38 qu'il avait lâché rebondissait sur le trottoir, jusqu'à mes pieds.

— Mec, c'est pas le moment des...

En regardant de plus près, mieux valait fermer ma gueule. Il pouvait plus m'entendre, le gentil voyou ; y avait trop de cervelle éclaboussée contre le mur pour ça !

J'ai ramassé le P. 38. Le Star, j'en ai essuyé la crosse, le canon, la gâchette, puis je lui ai filé en pogne, à Marco. Après, ça a été comme si je lui serrais la louche une dernière fois, pour le remercier de toutes les gentillesses qu'il avait eues pour moi. Il était encore chaud ; j'ai serré à fond. Quand j'ai lâché, la main s'est rouverte et le calibre a glissé jusqu'au ruisseau. Ça a fait un petit pouf.

Je me sentais plus pressé, tout à coup. Même pour me tirer j'ai démarré sans hâte, les lumières éteintes. Y avait pas un rat sur les trottoirs, et partout les troquets étaient déjà lourdés.

Tout m'était brusquement devenu indifférent. En douce quelque chose semblait me quitter, me laissant flasque de partout, sans goût pour rien, sans envie. J'en avais quine de toujours me retrouver seul dans les rues noires. Il y avait sur moi un mauvais sort, pas possible, pour que toujours ceux que j'aimais bien se fassent effacer, sans que je puisse jamais en garder un seul.

J'enfilais les rues l'une après l'autre, au hasard, suivant le ruban luisant de la chaussée.

Marco était mort par ma faute, je sortais pas de là. Aussi salope que les autres, j'avais pensé qu'à moi, à me régaler de méchancetés vicieuses au moment où Ramon s'approchait. J'avais plus eu que l'idée de lui placer ma giclée, bien douloureusement. Pourtant, je l'avais tenu à portée. Il me suffisait alors d'étendre le bras à temps, l'index plaqué au canon, comme pour le désigner. Je m'étais laissé distraire par la haine et je restais maintenant sans personne avec qui me réjouir.

Je me suis trouvé soudain, roulant aux phares, sur une route brillante de pluie, pareille à un miroir. Je ne me souvenais pas de les avoir allumés. La montre de bord marquait deux heures moins le quart, le compteur quatre-vingts. Au premier carrefour, j'ai rebroussé chemin.

Je parvenais pas à me le sortir du cigare, le

gentil Marco. De repenser à tout le plaisir qu'il se promettait de ses poiscailles, la gorge me serrait dur. Encore heureux qu'il n'avait pas eu le temps d'affranchir sa mignonne. Sur la conduite à tenir envers cette môme, j'hésitais beaucoup. Je trouvais aussi difficile de lui laisser apprendre la mort de son homme par les journaux ou les condés que de la lui annoncer moi-même ; comment lui expliquer le coup fourré ?

Marco lui avait sans doute jamais parlé de moi, et je préférais, bien sûr ! Le problème de l'osier se présentait pas tout simple non plus... Les projets qu'il formait, le pauvre mec, pour sortir cette mistonne des cabarets, ça pouvait bien tenir lieu de testament, de dernières volontés. Il s'était fait étendre à ma place, somme toute ; ça commandait la régularité. Pourtant, je ne voyais pas encore clairement la façon de refiler ces deux briques à cette souris, sous un motif vraisemblable, et sans qu'elle aille en miauler dans son entourage ! Le plus toc, en attendant, restait de lui assener la nouvelle. J'y allais pas gaiement.

En traversant une rivière, je me suis arrêté quelques instants sur le pont. Il avait dû vaser aussi dans la région. Contre l'arche centrale, le courant boueux amorçait un tourbillon sinistre. C'est là, en plein creux, qu'a disparu mon P. 38. J'étais bien guéri de la passion des flingues.

*

Me sentant pas en verve pour les propos enveloppés, les phrases délicates, je m'étais accordé un petit temps de méditation devant un double whisky, coupé de bouchées au foie gras. Elles fondaient dans la bouche, et neutralisaient bien la chaleur du sirop que je sentais me gagner la tête.

Cette môme, une unique fois entrevue, je la cherchais discrètement du regard dans la taule, sans l'apercevoir. Ayant jamais mis les pieds ici, je connaissais pas le terrain et hésitais fort à la demander ; ça pouvait se remarquer, revenir aux oreilles des poulets. La fleuriste passait près de ma table, je l'ai harponnée :

— Wanda, la danseuse, est déjà passée ?

— Une fois déjà, monsieur... Elle repasse dans quelques minutes.

L'air avenant de cette bouquetière m'a tout de suite suggéré la coupure que je cherchais.

— Vous avez des roses, j'ai fait, quelque chose de beau ?

Elle avait une corbeille mahousse, aux fleurs pourpres et veloutées : de la belle came ! Sept sacs, ça coûtait !

Le genre convenait peut-être pas exactement pour une veuve, mais j'avais pas d'autre moyen d'approcher discrètement cette gisquette que de jouer les michetons.

— Portez-lui dans sa loge, j'ai dit, en carmant.

Je faisais gy autour de moi, aux frimes. Du côté du bar surtout où s'embusquaient généralement les condés. J'en apercevais pas, mais avec tous les jeunots qu'ils recrutaient depuis quelque temps à la « maison », et qu'avaient plutôt le genre gigolpince, il devenait difficile de distinguer du premier coup de sabord.

Sur la piste, y avait foule pour le tango. L'orchestre le débitait bien sagement, à la papa, pour pas causer sans doute de fatigue inutile à la clientèle provinciale qui donnait fort ce soir dans le coin. Ça devait être un jour creux pour les entraîneuses, et je n'en repérais qu'une en prise avec un miché ; mais alors qui tenait pas à passer au travers ! C'était un vrai spectacle de la regarder se faire respirer, faire aussi sentir au client la fermeté des cuisses, le galbe du ventre, à la faveur de la pénombre. On aurait cru une ventouse.

Toutes ces singeries m'ont distrait jusqu'au roulement de tambour qui annonçait l'attraction. Les pantes ont évacué la piste.

Le numéro commençait bien. Un projecteur s'était braqué à l'orchestre, en plein la harpe qui attaquait. On ne voyait que les pognes de la fille, longues et déliées, se baguenaudant sur les cordes; mais pardon! rien que ça valait déjà le déplacement. L'air que jouait cette gonzesse, je l'avais souvent écouté à la radio; il me faisait marron à tout coup. Régulièrement, dès que la dernière note s'en éteignait, commençait pour moi le tourment. Durant des jours il m'en traînait, dans le cigare, des fragments que je ne réussissais jamais à raccorder, pour me le chanter tout entier cet air fugace, tout pareil, je m'en avisais seulement ce soir, au bruit d'une source.

C'était peut-être un air de ce genre que Marco avait rêvé entendre auprès de ses poiscailles ? Sa môme entrait juste, comme pour me le rendre encore un peu plus présent à l'esprit, le pauvre mec. Une seconde elle s'est encadrée, immobile sur les pointes, toute rose entre deux colonnes blanches, dans le faisceau du projecteur. Puis, au rythme des notes qui décarraient bécif sous les doigts de la harpiste, elle s'est animée.

Elle dansait avec une telle gentillesse qu'à l'idée du tête-à-tête qui m'attendait tout à l'heure, le toc me manquait déjà. La paralysie me reprenait du côté de la glotte, avec une très réelle envie de chialer. C'est pour ça que j'ai seulement fait oui de la tête quand la fleuriste, penchée vers moi, m'a dit doucement :

— M^lle^ Wanda est ravie... Vous pourrez, je crois, passer la féliciter après son numéro.

Je pouvais pas me plaindre que cette femme entre dans mon jeu. Mais quand même, sur l'instant, le vanne m'a paru équivoque ; l'envie m'est venue de tarter cette paumée, pour la guérir de jouer les intermédiaires.

Le numéro de la petite Wanda s'étirait un peu. Malgré le grand plaisir qu'on pouvait prendre à ce turbin tout à fait hors série, j'aurais aimé en voir la fin pour riper de cette trappe.

Je les supposais très proches maintenant du terminus, Marco et Ramon, prêts à franchir le porche de l'Institut médico-légal ! Pour Angelo et Bastien, en m'en tenant aux probabilités, j'imaginais pas que l'espingo ait pu les louper ; sa façon de plomber Marco, au jugé, révélait un méchant coup de gâchette. Dans tous les cas, depuis une heure du matin au moins, les poulets se trouvaient sur le tas, à récupérer l'arsenal, à déblayer le champ de bataille. Y avait pas pour eux d'inconnus dans le lot des allongés. Le maquage de Marco pouvait pas non plus être ignoré à la Maison. Les bourres allaient, sans pardon, foncer aux rencarts près de Wanda !

Je commettais une connerie noire en m'attardant ; j'en avais la certitude, mais je restais là, envapé par la harpe qui n'en finissait pas d'égrener ses grappes de notes.

Enfin quand même, après une dernière volte, la

môme s'est immobilisée, cambrée sur les pointes, avant de se ployer doucement, juste devant ma table, souriante et fraîche comme si elle commençait seulement son turbin.

Robuste nature ! Je préférais. Le désastre serait moins duraille à lui annoncer.

Je l'enviais, cette facilité à trouver toujours l'expression juste au moment qu'il fallait qu'avait eue de son vivant le vieux La Glisse. Dans ma tronche se bousculaient des mots creux, vides de sens, caves à en pleurer... De la part de Marco !... Au sujet de Marco !... A propos de Marco !... J'avais beau me chatouiller l'imagination, je trouvais pas mon entrée en matière. Ça me filait en renaud, tout autant que les coups de châsses complices de la fleuriste qui me guidait vers la môme.

On les choyait pas lerche, les artistes, dans cette boutique. Au long d'un couloir crasseux, leurs loges faisaient immédiatement suite aux cuisines. La fleuriste a pris le ton de la grosse Marinette parlant à ses perruches, pour annoncer, au travers de la porte :

— Une visite pour vous, mademoiselle Wanda !

Content ou pas, le temps que la môme ouvre, j'ai quand même encore été bonnard d'un sac, simplement pour rester dans le rôle du gentilhomme.

Je le jure, à moins de chabler cette môme d'entrée, y avait pas moyen d'éviter ce qui s'est passé. D'abord, cette putain de loge, grande comme un placard, était pas disposée pour le genre d'explications que je venais avoir. Dès la porte refermée, on s'est trouvés avec la môme, face à face, et tout juste séparés par la largeur de son tutu dont l'autre bord balayait la table à maquillage. A pleines narines, je dégustais son odeur chaude, et elle n'a pas compris le sens de mon regard. Il ne devait pas être joyeux quand même, pour qu'elle me dise, à mi-voix :

— Pourquoi si triste... puisque je suis là ?

Dans mon crâne, les mots se dérobaient de plus en plus. Je parvenais pas à en casser une. La langue me collait au palais, et je restais à frimer cette souris, fixement, en me répétant intérieurement, dans l'espoir qu'elle entraverait... « Marco est mort !... Marco est mort ! »

C'est un vrai charre, la transmission de pensée ! et le langage des yeux plus encore ! Dans les regards des hommes, les gonzesses ne détectent jamais que l'envie de tringler, même quand il s'agit de tout autre chose.

Tout net, Wanda me prenait pour le Grand Mordu !

Il était plus temps de rebecter le coup. Sans détacher ses yeux des miens, tout en continuant à me sourire, elle venait, d'un geste tout simple, de faire glisser son soutien-gorge pailleté. Haussée maintenant sur ses petits chaussons, les bras grands ouverts, elle m'avançait vers les lèvres les roberts roses, miraculeux avec leurs pointes brunes fascinantes, qui semblaient avoir une vie à part.

Aujourd'hui, je pourrais prétendre avoir à ce moment gambergé en marloupin, qu'il fallait pas détromper cette fille. Je pourrais affirmer avoir mesuré le danger de lui ôter ses illusions... Ce serait du pour.

A la vérité, elle a pas eu un mètre à franchir en reculant pour se trouver sur le tas.

Je pourrais aussi prétendre — pourquoi pas ? — que l'instant d'après, déponné à zéro, je l'ai superbement correctionnée, tout en lui refilant l'annonce de la mort de son mec en plein pif ! qu'elle s'est alors roulée à mes pieds, demandant pardon à la mémoire de son Jules, et se traitant elle-même de gadoue...

C'est absolument pas de cette façon que se sont déroulées les choses... On s'est trouvés aussi satisfaits l'un que l'autre de cette java éclair, qu'aucun baratin préliminaire n'était venu gâcher, qui était de la bandaison toute pure, en quintessence !

Ensuite ? Ensuite, bien sûr, y avait guère d'explications possibles, et j'en souhaitais même pas. L'heure des condoléances étant sonnée, il me restait à mettre les adjas avant que les condés frappent à la lourde.

Sans filer le moindre blaze, j'ai chiqué au grossium torturé par les affaires. A l'aube, le clipper attendait plus que mézigue pour décoller vers l'Amérique, mais je rabattais le surlendemain ferme, pour les choses sérieuses. L'avenir de cette petite, j'en faisais mon blot : il lui restait plus lourd de chaussons à trouer sur la piste de cette taule indigne !

En des périodes de ma vie, le temps semble couler d'un seul jet. Les heures se succèdent, s'emmanchant l'une dans l'autre, sans interruption, sans plus former de jours, sans que les jours se groupent en semaines. Because les quarante heures ou le week-end, qui leur marquent forcément la limite, les boulots ni les grossiums ne doivent pas connaître ça. Moi, dans la période de mes débuts, j'ai commencé comme ça à paumer le calendrier, du temps que je passais mes nuits dans des tapis, à rouler la passe ou taper la bobinette. Mes nuits, et souvent des jours, et encore des nuits, à courir après mon pognon qui s'en allait, revenait, se tirait encore, jusqu'à l'essorage intégral ! Y avait pas même de transition entre le moment où je sortais du sirop, tondu, raide comme une barre, et celui où je reprenais ma bonne plume pour monter sur une affaire ; juste parfois un petit somme, une douche pour m'éclaircir le cassis et, pelop ! la vie continuait.

Là, en quittant la môme Wanda, sur le seuil de la boîte, la coupure s'est faite, nette. Aux becs de gaz mis en veilleuse, à la buée qui ternissait les façades des cafés, à la frime indifférente des chauffeurs de taxi, aux traîne-lattes que j'apercevais en petits groupes devant chez Boudon, au ciel pâlissant, à l'allure furtive des filles qui fonçaient dans le noir vers leur crèche, j'ai brusquement ressenti que nous étions le lendemain.

*

Des traîneaux comme ma Vedette, il s'en arrêtait pas des tierces devant chez la mère Bouche. J'avais cru m'amener en tapinois, à point pour récupérer mes cent sacs, sans que ça cause une révolution. Maldonne !

De l'intérieur, lorsque j'ai stoppé, une gonzesse

curieuse a tracé du doigt un rond clair dans le halo de buée qui grisait la vitre, puis y a collé son œil, comme le font les matons aux mouchards des cellules.

Je trouvais beaucoup trop de trèpe pour mon goût, dans ce tapis, et qui forçait dur sur la grillade et le roquefort beurre, à en juger par les relents.

J'étais sur le point de me tirer, découragé par l'odeur : la vieille m'a agrafé au passage.

— T'arrives pile, Max, elle m'a chuchoté, j'en ai à te raconter ! Lola ! t'es au courant ?

Comme je disais non, à voix haute cette fois, et d'autorité, elle a lancé :

— Je te fais marcher une entrecôte ?

Je savais que j'y toucherais sans doute pas, à sa barbaque ; j'ai accepté quand même.

Tout ce bruit autour de moi me rendait pas causant. Je me suis assis.

Au fond de la salle, près de la cabine du téléphone, Petit-Jean « la broque » cassait la graine en compagnie d'une épée. On l'avait pas vu de longtemps. Il devait juste sortir du trou, depuis deux ou trois jours. La correction aurait voulu que j'aille lui serrer la louche. L'envie m'en venait pas.

Il traînait, c'est pas niable, un drôle de pedigree, Petit-Jean. Pourtant je le trouvais pas ce soir tellement différent des barbiquets juniors que j'entendais vanner tout près de moi. De tous j'avais rien à foutre !

Il me venait, question de gonzes et de mistonnes, une lucidité de gamberge stupéfiante. Non seulement à propos des présents, mais encore de tous ceux que j'avais connus. Monumentale, la façon dont je m'étais gouré sur leur compte ! Je m'en suis mis à me marrer tout seul, à l'idée du cinoche qu'il s'était fait, Marco, sur son petit bourrin rose et candide. Cavé comme un micheton, il avait été, et Riton tout pareil avec Josy. Je regrettais bien maintenant de ne pas me l'être farcie à temps celle-là aussi, avec son skunks et ses yeux verts !

La vieille, m'apportant l'entrecôte, a interrompu ma rigolade. Elle y tenait à me raconter son histoire, et j'avais de moins en moins envie de l'entendre. Comme elle s'apprêtait à s'asseoir près de moi, j'ai demandé :

— Vous avez mon oseille, la mère ?

Elle est repartie vers la caisse, traînant la savate.

Je la trouvais curieuse, ce soir, la mère Bouche, avec sa frime excitée, sa façon de jacter confidentielle, de bignole dégréneuse.

Mon ton avait dû la vexer. Elle a jeté ma liasse sur la table. J'ai enfouillé sans dire merci. Déjà elle embrayait.

Ce qu'elle racontait aurait normalement dû m'intéresser, mais distrait par les barbiquets de la table voisine, je parvenais pas à lui prêter attention.

La fille qui avait maté mon arrivée au travers de la vitre se trouvait parmi ces petits matz, près du caïd de l'équipe. Ma liasse de talbins semblait avoir impressionné cette mignonne, et elle me refilait des coups de châsses frissonnants, qui paraissaient pas du goût de son petit mec.

La vieille poursuivait, guettant mon approbation. D'apprendre que Suzanne avait tenu parole, qu'ici même, à l'heure de l'apéro, elle avait fait la croix des vaches à Lola, dans la cabine téléphonique, ça pouvait, sûr, pas me déplaire, mais j'en délirais pas de joie non plus. Beaucoup moins que la mère Bouche.

Qu'est-ce qu'elle avait dans le tronc, cette ravelure ? Qui lui demandait de prendre parti pour Riton et mézigue ? Ça la regardait, ces salades ? Dont elle connaissait même pas l'origine !

Sentant bien que j'étais pas bon public, elle s'est tirée chercher une chopine de beaujolpif. Je suis resté seul, et content de l'être.

La Glisse, quand il voyait un homme gamberger un peu longtemps, son vanne c'était : « Une tempête sous un crâne ! » Il trouvait ça cocasse !

Si quelqu'un me l'avait balancée aujourd'hui, sa phrase, elle tombait pile à côté, j'avais pas de remous dans la patate, tout au contraire, un calme absolu.

Tous ces gens que je voyais autour de moi, dans le demi-jour sale qui commençait à jaunir les vitres, tous ces gonzes, ces gonzesses, dont j'avais des années mené la vie, avec qui je m'étais, au hasard des coups, plus ou moins trouvé en cheville, eux ou leurs semblables m'apparaissaient soudain déconcertants. Je pouvais certes encore facilement deviner ce qu'ils allaient faire, dire ou penser mais, j'en avais le pressentiment, il me restait très peu de temps à pouvoir le faire.

Près de moi, à la table voisine, sans même prêter l'oreille, je saisissais parfaitement ce qui se goupillait. Au petit caïd de l'équipe, un mouflet à casquette torpédo, bleu de chauffe et pompes vernies, la môme venait d'affirmer qu'elle me frimait seulement pour le bon motif, pour me soulager de mes cent sacs. Il avait répliqué, le vilain jalmince :

— Le grisbi, je suis assez grand pour aller le chercher moi-même !

Ils disaient vrai tous les deux ; l'un et l'autre également prêts à tout pour le grisbi. Eux et leurs petits potes. Pareils Angelo-la-Tante et Josy-la-Peau-de-Vache ; pareils Ali-le-Fumier et ses ordures d'espingos ; pareil Riton qu'avait même pas su se tenir en homme avec sa môme, dès qu'il s'était senti assez de grisbi ; pareils Marco et sa petite Wanda, si honnête, mais qu'hésitait pas à se faire enjamber par le bonhomme grisbi ! pareille aussi la môme Lulu sans doute, qu'attendait patiemment chez moi que je rabatte, avec mon grisbi !

Je la comprenais, la leçon ! Fifi-le-Dingue, Kabeb, Petit-Jo, Angelo, Bastien, Riton, Josy, Ali, Ramon, Miquel, ça faisait dix allongés pour une oseille dont, somme toute, aucun d'entre eux avait jamais vu la couleur, qui aurait tout aussi bien pu être imaginaire ! Et je comptais pas dans le lot la petite lope du square Vintimille qui s'était fait étendre elle aussi, au flan, parce qu'elle s'en allait, dans l'ombre, chercher du grisbi !

Je comprenais bien le sens de l'aventure. L'osier, fallait jamais le montrer, jamais en parler, jamais donner de tentations avec ; faute de quoi tout de suite, une foule d'innocents se mettaient à avoir des mauvaises pensées.

C'était le cas, sûrement, pour mes voisins de table. Le petit caïd, il parlait bas, mais je venais de l'entendre dire à sa môme :

— Tout à l'heure, quand il sortira.

Il devait me croire envapé, rond, à sa pogne.

Je les ai gaffés, en me marrant, lui et la gisquette. Elle répondait gentiment au sourire. Lui, pas. Au contraire, il me filait un coup de sabord des plus menaçants, histoire sans doute de m'attirer au-dehors pour une explication.

J'avais pris ma liasse de talbins à la main, déployée en éventail et, doucement, à petits coups, je m'en rafraîchissais la poire, comme nos daronnes faisaient dans les bals, jadis.

— Il est bien tard, vous craignez pas que vos parents soient inquiets ? j'ai demandé à la môme.

— Qu'est-ce que ça peut te foutre ? a lancé le petit mec.

— Ça peut me foutre, qu'à votre âge à tous, de mon temps, les mouflets devaient être couchés à cette heure-ci.

Personne dans la taule mouftait plus. Le barbillon et ses trois petits potes s'étaient dressés. Ils me gaffaient, sournois en diable.

— Laissez tomber, a dit la môme, vous voyez bien que c'est un cave !

Elle avait presque raison, cette greluche, à une ou deux minutes près. Seulement, lorsque son petit mec m'est arrivé dessus, un peu trop tôt avant la métamorphose, le Jules était pas encore complètement éteint en moi.

Ils ont pas eu beau schpile, les alevins. Pour sa représentation d'adieu, le môme Max a sorti le grand jeu.

Cueilli d'un coup de boule en plein buffet, le caïd a passé par-dessus la table. La vitre, vibrant à mort, l'a arrêté de justesse, par miracle.

Derrière moi, j'entendais la mère Bouche courir, beugler :

— Arrête, Max, arrête, c'est rien que des mômes !

Mais j'en avais déjà sonné deux autres à coups de chopine. Le dernier, pétrifié, raide de trac, je l'ai croché par la cravate, et je me suis contenté de le tarter à la volée, jusqu'à ce qu'il en perde le souffle. Et puis, j'ai senti à mon bras qui mollissait que ma colère tombait.

Face à moi, tous les cinq, les mômes bougeaient plus, tous aussi blêmes, avec un qui saignait de la tête.

L'envie me venait même plus de les incendier ou de les cogner. J'étais plus des leurs déjà ; le monde des caves m'attendait là, dehors.

Qui saura jamais quel homme a parlé ? Si c'est l'affranchi finissant ou bien le nouveau cave qui, sur le seuil, leur a recommandé, à ces jeunes gens :

— Touchez pas au grisbi !

C'était de toute façon de bon conseil.

# GLOSSAIRE ARGOTIQUE

*Pour faciliter aux caves la compréhension de ce qui précède*

## UNITÉS MONÉTAIRES

L'ARGENT (pris dans le sens général) : l'oseille, l'osier, l'artiche, le grisbi.

L'OR (métal) : le jonc. En quantité importante, c'est-à-dire ayant le caractère d'une marchandise, d'un stock ou d'un trésor : la joncaille.

MILLE FRANCS : un raide, un sac, un lacsé, un raidillard. Si ce billet de mille est faux, il est dit : balourd.

UN MILLION : une brique.

*

La dépréciation du franc avait amené, à l'époque où fut écrit ce livre, la disparition d'un certain nombre d'expressions argotiques concernant la monnaie. Ainsi le « laranqué » (pièce de deux francs), la « thune » ou « bougie » (pièce de cinq francs), le « cigue » ou « coq » (pièce de vingt francs), la « demi-jetée » ou « demi-jambe » (billet de cinquante francs), la « livre » (billet de cent francs), étaient alors devenues des expressions caduques.

## — A —

ADJAS (mettre les) : s'en aller ou fuir.

AFFURE : bénéfice.

AFFURER : bénéficier, profiter de quelque chose.

ALPAGUER : mettre la main au collet, arrêter.

ARNAQUE : tout mode de tromperie ou d'escroquerie.

ARNAQUER : escroquer.

ARRIMER : immobiliser, surprendre quelqu'un qui vous fuit, dans l'intention d'avoir avec lui une « explication ».

ARTICHE : argent.

ATRIQUER (s') : s'attribuer, s'approprier.

## — B —

BABA : fessier (au sens général).

BADA : chapeau. PORTER LE BADA, ou UN BADA, signifie dans le milieu, jouir d'une mauvaise réputation, et plus spécialement de celle d'être un indicateur. Sans doute parce qu'à l'époque où cette expression est née, les « hommes » tenaient à honneur le port de la casquette, tandis que leurs adversaires naturels, les policiers, coiffaient le chapeau. Synonyme : PORTER LE DOUL.

BAGOUSE : anus. Synonymes : POT, FION, VASE. Ces mots sont le plus fréquemment employés comme synonymes de chance et très rarement dans leur sens anatomique, exemple : avoir du fion (du pot, du vase, de la bagouse). On peut se demander si cette mutation n'a pas été provoquée par les réussites surprenantes qu'a permises à certains gitons la très réelle franc-maçonnerie des pédoques.

BALANCER : dénoncer. Un balançage : une dénonciation. Le balançage : la délation.

BALESTE : individu à la carrure imposante, réputé pour sa force.

BARBIQUET : barbeau néophyte. Expression péjorative dans la langue des « hommes ».

BASTOS : balle (projectile).

BATTANT : passionné de bagarres, sans que cela implique des moyens physiques exceptionnels.

BATTRE À NIORT : nier éperdument, et même contre l'évidence.

BÉCIF : de force, et vite.

BING : la prison. Se dit encore : LE BALLON, LE CHTIBE, LE GNIOUF, LE TROU.

BLÈCHE : laid, laide, désagréable.

BLOT : prix convenu ou affaire personnelle. Signifie aussi parfois le tout, l'ensemble.

BOBS : dés. Pousser les bobs : jeter les dés.

BOBINETTE : jeu de hasard pratiqué à la sortie des champs de courses et dans quelques tripots sordides. La bobinette se joue avec trois dés et, quoique ne comportant pas de tricherie, assure au teneur de la banque un pourcentage de chances écrasant sur la ponte.

BONNE-FERTE : bonne aventure. Expression employée surtout par des truands s'étant frottés aux rabouins, soit en province, soit dans les banlieues parisiennes où des communautés de gitans se trouvent de nos jours fixées.

BOUGNOULE : nègre ou métis.

BOULOT : toute personne, homme ou femme, vivant d'un travail régulier et réputé honnête; de ce fait méprisé par les gens du milieu.

BOURRE : policier en civil. BOURRE a aussi le sens d'acte sexuel. « BONNE BOURRE ! », vœu érotique signifiant que l'on souhaite à celui ou celle à qui on l'adresse une copulation savoureuse. Variante : « BONNE SAUCISSE ! »

BOURRIN : toute femme facile pour la coucherie. Fille de joie qui s'abandonne au plaisir avec les clients, tare considérée dans le milieu comme proprement abominable.

BOUZILLES : tatouages.

## — C —

CADOR : chien. Depuis quelques années ce mot tend à subir une mutation et on le trouve parfois employé comme synonyme de caïd.

CALECER (une fille) : la posséder, mais avec quelque violence, ou à tout le moins, uniquement par érotisme.

CAMER (se) : se droguer. Etre camé : avoir de la drogue un besoin tyrannique qui confine déjà à la manie.

CANNES : jambes.

CANNER : défunter.

CARACO : espagnol.

CARAT : l'âge. Exemple : avoir du carat. S'emploie également, mais plus rarement pour la numération des années. Exemple : « Il va sur ses cinquante carats. »

CAROUBLEUR : qui frappe, qui corrige brutalement.

CASSER (se) : s'en aller, prendre congé.

CASSER (ne pas en... une) : ne pas prononcer une parole.

CASTAGNE : bagarre, échange de coups ; mais s'emploierait plus volontiers à propos d'un combat singulier.

CAVALE (être en) : être en fuite, et plus spécialement se dérober aux recherches policières.

CHABLER : frapper, battre. Implique une idée de soudaineté et ne peut fidèlement se traduire (hélas !) que par une autre expression d'argot sportif : « rentrer dedans ».

CHANSTIQUER : perturber, désorganiser, révolutionner.

CHARBON (aller au) ou (bosser au) : exercer une profession manuelle rebutante et, de ce fait, renoncer aux bénéfices des activités délictueuses. Cette expression est née aux environs de 1900, époque où la police exerçait une répression farouche du vagabondage spécial. La nécessité de pouvoir justifier de ressources avouables contraignait alors les barbeaux à se muer, épisodiquement, en dockers pour le déchargement de péniches de charbon, sur les quais de la Seine ou ceux du canal Saint-Martin.

CHARMEUSE : moustache, dite encore : BAFFIS.

CHARRE : mensonge, contre-vérité, tromperie.

CHAUSSETTES (ne pas mettre les... à la fenêtre) : signifie dans le langage des femmes de maison, qu'elles ont été pleinement satisfaites d'un essai amoureux avec un nouveau partenaire.

CHIFTIRE : chiffonnière ; au masculin : CHIFTIR.

CHINOIS : membre viril.

CHOU POUR CHOU (faire) : faire échange de bons procédés ( ! ) entre le giton et son pointeur. Les vieux routiers des maisons centrales (de force et de correction !) prétendent en effet que la subordination perpétuelle du pédéraste passif au pédéraste actif ne serait qu'une vue romantique. Dans la réalité, soit par satiété, ou peut-être aussi la curiosité lui venant d'un plaisir ignoré, le meneur de jeu en arriverait très vite, nous dit-on, à perdre sa superbe pour se retrouver en plus humble posture.

CHOURAVER : dérober, voler.

CHOUAYE : peu. Synonyme : CHOUÏA.

CIGARE (y aller du) : risquer sa tête, risquer la guillotine.

CLAS : assez, marre.

CLOQUER : mettre, poser, poster.

COMAC : de grande dimension. Signifiait à l'origine « comme cela », cette expression étant accompagnée d'un geste descriptif.

COMPTÉE : recette quotidienne d'une fille de joie.

CONDÉ : policier en tenue bourgeoise. Par extension se dit d'une autorisation tacite d'exercer une activité très légèrement répréhensible, donnée par la police à un indicateur. On dit dans ce cas : « il a le condé ».

CONTRECARRE : manœuvre d'obstruction à une activité quelconque.

CORTAUSSE : correction manuelle violente.

COUCHÉ : passe prolongée par une fille au-delà de son heure de rentrée normale à la demande d'un client généreux. Bien que généralement fructueuse, cette opération est unanimement condamnée par les barbeaux qui craignent qu'elle ne soit un jour une justification à une infidélité.

COURANT D'AIR : indiscrétion, fuite et, dans son acception extrême, trahison.

COURRETTE : poursuite, ou fuite, selon l'emploi.

COURTINES : courses hippiques.

CRAMOUILLE : appareil génital féminin.

CRI (du drôle de) : scandale. Lorsque le scandale passe les bornes, apparaît intolérable, se dit : du cri sec.

CROIX DES VACHES : la croix des vaches se trace au rasoir sur la joue de la fautive, et la plaie est immédiatement saupoudrée de sucre en poudre, ce qui amène une cicatrisation bourgeonnante absolument hideuse.

CROQUER (en) : recevoir des subsides de la police pour fournir des informations. Signifie également : faire le voyeur.

CROUILLAT : indigène nord-africain. Se dit également : CROUILLE.

CROUTONNER (se) : s'ennuyer, s'inquiéter.

CUSCO (salle) : salle de l'Hôtel-Dieu, réservée aux truands blessés, sous surveillance policière.

## — D —

DÉCARRADE : sortie. DÉCARRER : sortir.

DÉCHER : dépenser. La DÈCHE : la dépense.

DÉFARGUER (se) : se décharger.

DÉFOURAILLER : sortir une arme à feu, puis tirer.

DÉPONNÉ : dégoûté, écœuré.

DÉTRONCHER (se) : tourner la tête, se détourner.

DEUIL (porter le) : porter plainte.

DIX (piquer le) : marcher à petits pas dans une cellule, en s'efforçant de parcourir le plus de chemin possible. En piquant le dix, le prisonnier cherche à la fois à tuer le temps et à lutter contre l'atrophie musculaire.

DOUBLARD : seconde femme d'un mac, la première étant dite « môme » ou « pot-au-feu », ou encore « marmite ».

DRAGUER : rôder, mais avec l'intention déterminée de découvrir quelque chose ou quelqu'un.

DUCE (envoyer le) : signal convenu en un code qui peut être plus ou moins élémentaire. Par extension : fournir un renseignement. Exemple : au poker, le compère d'un tricheur se plaçant derrière la victime à plumer, informe son complice du jeu de l'adversaire par une série de gestes convenus. Ce faisant, « il envoie le duce ».

DURS (les) : les travaux forcés.

— E —

ÉCRASER : amortir. On dit, parlant d'une affaire criminelle, que « le coup s'écrase », lorsque cette affaire a cessé d'être d'actualité et que les enquêteurs paraissent mener moins activement leurs recherches.

EMBALLER : arrêter, lorsqu'il s'agit d'un policier. Emballer, lorsqu'il s'agit d'un « homme », signifie séduire, entraîner rapidement une femme vers une conclusion érotique.

EMPLAFONNER : heurter, frapper violemment (plus spécialement d'un coup de tête).

ENCHTIBER (se faire) : se faire emprisonner.

ENFOURAILLÉ (être) : être muni d'une arme à feu.

ENFOURAILLER : sodomiser.

ENQUILLER (s') : se poster, se fixer, se glisser quelque part.

ENTIFLER : entrer, pénétrer.

ENVAPÉ (être) : se trouver dans un état comateux du fait d'un abus de drogue, et par extension, être accablé par une trop longue série de revers.

— F —

FADE (aller au) : partager un butin. Le FADE : la moitié.

FADE (prendre son) : jouir. Synonyme : prendre son pied.

FADER : partager.

FAFS : papiers d'identité.

FAGOT : forçat.

FAUX-POIDS : fille de joie n'ayant pas atteint l'âge de la majorité et pouvant de ce fait amener à son mac l'inculpation supplémentaire de « détournement et excitation de mineurs à la débauche ».

FIAS : signifiait jadis anus. On l'entend de nos jours employé comme synonyme d'homme, de gonze, de mec.

FISSA : vite, rapidement.

FLAMBE : le jeu. Un FLAMBEUR : un joueur.

FLEUR (faire une) : faire une grâce, faire un cadeau, se montrer indulgent en renonçant à une légitime vengeance. Une fleur signifie également : une commission, un pourcentage sur une affaire. Pris dans ce sens il a pour synonyme : un bouquet, une violette.

FOIRAILLEUR : fêtard, noceur, de petits moyens.

FOURRER : posséder érotiquement une fille... ou un homme !

FRIMANDS : curieux, observateurs, badauds.

FRIME : mine, visage, allure.

FRIMER : regarder, dévisager, observer.

FRIPE (la) : la cuisine, et de préférence une cuisine savoureuse.

FUMÉE (envoyer la) : tirer sur quelqu'un des coups de feu.

## — G —

GAIL : cheval.

GALOUP : incorrection, perfidie, infidélité.

GAMBERGE : réflexion, méditation, analyse.

GLANDILLEUX : périlleux, difficultueux.

GNIOUF : prison.
GORGEON : dégustation de boissons, assez copieuse.
GOUMI : matraque de caoutchouc.
GRATTER (se) : hésiter.
GRAVOS : gros. GRAVOSSE : grosse.
GRELUCHE : femme.
GRISBI (le) : l'argent.
GY (faire) : se défier. GY : s'emploie seul pour marquer l'approbation.

## — H —

HARENG : cheval.
HARNAIS : sélection de vêtements et accessoires de la garde-robe d'un barbeau, qui constitue sa tenue d'apparat.

## — J —

JAFFER : manger. LA JAFFE : la nourriture.
JALMINCE : jaloux, ou jalouse.
JAVA (emmener en) : emmener en goguette.
JOICE : joyeux.
JOUGE (en moins de) : en moins de rien.
J'TARQUEPINCE (la Maison) : l'ensemble des corps de Police.

## — K —

KESTOS : marque d'un fabricant de soutiens-gorge, avec lequel l'auteur (qui préfère le contenu au contenant) n'est nullement lié d'intérêts.

## — L —

LAFS : les anciennes fortifications de Paris.

LAME (être une) : être un chef, un caïd.

LANCE (la) : la pluie. Ou encore la LANCEQUINE.

LANCEQUINER : Pleuvoir.

LAP (bon à) : bon à rien. Synonyme : bon à nib.

LERCHE : cher. Pas lerche : pas cher, dans le sens, pas beaucoup, peu.

LIMACE : chemise.

LOUBIATS : haricots.

LOURDER : fermer (une porte), ou enfermer quelqu'un, ou encore clore un établissement suspect. Exemple : « la police a lourdé la taule ».

## — M —

MALFRAT : individu mal vêtu et d'allure inquiétante.

MANCHE (faire la) : mendier.

MANDALE : gifle.

MARMITE : fille constituant le rapport principal d'un mac, et de ce fait, sa préférée. Employée par le mac lui-même, parlant d'une femme, cette expression comporte une nuance légèrement tendre.

MATER : épier.

MATON : gardien de prison centrale. Dans les prisons cellulaires le gardien est nommé : gaffe.

MATOUSER : épier, mais plus spécialement une scène érotique.

MATZ : homme.

MOME (être) : pour une fille être le sujet numéro un du

sérail alimentaire d'un barbeau. C'est-à-dire la favorite, cette préférence étant déterminée à la fois par des recettes exceptionnelles, et des talents érotiques plus exceptionnels encore.

MORFLER : récolter, pâtir, être victime.

MORGANER : manger.

MOUCHARD : regard vitré du diamètre d'un œil, ménagé dans les portes des cellules et par lequel les gardiens de prison observent le comportement des détenus.

MOUFTER (ne pas) : se tenir coi, ne pas protester, ne pas répliquer. Moufter ne s'emploie que dans des formes négatives.

MOUILLETTE : risque ou association à une action délictueuse. LA MOUILLETTE : action qui compromet. SE MOUILLER a parfois le sens de « prendre parti ».

MOURON (se faire du) : se faire du souci, être tourmenté.

## — P —

PANTE : individu n'appartenant pas au milieu et comme tel dévolu au rôle de victime.

PATIN (rouler un) : donner un baiser lingué.

PATINS (prendre les) : épouser la querelle, prendre activement parti pour quelqu'un, jusqu'à la bagarre inclusivement.

PEDIGREE : le curriculum vitæ du truand, c'est-à-dire son casier judiciaire.

PÉDOQUE : pédéraste.

PÉGRIOT : voleur.

PELOP : interjection passe-partout, plus fréquemment employée pour marquer la défiance.

PESTOUILLE : malchance, sombre fatalité.

PÉTOULET : fessier. Synonyme : baba.

PIED (un) : commission sur une affaire, ou part dans le partage d'un butin.

PILONNEUR : mendiant, ou coutumier de l'emprunt à fonds perdus. Synonyme : pilon.

PINCE (bonne) : bonne main, bonne chance.

PINCEAUX (s'en aller se laver les) : être condamné à une peine de travaux forcés.

PIQUEUR : individu qui attaque au couteau. Signifie aussi parfois dans le bas argot des faubourgs (c'est-à-dire la langue parlée par les faux affranchis) un voleur.

PISTOLE : cellule.

PLANQUE : cachette, masse d'argent mise en réserve, économies. Lorsqu'il est question d'un policier, planque signifie surveillance.

PLUME : pince-monseigneur dans la langue des cambrioleurs.

POTAGE (envoyer le...) : rentrer dedans, tuer, etc.

POULMANN (la Maison : voir : j'tarquepince).

POUR (du) : propos mensongers, contre-vérité.

— Q —

QUÈS (du) : semblable, pareil, identique.

QUE T'CHI : rien.

QUIMPER : tomber, succomber.

QUINE (en avoir) : en avoir assez, être excédé.

— R —

RABOUIN : gitan, romani, manouche.

RAISIN : sang. Se dit aussi : RAISINÉ.

RAMBINER : venir à résipiscence. Faire des concessions, dans le but de dénouer un différend d'ordre amoureux ou d'affaires. RAMBINER signifie aussi parfois : réconforter, remettre en confiance.

RAMBOUR : rendez-vous. Au pluriel, rambour signifie renseignements, informations. Synonyme : rencart, gouverné par la même règle.

RAPERS : policiers.

RATON : arabe.

RAVELURE : femme disgraciée ou fanée, toujours sans attraits.

RÉBECCA (faire du) : revendiquer, protester, en allant même jusqu'au scandale.

REFILE (aller au) : vomir ou restituer.

RENAUDER : vitupérer, protester, se récrier, se plaindre, gronder.

RENGRACIR : revenir à de meilleurs sentiments, après un différend violent, ou quitter une attitude menaçante.

RENVERSER (la vapeur ou la marmite) : abandonner soudainement un travail ou une occupation, pour se consacrer au plaisir (table, jeu, volupté).

REPASSER : tuer, occire, supprimer.

RIF : colère, rage.

ROULER : parler.

ROULER (les mécaniques) : signifiait primitivement : « marcher en roulant les épaules ». S'emploie de nos jours pour désigner un matamore, un prétentieux, vain de sa force ou de ses exploits, et dont on dit « il roule les mécaniques ».

## — S —

SABORDS : yeux. N'est employé qu'à propos de l'acuité de la vision. Exemple : un bon coup de sabords, un coup de sabords assez vif.

SACCAGNE : couteau.

SAPEMENT : condamnation.

SATANER : battre brutalement.

SCHBEB : giton d'un caïd, dans la langue des Bataillons et des Travaux Publics. Le schbeb lave le linge et prépare la cuisine de son mentor, il se soumet encore à ses caprices érotiques.

SCHPILE : jeu. N'avoir pas beau schpile : n'avoir qu'une faible chance de succès.

SERBILLON (faire le) : faire le guet.

SERINGUER : cribler de balles.

SERRE (faire le) : faire le guet, avertir de quelque chose, ou encore donner le signal de quelque chose.

SUIF (chercher du) : chercher querelle. Faire du suif : faire un scandale.

## — T —

TALBIN : billet de banque.

TAPIS : café, bar ou restaurant fréquenté des truands, mais dans lequel se tient habituellement une partie clandestine.

TARTIR (se faire) : s'ennuyer.

TASSE : vespasienne, dans l'argot des pédoques.

TIRE : voiture automobile.

TOC : faux, lorsqu'il s'agit d'un objet, d'un bijou, d'une pièce d'identité. Lorsqu'il est question d'un animal ou d'un être humain, toc signifie méchant et dangereux. « Marcher sous un toc » signifie : se dissimuler sous une fausse identité.

TOMBER : se faire condamner pour un délit ou pour un crime.

TORTORE : nourriture.

TOUTIM (le) : le tout, l'ensemble, ce qui découle de.

TRÈPE (du) : du monde, c'est-à-dire un certain nombre d'individus.

TRICARD : interdit de séjour.

TRONC : arabe (de l'expression ancienne : tronc de figuier).

## — V —

VAGUER : fouiller les poches.

VALDAS : balles et plus spécialement balles de revolver.

VALSEUR : signifiait jadis pantalon. Ne désigne plus aujourd'hui que l'anus. Exemple : « prendre du valseur ».

VANNE : phrase outrageante ou comique, en tout cas inattendue. Signifie également une incorrection.

VANNER : parler de façon provocante ou prétentieuse. Signifie aussi parfois : prendre une attitude fanfaronne.

VAPE (être dans la) : voir : envapé.

VASE : anus (voir : bagouse).

## DU MÊME AUTEUR

*Aux Éditions Gallimard*

*Dans la collection Carré Noir*

LE CAVE SE REBIFFE, *n° 111.*

HOTU SOIT QUI MAL Y PENSE, *n° 138.*

UNE BALLE DANS LE CANON, *n° 395.*

*Dans la collection Folio*

DU MOURON POUR LES PETITS OISEAUX, *n° 341.*

L'ÉLÉGANT, *n° 677.*

CONFESSIONS D'UN ENFANT DE LA CHAPELLE, *n° 1581.*

TOUCHEZ PAS AU GRISBI ! Folio Policier, *n° 183.*

# COLLECTION FOLIO POLICIER

*Dernières parutions*

| | |
|---|---|
| 135. Bernhard Schlink/ Walter Popp | *Brouillard sur Mannheim* |
| 136. Donald Westlake | *Château en esbrouffe* |
| 137. Hervé Jaouen | *Hôpital souterrain* |
| 138. Raymond Chandler | *La dame du lac* |
| 139. David Goodis | *L'allumette facile* |
| 140. Georges Simenon | *Le testament Donadieu* |
| 141. Charles Williams | *La mare aux diams* |
| 142. Boileau-Narcejac | *La main passe* |
| 143. Robert Littell | *Ombres rouges* |
| 144. Ray Ring | *Arizona Kiss* |
| 145. Gérard Delteil | *Balles de charité* |
| 146. Robert L. Pike | *Tout le monde au bain* |
| 147. Rolo Diez | *L'effet tequila* |
| 148. Yasmina Khadra | *Double blanc* |
| 149. Jean-Bernard Pouy | *À sec* |
| 150. Jean-Jacques Reboux | *Poste mortem* |
| 151. Pascale Fonteneau | *Confidences sur l'escalier* |
| 152. Patrick Raynal | *La clef de Seize* |
| 153. A.D.G. | *Pour venger pépère* |
| 154. James Crumley | *Les serpents de la frontière* |
| 155. Ian Rankin | *Le carnet noir* |
| 156. Louis C. Thomas | *Une femme de trop* |
| 157. Robert Littell | *Les enfants d'Abraham* |
| 158. Georges Simenon | *Faubourg* |
| 159. Georges Simenon | *Les trois crimes de mes amis* |
| 160. Georges Simenon | *Le rapport du gendarme* |
| 161. Stéphanie Benson | *Une chauve-souris dans le grenier* |
| 162. Pierre Siniac | *Reflets changeants sur mare de sang* |
| 163. Nick Tosches | *La religion des ratés* |
| 164. Frédéric H. Fajardie | *Après la pluie* |
| 165. Matti Yrjänä Joensuu | *Harjunpää et le fils du policier* |

| | | |
|---|---|---|
| 166. | Yasmina Khadra | *L'automne des chimères* |
| 167. | Georges Simenon | *La Marie du Port* |
| 168. | Jean-Jacques Reboux | *Fondu au noir* |
| 169. | Dashiell Hammett | *Le sac de Couffignal* |
| 170. | Sébastien Japrisot | *Adieu l'ami* |
| 171. | A.D.G. | *Notre frère qui êtes odieux...* |
| 172. | William Hjortsberg | *Nevermore* |
| 173. | Gérard Delteil | *Riot gun* |
| 174. | Craig Holden | *Route pour l'enfer* |
| 175. | Nick Tosches | *Trinités* |
| 176. | Fédéric H. Fajardie | *Clause de style* |
| 177. | Alain Page | *Tchao pantin* |
| 178. | Harry Crews | *La foire aux serpents* |
| 179. | Stéphanie Benson | *Un singe sur le dos* |
| 180. | Lawrence Block | *Un danse aux abattoirs* |
| 181. | Georges Simenon | *Les sœurs Lacroix* |
| 182. | Georges Simenon | *Le Cheval Blanc* |
| 183. | Albert Simonin | *Touchez pas au grisbi !* |
| 184. | Jean-Bernard Pouy | *Suzanne et les ringards* |
| 185. | Pierre Siniac | *Les monte-en-l'air sont là !* |
| 186. | Robert Stone | *Les guerriers de l'enfer* |
| 187. | Sylvie Granotier | *Sueurs chaudes* |
| 188. | Boileau-Narcejac | *... Et mon tout est un homme* |
| 189. | A.D.G. | *On n'est pas des chiens* |
| 190. | Jean Amila | *Le Boucher des hurlus* |
| 191. | Robert Sims Reid | *Cupide* |
| 192. | Max Allan Collins | *La mort est sans remède* |
| 193. | Jean-Bernard Pouy | *Larchmütz 5632* |
| 194. | Jean-Claude Izzo | *Total Khéops* |
| 195. | Jean-Claude Izzo | *Chourmo* |
| 196. | Jean-Claude Izzo | *Solea* |
| 197. | Tom Topor | *L'orchestre des ombres* |
| 198. | Pierre Magnan | *Le tombeau d'Hélios* |
| 199. | Thierry Jonquet | *Le secret du rabbin* |
| 200. | Robert Littell | *Le fil rouge* |
| 201. | Georges Simenon | *L'aîné des Ferchaux* |
| 202. | Patrick Raynal | *Le marionnettiste* |
| 203. | Didier Daeninckx | *La repentie* |
| 205. | Charles Williams | *Le pigeon* |
| 206. | Francisco González Ledesma | *Les rues de Barcelone* |

| | |
|---|---|
| 207. Boileau-Narcejac | *Les louves* |
| 208. Charles Williams | *Aux urnes, les ploucs !* |
| 209. Larry Brown | *Joe* |
| 210. Pierre Pelot | *L'été en pente douce* |
| 211. Georges Simenon | *Il pleut bergère...* |
| 212. Thierry Jonquet | *Moloch* |
| 213. Georges Simenon | *La mauvaise étoile* |
| 214. Philip Lee Williams | *Coup de chaud* |
| 215. Don Winslow | *Cirque à Piccadilly* |
| 216. Boileau-Narcejac | *Manigances* |
| 217. Oppel | *Piraña matador* |
| 218. Yvonne Besson | *Meurtres à l'antique* |
| 219. Michael Dibdin | *Derniers feux* |
| 220. Norman Spinrad | *En direct* |
| 221. Charles Williams | *Avec un élastique* |
| 222. James Crumley | *Le canard siffleur mexicain* |
| 223. Henry Farrell | *Une belle fille comme moi* |
| 224. David Goodis | *Tirez sur le pianiste !* |
| 225. William Irish | *La sirène du Mississippi* |
| 226. William Irish | *La mariée était en noir* |
| 227. José Giovanni | *Le trou* |
| 228. Jerome Charyn | *Kermesse à Manhattan* |
| 229. A.D.G. | *Les trois Badours* |
| 230. Paul Clément | *Je tue à la campagne* |
| 231. Pierre Magnan | *Le parme convient à Laviolette* |
| 232. Max Allan Collins | *La course au sac* |
| 233. Jerry Oster | *Affaires privées* |
| 234. Jean-Bernard Pouy | *Nous avons brûlé une sainte* |
| 235. Georges Simenon | *La veuve Couderc* |
| 236. Peter Loughran | *Londres Express* |
| 237. Ian Fleming | *Les diamants sont éternels* |
| 238. Ian Fleming | *Moonraker* |
| 239. Wilfrid Simon | *La passagère clandestine* |
| 240. Edmond Naughton | *Oh ! collègue* |
| 241. Chris Offutt | *Kentucky Straight* |
| 242. Ed McBain | *Coup de chaleur* |
| 243. Raymond Chandler | *Le jade du mandarin* |
| 244. David Goodis | *Les pieds dans les nuages* |
| 245. Chester Himes | *Couché dans le pain* |
| 246. Elisabeth Stromme | *Gangraine* |
| 247. Georges Simenon | *Chemin sans issue* |

248. Paul Borelli *L'ombre du chat*
249. Larry Brown *Sale boulot*
250. Michel Crespy *Chasseurs de tête*
251. Dashiell Hammett *Papier tue-mouches*
252. Max Allan Collins *Mirage de sang*
253. Thierry Chevillard *The Bad leitmotiv*
254. Stéphanie Benson *Le loup dans la lune bleue*
255. Jérome Charyn *Zyeux-Bleus*
256. Jim Thompson *Le lien conjugal*
257. Jean-Patrick Manchette *Ô dingos, ô châteaux !*
258. Jim Thompson *Le démon dans ma peau*
259. Robert Sabbag *Cocaïne blues*
260. Ian Rankin *Causes mortelles*
261. Ed McBain *Nid de poulets*
262. Chantal Pelletier *Le chant du bouc*
263. Gérard Delteil *La confiance règne*
264. François Barcelo *Cadavres*
265. David Goodis *Cauchemar*
266. John D. MacDonald *Strip-tilt*
267. Patrick Raynal *Fenêtre sur femmes*
268. Jim Thompson *Des cliques et des cloaques*
269. Lawrence Block *Huit millions de façons de mourir*
270. Joseph Bialot *Babel-Ville*
271. Charles Williams *Celle qu'on montre du doigt*
272. Charles Williams *Mieux vaut courir*
273. Ed McBain *Branle-bas au 87*
274. Don Tracy *Neiges d'antan*
275. Michel Embareck *Dans la seringue*
276. Ian Rankin *Ainsi saigne-t-il*
277. Bill Pronzini *Le crime de John Faith*
278. Marc Behm *La Vierge de Glace*
279. James Eastwood *La femme à abattre*
280. Georg Klein *Libidissi*
281. William Irish *J'ai vu rouge*
282. David Goodis *Vendredi 13*
283. Chester Himes *Il pleut des coups durs*
284. Guillaume Nicloux *Zoocity*
285. Lakhdar Belaïd *Sérail killers*
286. Caryl Férey *Haka*
287. Thierry Jonquet *Le manoir des immortelles*
288. Georges Simenon *Oncle Charles s'est enfermé*

| | |
|---|---|
| 289. Georges Simenon | *45° à l'ombre* |
| 290. James M. Cain | *Assurance sur la mort* |
| 291. Nicholas Blincoe | *Acid Queen* |
| 292. Robin Cook | *Comment vivent les morts* |
| 293. Ian Rankin | *L'ombre du tueur* |
| 294. François Joly | *Be-bop à Lola* |
| 295. Patrick Raynal | *Arrêt d'urgence* |
| 296. Craig Smith | *Dame qui pique* |
| 297. Bernhard Schlink | *Un hiver à Mannheim* |
| 298. Francisco González Ledesma | *Le dossier Barcelone* |
| 299. Didier Daeninckx | *12, rue Meckert* |
| 300. Dashiell Hammett | *Le grand braquage* |
| 301. Dan Simmons | *Vengeance* |
| 302. Michel Steiner | *Mainmorte* |
| 303. Charles Williams | *Une femme là-dessous* |
| 304. Marvin Albert | *Un démon au paradis* |
| 305. Frederic Brown | *La belle et la bête* |
| 306. Charles Williams | *Calme blanc* |
| 307. Thierry Crifo | *La ballade de Kouski* |
| 308. José Giovanni | *Le deuxième souffle* |
| 309. Jean Amila | *La lune d'Omaha* |
| 310. Kem Nunn | *Surf City* |
| 311. Joensu | *Harjunpäa et l'homme oiseau* |
| 312. Charles Williams | *Fantasia chez les ploucs* |
| 313. Larry Beinhart | *Reality show* |
| 315. Michel Steiner | *Petite mort dans un hôpital psychiatrique de campagne* |
| 316. P.J. Wolfson | *À nos amours* |
| 317. Charles Williams | *L'ange du foyer* |
| 318. Pierre Rey | *L'ombre du paradis* |
| 320. Carlene Thompson | *Ne ferme pas les yeux* |
| 321. Georges Simenon | *Les suicidés* |
| 322. Alexandre Dumal | *En deux temps, trois mouvements* |
| 323. Henry Porter | *Une vie d'espion* |
| 324. Dan Simmons | *L'épée de Darwin* |
| 325. Colin Thibert | *Noël au balcon* |
| 326. Russel Greenan | *La reine d'Amérique* |
| 327. Chuck Palahniuk | *Survivant* |
| 328. Jean-Bernard Pouy | *Les roubignoles du destin* |

*Impression Bussière*
*à Saint-Amand (Cher),*
*le 6 avril 2005.*
*Dépôt légal : avril 2005.*
*1er dépôt légal dans la collection : octobre 2000.*
*Numéro d'imprimeur : 051541/1.*
ISBN 2-07-041398-5./Imprimé en France.

136848